Fränkisches Finale

Petra Kirsch, im oberbayerischen Wintershof bei Eichstätt geboren, ist promovierte Literaturwissenschaftlerin. Nach ihrem Studium in München war sie zunächst als Lokalreporterin und Redakteurin bei Presse und Funk tätig, schließlich als Textchefin und Pressesprecherin. Heute lebt die Autorin in Nürnberg.

Dieses Buch ist ein Roman. Handlungen und Personen sind frei erfunden. Ähnlichkeiten mit lebenden oder toten Personen sind nicht gewollt und rein zufällig.

PETRA KIRSCH

Fränkisches Finale

FRANKEN KRIMI

emons:

Bibliografische Information der Deutschen Nationalbibliothek
Die Deutsche Nationalbibliothek verzeichnet diese Publikation
in der Deutschen Nationalbibliografie; detaillierte bibliografische
Daten sind im Internet über http://dnb.d-nb.de abrufbar.

© Emons Verlag GmbH
Alle Rechte vorbehalten
Umschlagmotiv: mauritius images/AndreMichelR/Alamy
Umschlaggestaltung: Tobias Doetsch
Gestaltung Innenteil: César Satz & Grafik GmbH, Köln
Lektorat: Hilla Czinczoll
Druck und Bindung: CPI – Clausen & Bosse, Leck
Printed in Germany 2016
ISBN 978-3-95451-947-7
Franken Krimi
Originalausgabe

Unser Newsletter informiert Sie
regelmäßig über Neues von emons:
Kostenlos bestellen unter
www.emons-verlag.de

Für Gabi Bail und Sabine Reis
von der Marktbücherei Neunkirchen am Brand

Alle glücklichen Familien sind einander ähnlich;
aber jede unglückliche Familie ist auf ihre eigene Art unglücklich.

Leo Tolstoi, »Anna Karenina«

EINS

Erst gegen halb neun wurde sie wach. Die Schuld daran gab sie dem kleinen batteriebetriebenen Wecker neben ihrem Bett. Über Nacht hatte er seinen Dienst aufgekündigt.

Es war Februar, ein feuchter, frostiger Montagmorgen. Das Fenster in ihrem Schlafzimmer war beschlagen von der nächtlichen Kälte, auf der Fensterbank hatte das Kondenswasser kleine Lachen gebildet. Graue müde Regenwolken hingen am Himmel, drohend tief. Sie schlurfte in die Küche und sah aus dem Fenster.

Die Nacht hatte auf dem menschenleeren Vestnertorgraben große gelbliche Pfützen hinterlassen. Und auch die Kaiserburg, die sich vor ihrem Küchenfenster erstreckte und derentwegen sie damals diese simpel geschnittene Zwei-Zimmer-Wohnung ohne Balkon und ohne Badfenster gekauft hatte, zeigte sich ihr heute in einem ungewohnten Bild, nämlich als abweisender, toter Steinhaufen, ohne jeden Charme und aufgeladen mit falschem Pathos. Verblichene Farben, verlorene Zeit, die große Tristesse des Winters, der die Stadt nun schon seit Monaten in seinem Griff hatte.

Sie sehnte sich nach dem Frühling, nach etwas Wärme, ein paar Sonnenstrahlen. Warum nur fürchten alle den Melancholie-Monat November? Der Februar war doch viel schlimmer, die richtige Zeit für Selbstmörder. Wenn jemand noch letzte Zweifel hatte, ob er aus dem Leben scheiden will, dann waren die doch jetzt endgültig beseitigt. Oder etwa nicht?

Sie öffnete die Kühlschranktür. Ein scharfer, beizender Geruch schlug ihr entgegen. Sie schleuderte den Rest des Munster-Käses vom Vorabend in den Abfalleimer und schaltete die Kaffeemaschine ein.

Eine halbe Stunde später schlug sie die Tür zu, schloss die Wohnung ab und ging die Treppen hinab. Als sie über die Straße lief, auf die nun ein Platzregen herniederprasselte, bedauerte sie, ihren Schirm oben gelassen zu haben. Vergessen, wieder einmal vergessen. Für eine Umkehr war es zu spät, also rannte sie nach rechts, zu dem niedrigen und in jeder Jahreszeit immer leicht modrig riechenden Tunnel, der den Graben mit der Innenanlage der Burg verband und der ihr zumindest für ein paar Meter Schutz bot. Hier blieb sie stehen, klopfte sich die Wassertropfen von Jacke und Haar und kramte in der Handtasche nach ihren Zigaretten.

Als sie sich eine angezündet hatte, klingelte ihr Handy. Sie sah auf das Display – es war Heinrich. Wahrscheinlich wollte er wissen, warum sie heute so spät dran war. Sie ließ es klingeln.

Paula Steiner, vierundfünfzig, ledig und Kriminalhauptkommissarin in den Diensten des Polizeipräsidiums Mittelfranken, stand derzeit nicht der Sinn nach einer Unterhaltung, egal, mit wem. Sie hatte auch keine Lust auf neugierige oder gar vorwurfsvolle Fragen und erst recht keine Lust auf die entsprechend ausweichenden bis entschuldigenden Antworten von ihrer Seite. Am liebsten hätte sie auf der Stelle kehrtgemacht, wäre heimgegangen und hätte sich wieder in ihr Bett gelegt. Den ganzen Tag unter der Bettdecke liegen, im abgedunkelten Zimmer, und mit der Welt und dem Wetter hadern, das war es, wonach ihr im Moment einzig der Sinn stand.

Als sie aus dem Tunnel trat, hatte sich der Platzregen so abrupt verzogen, wie er gekommen war, und war in ein sanftes Nieseln übergegangen. Sie schnippte die Zigarettenkippe in die gelbbräunliche Pfütze vor sich und lief zügig nach links. Am ersten Treppenabsatz des Burgbergs blieb sie kurz stehen. Dieser Platz, nur einen Steinwurf von der Jugendherberge entfernt, hatte für sie bisher als der schönste Punkt für einen Panoramablick auf ihre Heimatstadt Nürnberg gegolten, schöner noch als vom nahen Burgplateau, auf dem sich immer die Touristen drängelten. Ein richtiger Postkartenblick, weit und festlich, idyllisch, sogar heimelig. Die spitzen Dächer, die Türme, die Kirchen, ein Giebeltraum.

Doch heute war der Traum mehr ein Trauma, eine herausgeputzte gotische Gartenlaube mitten in einer Großstadt, alles verwinkelt, verschlungen, verschachtelt, so traut und handgestrickt, so deutsch – der pure Kitsch. Eine Stadt, die für ihre Bleistifte und Bratwürste Berühmtheit erlangt hatte – und für ihre Nazivergangenheit. Erbärmlich.

Als sie durch die Polizeiwache an der Schlotfegergasse auf den präsidiumseigenen Parkplatz trat, fuhr ein silbrig-grüner BMW direkt auf sie zu, mit aufgeregt blinkender Lichthupe. Als der Wagen vor ihr stand, erkannte sie hinter der Frontscheibe Heinrich Bartels, ihren Stellvertreter, der sie zu sich heranwinkte. Sie nickte ihm kurz zu und trat auf die Fahrerseite. Er ließ das Fenster herunterfahren.

»Mensch, gut, dass ich dich noch antreffe, Paula. Wir haben einen neuen Fall, vielleicht, vielleicht aber auch nicht. Komm, steig ein, wir müssen zum Wöhrder See, da hat sich einer aufgehängt.«

Wortlos nahm sie auf dem Beifahrersitz Platz und griff sich prüfend in die Haare, die klatschnass waren. Sie drehte die Heizung auf Maximalstärke. Auch die weitere Fahrt in den Osten der Stadt verlief schweigsam. Heinrich kannte seine Chefin; er wusste, dass heute ein einziges unbedachtes Wort von ihm genügen würde, um sie aus der Fassung zu bringen.

Als sie an der Kreuzung Äußere Sulzbacher Straße zur Gustav-Heinemann-Straße vor der roten Ampel warteten, öffnete sie das Handschuhfach, das zu ihrer Überraschung vollständig leer war. Sie warf einen Blick in die ebenfalls leer geräumten Seitenfächer, und auch auf der Rückbank lag nicht das, was sie für ihren Einsatz jetzt dringend benötigt hätte.

»Sag mal, Heinrich, weißt du, ob in diesem Auto irgendwo ein Schirm liegt?«

»Ich weiß es nicht hundertprozentig, aber ich fürchte, da ist nichts«, antwortete er so sanft wie möglich.

»Vielleicht im Kofferraum?«

»Glaub ich nicht.«

»Und du hast auch nicht zufällig einen dabei?«

Die Ampel schaltete auf Grün.

»Paula, bitte, ich hab in meinem ganzen Leben noch nie einen Schirm besessen«, sagte er und bog scharf rechts ab. »Echte Männer brauchen keinen Schirm.«

»Ach, das wusste ich nicht. Was machen denn echte Männer, wenn es regnet und sie von oben bis unten tropfnass werden?« Fragend musterte sie ihn von der Seite.

Er trug wie immer Schwarz – schwarze Jeans, schwarzes Shirt, schwarze Jacke – und dazu ein großes Lächeln, als er nach einer Weile antwortete. »Sie beißen die Zähne zusammen und warten auf besseres Wetter.«

Kurz darauf stoppte Heinrich den Wagen in der kleinen Parkbucht, auf der noch vor ein paar Jahren Tag und Nacht Wohnwagen mit ausländischen Kennzeichen gestanden hatten, bis die Stadt Nürnberg dem einen Riegel vorgeschoben und das Abstellen von Wohnanhängern und Caravans über drei Tage hinaus verboten hatte. Seitdem fand man hier immer einen Parkplatz. Doch heute blockierten ein Leichenwagen, drei Einsatzautos der Polizei, der SUV der Kriminaltechnik sowie der Citroën von Dr. Frieder Müdsam, dem Gerichtsmediziner, die Stellfläche. Heinrich hatte Mühe, seinen BMW irgendwo dazwischenzuklemmen.

»Es sind ja schon alle da, bis auf uns«, sagte Paula, während er noch vor- und zurückmanövrierte. »Wann hat man dich denn informiert, und wer hat dich zu dem Einsatz abkommandiert?«

Heinrich sah auf die Uhr. »Zu deiner ersten Frage: vor einer guten Stunde. Ich habe dich daraufhin auch sofort angerufen, aber du warst ja leider nicht erreichbar. Fleischmann selbst hat uns damit beauftragt.«

»Und du weißt, wo wir hinmüssen?«

»Klar. Da oben«, er deutete auf die kleine Anhöhe vor ihnen, »muss es sein. Siehst du die zwei Pergolen? An einer von ihnen hat sich der Tote aufgehängt.«

Stumm marschierten sie auf den Aussichtspunkt zu. Oben wurden sie von Klaus Dennerlein, dem Chef der Kriminaltechnischen Abteilung, mit dem vorwurfsvollen Ausruf empfangen: »Es wird aber auch höchste Zeit, dass ihr endlich kommt. Wir alle warten schon über eine Stunde auf euch. Warum hat das denn heute so lange gedauert?«

Während Paula noch dabei war, an einer bissigen Retourkutsche zu feilen, sagte Heinrich gutmütig: »Reg dich doch nicht so auf, Klaus, jetzt sind wir ja da. Wo ist der Tote?«

Der Kriminaltechniker trat schweigend einen Schritt zur Seite und deutete mit dem Kopf nach hinten. Vor ihnen lag ein großer, schlaksiger Mann Mitte vierzig. Dunkelgrauer Anzug aus Kammgarn, rotbraune halbspitze, polierte Budapester aus feinstem Lackleder, die in dem trüben Februarlicht wie Kastanien glänzten, ein gelb-hellblau kariertes Hemd mit silbernen Manschettenknöpfen. Kein Mantel, keine Krawatte. Aus der Jackett-Tasche lugte ein farblich auf das Oberhemd abgestimmtes Einstecktuch hervor.

Die Kleidung offenbarte jene entspannte Eleganz, wie sie in der Nürnberger Geschäftswelt gerade so angesagt war. Nur die billige Baseballkappe mit den Initialen »NY« wirkte wie ein Fremdkörper. Fast so unpassend wie die weiße Mullbinde, die dem Toten zigfach um den Hals geschlungen war, sodass sie auf den ersten Blick wie eine Kunststoffmanschette, eine Stütze für die Halswirbelsäule aussah.

Paula beugte sich über den Kopf des Toten. »Habt ihr ihm die Lider geschlossen?«

»Nein, die hatte er schon zu, als wir ihn abgenommen haben«, sagte Klaus Zwo, Dennerleins Stellvertreter. »Paula, du solltest erst mal unseren Zeugen befragen, damit der heimgehen kann. Der wartet nämlich noch länger auf dich als wir.«

»Und wo ist dieser Zeuge?«

»Da hinten.« Der Kriminaltechniker wies mit dem Finger die Richtung. Auf einer der beiden Bänke unter dem zweiten Pergola-Gestell, das abschüssig auf halber Höhe lag, saß ein älterer korpulenter Mann in dunkelblauer Trainingshose und brauner wattierter Funktionsjacke, die sich über einen stattlichen Kugelbauch spannte. Er hielt einen brennenden Zigarillo-Stumpen in der Hand und sah neugierig zu ihnen herauf.

»Und gib Obacht, der hat einen Hund bei sich, einen richtigen Kläf—«

Doch da hatte Paula sich bereits von Klaus Zwo abgewandt und war einen Schritt auf ihren Zeugen zugegangen. Just in diesem Augenblick schoss unter der Bank ein winziger, vollkommen durchnässter Yorkshireterrier hervor und bellte sie wutschnaubend an. Hell und heiser.

Sie versuchte es mit gutem Zureden, was doch immer bei solchen Hunden seine Wirkung zeigte. Sie besänftigte und gefügig machte. »Na, du bist ja ein ganz ein Schöner. Und so mutig. Du hast wohl keine Angst vor der Polizei, hm? Wie heißt du denn?«, fragte sie bemüht freundlich. Doch der Terrier schien ein charakterstarkes Tier zu sein – er zeigte sich sowohl von ihren Schmeicheleien als auch von der seifig-säuselnden Tonlage unbeeindruckt und bellte ohne Unterlass weiter.

»Das ist unser Mausile«, sagte der Mann mit unverhohlenem Besitzerstolz. »Und eigentlich hat das Mausile auch den Mann da«, er deutete, ohne hinzuschauen, mit dem Zigarillo nach oben, auf das Gestänge der Pergola über ihnen, »gefunden.«

Paula hatte Mühe, ihn zu verstehen, akustisch zu verstehen. Seine Worte wurden von dem heiseren Mausile mühelos übertönt. Zeit für eine kleine Tonkorrektur.

»So, Mausile, jetzt hältst du mal deinen Mund, damit ich mich mit deinem Herrchen unterhalten kann. Jetzt ist mal Ruhe. Haben wir uns da verstanden?«

Wie es aussah, eher nicht. Der Terrier kläffte sich nach wie vor die Seele aus dem kleinen Leib. Paula sah kopfschüttelnd und in gewisser Hinsicht auch bewundernd auf den schmächtigen Vierbeiner, der es fertigbrachte, ein komplettes Einsatzkommando der Polizei von seiner Arbeit abzuhalten.

Der zweite überraschte Blick galt dem Herrchen von Mausile – der zuckte bei ihrem Appell nur bedauernd mit den Achseln. Er schien sich damit abgefunden zu haben, auf seinen Hund keinen Einfluss auszuüben. Paula war sich sicher, dass er es auch nie ernsthaft versucht hatte. Hier war der Hund derjenige, der seinem Herrchen zu verstehen gab, wo es langging.

Wer sich damit allerdings nicht abfinden konnte, dass dieses winzige Kraftpaket keinerlei Anstalten machte, ihrer doch eindeutigen Anordnung Folge zu leisten, war Kriminalhauptkommissarin Paula Steiner.

»Halt jetzt endlich mal deine Klappe!«, herrschte sie das Tier an. »Das ist ja nicht zum Aushalten! Wie soll denn da ein Mensch seiner Arbeit vernünftig nachgehen? Und das noch bei diesem Scheißwetter.«

Doch auch diese Direktive blieb ohne den gewünschten Erfolg. Mausile bellte und bellte in hellem Diskant, als würde es dafür bezahlt.

Da drehte sich Paula entnervt zu dem Schutzpolizisten um, der ihr am nächsten stand. »Separieren! Und zwar augenblicklich.«

Noch bevor der junge Kollege, der den Mund bereits zum Widerspruch geöffnet hatte, etwas hervorbringen konnte, setzte sie grimmig hinzu: »Und es ist mir vollkommen wurst, wie Sie das anstellen.«

Nachdem Mausile unter heftigem Protest endlich entfernt worden war und man nur mehr sein leises Fauchen vom Ufer des Wöhrder Sees hören konnte, setzte sich Paula neben ihren Zeugen auf die nasse Holzbank. Sie stellte sich mit Namen und Dienstrang vor, stülpte den Kragen ihrer Jacke hoch, zog aus der Tasche ihren Notproviant für solche Fälle und für solche Tage hervor, ließ sich vom Zigarillo-Raucher Feuer geben und blies den Rauch Richtung Pergola-Abdeckung. Sie gab sich Mühe, freundlich und entspannt zu klingen, während sie die Schachtel HB wieder einsteckte.

»Machen wir es kurz. Das ist doch auch in Ihrem Sinn, oder? Sie und Ihr Mausile wollen bestimmt jetzt so bald als möglich heim. Wann haben Sie den Toten denn gefunden, Herr ...?«

»Mausner ist mein Name, Eberhard Mausner.«

»Gut, Herr Mausner. Also, wann genau haben Sie ihn gefunden?«

»Um sieben Uhr dreiundvierzig«, kam es wie aus der Pistole geschossen.

»Woher wissen Sie das so genau?«

»Ich weiß, worauf es bei solchen Fällen ankommt. Ich schau

mir nämlich gern Krimis im Fernsehen an. Alle möglichen. Und da braucht die Polizei immer die exakte Uhrzeit. Da kommt es auf jede Minute an.«

Das war zwar falsch, besonders in diesem speziellen Fall, dennoch stimmte sie Herrn Mausner zu. »Jaja, da haben Sie vollkommen recht. Da zählt wirklich jede Minute. So, jetzt was anderes: Der Tote hing also von diesem Säulengang herab, an einer dieser Stahllamellen, oder?«

Heftiges Kopfnicken. »Genau, da nebenan. Das weiße Band –«

»Also die Mullbinde«, korrigierte sie ihn.

»Ja, die Mullbinde war oben verknotet, mit einer richtigen Schleife.«

Verknotet? Wie sollte ein Suizidkandidat das fertigbringen, sich zunächst diesen schmalen Stoffstreifen mehrfach um den Hals zu wickeln und die Enden dann auch noch an dem Stahlträger über der Abdeckung kunstvoll zu einer Schleife zu binden? Falls Herrn Mausners Angaben richtig waren, konnte sie damit Selbstmord ausschließen. Vorerst zumindest.

»Sind Sie sich sicher bei der Sache mit dem Knoten?«

»Auf jeden Fall. Meine Augen sind noch tipptopp. Ich brauche keine Brille, um so etwas zu erkennen.« Entrüstet sah er sie an.

»Das will ich auch gar nicht in Abrede stellen. Nur ist gerade diese Ihre Aussage immens wichtig für unsere weiteren Ermittlungen, da muss ich hundertprozentig sicher sein können.«

»Es war ein Knoten«, beharrte Eberhard Mausner. »Fragen Sie doch einen von diesen Herren da, die haben ihn ja schließlich abgenommen.«

»Das mit dem Knoten stimmt, Paula. Klaus Zwo hat mir das soeben bestätigt«, sagte Heinrich, der auf einmal hinter ihr stand. Sie hatte ihn nicht kommen hören.

»Und sonst, ist Ihnen sonst noch etwas an dem Toten aufgefallen?«

»Ich weiß ja nicht, ob das wichtig ist …« Kurzes Zögern und ein letzter Zug von dem Zigarillo, bevor er auf dem Boden mit dem Schuhabsatz zerbröselt wurde.

»Alles, was Sie uns sagen können, ist wichtig. Alles. Sie sind unser einziger Zeuge, Herr Mausner. Wir sind auf Ihre Mithilfe dringend angewiesen«, sagte sie mit einem aufmunternden Lächeln.

»Der Mann ist ja ziemlich groß. Das ist Ihnen sicher auch schon aufgefallen. Ein richtig langer Lulatsch. Der hat mit den Füßen fast den Boden erreicht. Wenn sich jemand aufhängt, baumelt er doch meist mit den Beinen im Freien. Von einer Zimmerdecke oder so. Also, so kenne ich das zumindest aus dem Fernsehen. Aber hier nicht. Ich hab mir gleich gedacht, dass der sich nicht selbst umgebracht haben kann. Wenn man sich wirklich aufhängen will, dann geht man doch auf Nummer sicher und hängt sich so auf, dass man möglichst weit nach unten fällt. Das muss Mord gewesen sein, davon bin ich überzeugt.«

»Auch das hat Klaus Zwo bestätigt«, raunte ihr Heinrich zu, »dass der Tote mehr stand als hing.«

»Gut. Weiter. Sie haben ihn also entdeckt und gleich darauf die Polizei angerufen.«

»Nein, habe ich nicht. Ich hab doch kein Handy, wissen Sie. Ich brauch auch keins, ich komme gut ohne solchen neumodischen Schnickschnack zurecht. Ich musste also warten, bis jemand vorbeikam. Knapp eine halbe Stunde später kam auch jemand, ein Jogger. Der hat hier auf dieser Bank, wo wir jetzt sitzen, die Beine gedehnt und nach hinten gestreckt, was Läufer halt so machen zwischendurch. Und den hab ich dann gefragt, ob er ein Handy bei sich hat. Hatte er. Der war es, der die Polizei angerufen hat. Aber in meinem Namen.«

»Ah ja. Und wo ist dieser Jogger jetzt?«

»Der hat es eilig gehabt. Er müsse jetzt zur Arbeit, hat er gesagt. Er könne hier nicht stundenlang warten. Ich habe ihn dann auch gehen lassen, schließlich hab ich den Toten ja gefunden. Ich bin Ihr Zeuge. Ich habe alles gesehen. Der hätte Ihnen nichts sagen können. Gar nichts.«

»Schon, ja ... Na, das ist im Moment auch egal. Letzte Frage, dann können Sie gehen. Was ist mit der Baseballkappe? Trug der Tote die auf dem Kopf, als Sie ihn fanden, oder lag sie am Boden?«

»Er hatte sie auf. Komisch, gell? Passt auch gar nicht zu dem, finde ich. So vornehm, wie der angezogen ist.«

Paula notierte sich Mausners Adresse, bedankte sich für dessen »Hilfe und Geduld, zumal bei diesem Dreckswetter«, erhob sich und rief dann nach unten zum Seeufer, man könne den Hund jetzt wieder bringen. Kurz darauf tauchte Mausile auch schon auf der Anhöhe auf, den Polizisten an der straff gespannten Leine im Schlepptau.

Mit einem Satz sprang das hechelnde Tier auf den Arm seines Besitzers, der für diesen Moment des Wiedersehens eigens in die Hocke gegangen war, und vergrub den Kopf mit einem glückseligen Fiepen tief in den Falten seiner Jacke.

Eberhard Mausner blickte entzückt auf das feuchte Fellbündel mit den zwei schwarzen vor Freude glänzenden Knopfaugen. »So, das hast du jetzt davon. Jetzt war das Mausile nicht dabei, als dein Herrchen seine Aussage gemacht hat. Weil du auch keine Ruhe geben kannst, weil du immer so viel bellen musst, du Verrecker, du goldiger. Aber gell, goldig ist sie schon, mein Mausile?«

Eine rhetorische Frage, ein Nein war als Antwort nicht vorgesehen. »Hm, sehr goldig«, bejahte Paula also etwas säuerlich.

Sie spürte die Kälte in ihren Füßen, sie hatte klamme Hände, Reißwinde fuhren ihr ins Haar, und der stärker werdende Regen peitschte ihr ins Gesicht. Höchste Zeit für einen Standortwechsel.

»Heinrich, du hast bestimmt schon mit Frieder gesprochen. Er kann uns doch in der Tetzelgasse genauso gut sagen, was er herausgefunden hat. Oder muss das hier vor Ort erfolgen?«

»Ja, ich habe kurz mit Frieder geredet. Selbstmord schließt er aus, und zwar aus mehreren Gründen. Er hat zum Beispiel Würgemale am Hals entdeckt, die mit einem Selbstmord durch Erhängen nicht vereinbar sind. Außerdem hat er Gewebereste unter den Fingernägeln —«

»Das reicht schon«, schnitt sie ihm das Wort ab. »Dann können wir das hier ja jetzt abbrechen.« Sie winkte die Bestatter zu sich und gab Order, den Toten unverzüglich in die Gerichtsmedizin zu bringen.

Dann ging sie zu Klaus Dennerlein, der auf der zweiten Holzbank stand und sich an der Pergola-Abdeckung zu schaffen machte. »So, Heinrich und ich, wir sind hier durch. Wir fahren zurück. Und ihr, wie lang braucht ihr noch?«

»Klaus und ich sind auch bald fertig. Du kriegst die Ergebnisse aber erst morgen, Paula. Passt dir das?«

»Auf jeden Fall. Das eilt ja nicht. Habt ihr Hinweise auf seine Identität?«

»Ja, er hatte seinen Personalausweis in der Jackett-Innentasche. Bist du so gut und holst ihn dir selbst aus meinem Koffer? Der steht direkt unter mir.«

Paula zog den abgeschabten, wuchtigen Metallkoffer unter der Bank hervor. Die kleine Plastiktüte mit dem Ausweis lag obenauf. Sie betrachtete zunächst das kleine Passfoto. Ja, das war ihr Toter, kein Zweifel. Das längliche Gesicht, die schmalen Lippen, die Himmelfahrtsnase. Mit dem kurz geschnittenen aschblonden Haarkranz wirkte er auf dem wenig schmeichelnden Foto älter, als er war. Auf jeden Fall älter als mit der Baseballkappe. Vielleicht hatte er diese Kopfbedeckung ja doch bewusst getragen, auch wenn sie nicht zu seinem Outfit passen wollte – allein, um jünger auszusehen?

»Torsten René Uhlig«, las sie halblaut vor. Sechsundvierzig Jahre, geboren 1970 in Chemnitz. Ein Sachse. Wohnort: Nürnberg, gemeldete Adresse: Prinzregentenufer 7. Das war doch das ehemalige ADAC-Haus, wo jetzt Anwaltskanzleien, die Fürstlich Castell'sche Bank und diese Goldhandel GmbH Degussa logierten, oder? Doch, doch, da war sie sich ganz sicher, das musste dieses repräsentative, prachtvolle und sehr gepflegte Gebäudeensemble direkt an der Wöhrder Wiese sein.

Klassizistischer später Jugendstil. Allerlei Erker, Pilaster, ovale Fenster, obenauf ein zierlicher Turmaufsatz. Und da wohnte dieser Uhlig? Womit verdiente der sein Geld, dass er sich so einen noblen Wohnsitz leisten konnte? Wahrscheinlich war er Anwalt oder Arzt. Nein, Arzt in hoher Position eher kaum, dafür fehlten ihm die zwei entscheidenden Buchstaben in seinem Ausweis, das große »D« und das kleine »r«.

Sie legte die Plastiktüte wieder in den Koffer. »Sag mal, Klaus, frierst du nicht, du bist doch obenrum auch klatschnass.«

»Na, mir ist nicht gerade heiß, aber frieren? Nein.«

»Und dieser Dauerregen, macht der dir nichts aus?«

»Ach«, sagte er mit einer geringschätzigen Handbewegung, »das nieselt halt ein wenig. Und falls es stärker wird, holen wir uns den Schirm aus dem Auto.«

»Den Schirm?«, fuhr sie ihn lauthals an. »Ihr habt einen Schirm im Auto und sagt nichts. Ihr müsst doch sehen, dass ich –«

»Hätt'st halt was g'sagt.« Klaus Dennerlein würdigte sie keines Blickes. »Riechen können wir es nicht.«

»Hätt'st halt was g'sagt, hätt'st halt was g'sagt«, äffte Paula ihn kopfschüttelnd nach, während sie sich auf den Weg zu Dr. Müdsam machte.

»Vorab eine Frage, lieber Frieder: Hast du auch einen Schirm im Auto liegen?«

Erstaunt guckte er zu ihr herab, mit diesem leise lächelnden Blick, den sie an ihm so mochte. »Nein, Paula, hab ich nicht. Ich besitze überhaupt keinen Schirm, ich habe schlichtweg keinen, weder im Auto noch daheim. Wenn ich auf Außendienst bin und mal einen brauchen sollte, kann ich mir immer einen bei den KTlern borgen.«

»Und warum hast du keinen Schirm? Findest du Schirme unmännlich?«

»Darüber habe ich mir noch keine Gedanken gemacht. Unmännlich? Wahrscheinlich ja. Ich finde, es passt nicht zu mir. Brauchst du wohl einen? Dann leih dir doch einen von der KT aus.«

»Ach, jetzt ist es auch schon wurst. Frieder, macht es dir was aus, wenn du mir deine Erkenntnisse nicht hier, sondern in der Gerichtsmedizin mitteilst? Heinrich sagte, das wäre auch in deinem Sinn. Und ich möchte keine Sekunde länger als nötig in dieser Kälte rumstehen.«

»Nein, überhaupt nicht. Willst du gleich in die Gerichtsmedizin mitfahren oder erst ins Präsidium?«

Eine verlockende Offerte, die sie aber nach kurzem Zögern

ausschlug. »Das geht leider nicht. Ich komme so bald als möglich zu dir. Ich muss im Präsidium noch ein paar Sachen regeln.«

Bevor sie nach Heinrich rief, drehte sie sich kurz um die eigene Achse. Hinter ihr lag der Neubau des Sebastianspitals, von den Nürnbergern »Wastl« genannt, davor schimmerten nasse Bahngleise durch das kahle Geäst der Bäume. Wahrscheinlich die RE-Strecke, die nach Lauf und Velden führte. Zwischen Gleisen und dem Pergola-Plateau dann ein schmaler Graben, ein paar Quadratmeter Wildnis. Hohes Gras, zerzauste Büsche, dazwischen Zivilisationsmüll.

Eine weitere Vierteldrehung nach rechts, und sie sah auf die Dr.-Carlo-Schmid-Straße sowie auf die lang gezogene vierspurige Gustav-Heinemann-Brücke, die die Stadtviertel Zerzabelshof und Schoppershof miteinander verband. Auch die Sicht auf den Business Tower, ein zylinderförmiges, wichtigtuerisches Hochhaus in der Ostendstraße mit der solitären Arroganz seelenloser Behälterarchitektur, war unverstellt.

Von drei Seiten also hatte man einen guten, einen fast freien Blick auf den Toten. Paula fragte sich, warum niemand – egal, ob Autofahrer, Spaziergänger, Bewohner des Altersheims oder ein Angestellter aus dem Bürogebäude – früher auf den an der Pergola-Abdeckung aufgeknüpften Torsten Uhlig aufmerksam geworden war. So offensichtlich, wie er auf diesem Plateau wie in einem Schaufenster ausgestellt worden war. Da musste erst Herr Mausner samt seinem unermüdlich kläffenden Terrier kommen und seiner Bürgerpflicht Genüge tun. Seltsam war das.

Schließlich schüttelte sie diesen irritierenden Gedanken von sich ab wie die Nässe aus ihrem tropfenden Haar und rief nach Heinrich.

Als sie den Jakobsplatz erreicht hatten, eilte sie über den präsidiumseigenen Parkplatz voraus und rannte die Stufen zu ihrem Büro hinauf. Dort angekommen, sah Eva Brunner erwartungsvoll zu ihr auf.

»Bitte, jetzt nicht«, gebot Paula, bevor ihre Mitarbeiterin irgendetwas sagen konnte. »Später gerne ausführlich. Aber ich muss mir erst mal die Haare föhnen und überhaupt schauen, dass ich wieder trocken werde.«

Sie holte den kleinen Handföhn aus der untersten Schublade ihres Schreibtischs, dazu ein paar ausgemusterte Turnschuhe, ein ausgewaschenes, ehemals dunkelblaues Sweatshirt sowie eine labbrige hellbraune Baumwollhose, die sie hier für Fälle wie diesen aufbewahrte, und ging damit zur Damentoilette.

Keine Viertelstunde später, und sie marschierte zurück in ihr Büro, mit dem fast trocken geföhnten Haar und den ausrangierten Kleidungsstücken am Leib. Heiter, fast beschwingt war sie. Weil sie glaubte, das Schlimmste dieses tristen Regentages läge nun hinter ihr.

Als sie das Zimmer betrat, starrte Eva Brunner sie erst verwundert an, um dann sofort wegzusehen. Heinrich dagegen bedachte ihre abenteuerliche Erscheinung mit einem spöttischen Grinsen.

Paula kam möglichen Kommentaren zuvor. »Ich weiß selbst, wie ich aussehe. Aber manchmal geht es eben nicht anders. Außerdem habe ich heute keinen Außentermin mehr, also keinen, bei dem ich Eindruck schinden muss. Die Umfeldbefragungen werden nämlich Sie, Frau Brunner, und du, Heinrich, übernehmen. Hast du Frau Brunner schon in groben Zügen über unseren Fall informiert?«

»Selbstverständlich. Die Eva weiß Bescheid. Sie weiß genau das, was wir wissen, was zum derzeitigen Stand nicht gerade viel ist«, antwortete er.

Nach einer kurzen Pause folgte der Vorwurf, mit dem Paula schon gerechnet hatte. »Aber ich frage mich schon, warum du dann nicht gleich mit Frieder in die Tetzelgasse gefahren bist, wenn du uns alle Befragungen aufs Auge drückst. Er hat es dir ja extra angeboten. Dann hätte ich nämlich dort bleiben und mir den Umweg hierher ersparen können.«

»Das wusste ich zu dem Zeitpunkt noch nicht, wie die Arbeit am besten aufzuteilen ist. Das habe ich gerade jetzt beschlossen. Ist das wohl ein Problem für dich?«

Sie erhielt sogar eine Antwort auf ihre rhetorische Frage. »Nein, passt schon. Wobei ich«, sagte er mit hochgezogenen

Augenbrauen, »eine Umfeldbefragung hier für wenig bis gar nicht zielführend halte. Was soll das bringen? Wen sollen wir befragen? Meinst du, im Business Tower hat das irgendjemand beobachtet? Dazu bräuchte er ein Fernrohr. Und du weißt ja nicht einmal, zu welchem Zeitpunkt dieser Uhlig dort aufgeknüpft wurde. Wir wissen eigentlich gar nichts, und insofern —«

»Und insofern«, unterbrach sie ihn, »macht eine Umfeldbefragung sehr viel Sinn. Weil sich dabei nämlich die Möglichkeit ergeben könnte, dass wir mehr erfahren. Fangt halt mal mit dem Wastl an. Die Zimmer nach Süden gehen ja direkt auf diese Anhöhe. Ich hab mir sagen lassen, dass alte Leute mitunter schlecht schlafen, und da ist es doch denkbar, dass der eine oder die andere aus dem Fenster gesehen und dabei etwas beobachtet hat.«

»Pff«, schnaubte Heinrich verächtlich, »das ist kein normales Altersheim, das ist ein Pflegeheim. Und wie da die Menschen drauf sind, brauche ich dir ja wohl nicht zu erklären.«

Sie wollte gerade auf seinen Versuch, diese unbequeme Routinearbeit zu umgehen, kontern, da kam ihr Eva Brunner zuvor. »Also, ich hab vor Kurzem gelesen, dass diese Alten in den Heimen gesellschaftlich oft unterschätzt werden. Freilich sind sie körperlich eingeschränkt, aber darunter gibt es auch etliche, die geistig noch voll fit sind. Das eine hat mit dem anderen nichts zu tun, Heinrich. Im Gegenteil, gerade weil sie in der Regel ans Bett gefesselt sind und ihr Aktionsradius damit sehr eingeschränkt ist, haben sie eine ganz feine Beobachtungsgabe entwickelt. Da werden nämlich automatisch die anderen Sinne geschärft, die —«

Bevor die Mitarbeiterin Brunner ihre Erkenntnisse ausschweifend darlegen konnte, die sie wahrscheinlich einmal mehr ihrer Lieblingslektüre »Psychologie heute« entnommen hatte, wurde sie von Paula Steiner unterbrochen. »Genau so sehe ich das auch. So, und jetzt ist Schluss mit der Diskussion. Viel Erfolg bei eurer Recherche. Auf Wiedersehen!«

Noch gab sich Heinrich nicht geschlagen. »Und wer soll es den Angehörigen sagen? Du ja wohl kaum in deiner jetzigen Aufmachung. So kannst du nicht einer frisch gebackenen Witwe gegenübertreten, so nicht. Aber das könnte ich ja übernehmen, während ihr —«

»Erstens: Mach dir nicht so viele Gedanken über mein äußeres Erscheinungsbild, das lässt sich ganz schnell korrigieren. Und zweitens: Welcher Witwe sollte ich da gegenübertreten? Du hast wohl schon in der Richtung recherchiert?«

»Nein, hab ich nicht. Wann denn auch? Aber es ist doch denkbar, dass er verheiratet gewesen ist.«

»Ich habe keinen Ehering gesehen. Und an eine Witwe glaube ich schon gar nicht, wenn überhaupt, dann eher an einen Witwer«, betonte sie das Nomen.

»Hä, warum? Wie kommst du da drauf?«

»Das fragst ausgerechnet du, der Schirme für unmännlich hält! Ja, hast du denn das Einstecktuch in seiner Sakkotasche nicht gesehen? Wenn es ein Insigne der Unmännlichkeit gibt, dann doch wohl so ein Tuch, farblich passend zu dem Hemd. Dazu die sehr modischen Schuhe aus Lackleder mit der Lochverzierung. Das spricht doch Bände.«

Da das selbst in ihren Ohren ziemlich voreingenommen bis stereotyp klang, versuchte sie, ihre Aussage umgehend durch einen selbstironischen Witz zu relativieren. »Also auf den ersten Blick und nur für die, die ein sehr konservatives Männlichkeitsbild haben und es auch pflegen, wie ich zum Beispiel.«

»Ja«, sagte Heinrich, »in der Beziehung bist du mitunter sehr old-school-mäßig drauf.« Dann griff er zu Smartphone und Block, nickte Eva Brunner, die bereits wartend im Türrahmen stand, auffordernd zu und verließ mit ihr gemeinsam das Zimmer.

Nachdem ihre Mitarbeiter endlich verschwunden waren, eilte Paula nochmals zur Damentoilette, stellte sich auf den einfachen Holzstuhl und begutachtete ihr Spiegelbild von oben bis zu den Knien. Na, so schlimm, wie Heinrich getan hatte, sah sie nicht aus. Anders als sonst, das ja. Leger eben, das ging jetzt mehr in die sportlich-lässige Richtung, Abteilung Freizeit-Outfit. Doch, so konnte sie Frieder durchaus gegenübertreten. Wenn sie jetzt noch die Jacke darüberzog und während des Gesprächs mit ihm auch anbehielt, dann würde ihm ihre gewagte Kombination aus der Schreibtisch-Altkleidersammlung gar nicht auffallen.

Ein kurzer Abstecher in das K 22, dann endlich verließ auch sie das Präsidium, in Begleitung eines soliden schwarzen Herren-Stockschirms, den sie sich bei den Kollegen der »Sonderformen der Eigentumskriminalität« ausgeliehen hatte.

Punkt vierzehn Uhr fünfzehn erreichte sie das düstere, klobige Gebäude der Gerichtsmedizin in der Tetzelgasse. Sie klopfte an das Fenster. Dr. Frieder Müdsam sah kurz von dem Obduktionstisch auf und nickte ihr zu. Sekunden später öffnete Waltraud Prechtel, die Institutssekretärin, die schwere Haustür.

»Oh, da haben Sie aber einen schönen Schirm, Frau Steiner«, sagte sie anerkennend. »Und so praktisch. Nichts gegen einen Knirps, aber bei diesem Sauwetter braucht man schon was Handfestes, gell? Geben Sie nur her, ich stelle ihn hier neben dem Eingang zum Trocknen auf. Da vergessen Sie ihn nicht. Ihre Jacke können Sie mir auch gleich geben, die hänge ich bei mir im Zimmer auf.«

»Die möchte ich lieber anbehalten«, wehrte Paula das Angebot ab.

Auf dem Obduktionstisch lag nicht, wie sie erwartet hatte, Torsten Uhlig, sondern ein weiblicher Leichnam. Fragend sah sie zu Frieder auf.

»Ich dachte, du bist schon bei meinem Toten. Da war ich wohl etwas voreilig. Soll ich morgen wiederkommen?«

»Das brauchst du nicht. Wir sind mit deinem Fall schon fast durch. Komm mal mit.«

Sie folgte ihm in die kleine klimatisierte Leichenkammer, wo die halb garen Fälle aufbewahrt wurden. Ein Raum in tageslichtlosem Betongrau. Hier, auf dem einzigen Obduktionstisch, lag ihr Toter unter einem grünen Laken, die Zehen ragten ein wenig über die Tischkante heraus. Nur sein schmaler Kopf war sichtbar. Müdsam schlug das Laken bis zu den Hüften zurück.

»Also, wie ich schon Heinrich gegenüber angedeutet hatte, handelt es sich hier eindeutig um Mord. Siehst du die Würgemale da neben der Strangfurche?« Er deutete auf den Hals des Toten.

Sie nickte stumm.

»Das ist das erste Indiz, dass der Täter ihn erwürgt haben muss. Das zweite: die blaue Gesichtsverfärbung, die durch die Atemnot während des Würgevorgangs entstanden ist. Und auch die punktförmigen Hautblutungen hier außen«, Frieder zeigte auf die Augenpartien, »sind typische Erstickungsblutungen. Außerdem habe ich in der Haut um die Strangfurche keinen erhöhten Histamingehalt feststellen können, und der ist ja, wie du weißt ...«

»... unabdingbar als Nachweis eines strangulierten Gewebes«, ergänzte sie seinen angefangenen Satz.

»Genau«, sagte Müdsam. »Und insofern ist der Täter hier sehr dilettantisch vorgegangen in seinem Bemühen vorzutäuschen, Uhlig habe sich selbst erhängt.«

Paula gab ihm in allem recht. Und doch ... irgendetwas störte sie an seiner Theorie. Nichts Gravierendes, eine Kleinigkeit nur. Auch wenn sie im Augenblick nicht sagen konnte, was das war.

»Kannst du Genaueres zum Tathergang sagen?«

»Selbstverständlich, das hatte ich vergessen, dir zu sagen. Man hat ihm erst die Mullbinde um den Hals gezogen, von hinten, anschließend mit beiden Händen gewürgt, und das mit einer solchen Wucht, dass ihm dabei der Kehlkopf regelrecht zerquetscht wurde. Ich habe übrigens am oberen Thorax bis hin zum Kinn Anhaftungen von Trockenpulver gefunden.«

Auf ihren fragenden Blick ergänzte er: »Das ist das Zeug, das für Gummihandschuhe benutzt wird, um den Schweiß aufzusaugen. Sonst gibt es keine Spuren. Nochmals: Das Opfer hatte keine Chance, sich zur Wehr zu setzen. Das muss ganz schnell gegangen sein.«

»Also ist es möglich, dass Uhlig seinen Mörder gekannt hat«, sinnierte sie. »Wenn er ihm schon so arglos den Rücken zugekehrt hat, oder?«

»Muss nicht sein, der Täter kann ihn ja auch überrascht haben. Und bei dieser speziellen Tötungsart bringt das Opfer nicht einmal mehr einen Piep heraus. Wenn es der Täter einigermaßen geschickt anstellt, wonach es ja hier aussieht. Außerdem weist das Opfer einen instabilen Berstungsbruch des zwölften Brustwirbels auf. Diese Fraktur rührt vermutlich daher, dass der Tote, als er nach vorn klappte, auf einen harten und ziemlich flächigen Gegenstand aufgeschlagen ist.«

»Hm. Heinrich sagte mir, du hättest Gewebereste unter seinen Fingernägeln gefunden. Wann kann ich da mit den Ergebnissen rechnen, Frieder?«

»Sofort«, sagte er. »Unser Labor hat die tatrelevanten DNA-Spuren bereits untersucht. Aber sie sind nicht in der Datenbank des LKA gespeichert. Das bringt dich leider nicht weiter.«

»Ja, schade. Wäre ja auch zu einfach gewesen.« Paula überlegte, sie hatte doch noch etwas fragen wollen ...

Der Gerichtsmediziner kam ihr zuvor. Er hatte das Talent, Gedanken zu lesen, selbst solche, die sich noch im Entstehungsstadium befanden. »Übrigens, die Mullbinde gibt genauso wenig her. Es ist eine handelsübliche gewobene, also starre Binde aus Naturfaser, wie sie als Kompressions- oder Fixierbinde für Wundauflagen eingesetzt wird. Alle alten Auto-Verbandskästen haben so starre Mullbinden – millionenfach.«

Jetzt blieb nur noch diese Kleinigkeit. Das winzige Detail, das sie an seiner im Großen und Ganzen doch zutreffenden Theorie gestört hatte. Das, wobei sie ihm vorhin widersprechen wollte. Was nicht ins Bild von dem an der Pergola aufgeknüpften Uhlig passte. Aufknüpfen – Knoten ...

»Weißt du, was ich glaube? Ich glaube nicht daran, dass der Täter Uhligs Selbstmord vortäuschen wollte. Nein, nein. Das hätte er einfacher haben können. Und schneller. Mit einem Seil zum Beispiel. Das muss er nicht so aufwendig um den Hals schnüren. Und vergiss nicht den Knoten. Bis die Mullbinde so kunstfertig um diesen Eisenträger angebracht ist, dann noch bei der Größe des Opfers ... Nein. Das halte ich für nahezu ausgeschlossen. Aber warum nur diese Mühe? Dieser unnötige Zusatzaufwand?«

Nach einer langen Pause, während der auch Müdsam schwieg, setzte sie hinzu: »Vielleicht wollte er ein Zeichen setzen? Dafür spräche auch die exponierte Stelle auf dem Hügel. Du kennst doch bestimmt auch den Film ›Hängt ihn höher‹ mit Clint Eastwood? Da ging es um Lynchjustiz. Es könnte doch sein —«

Das Klingeln ihres Handys unterbrach sie bei ihren Vermutungen. Es war Klaus Zwo, der soeben die Wohnung des Opfers aufbrechen ließ und Paula fragte, ob sie bei der Erstbesichtigung dabei sein wollte.

»Ja, auf jeden Fall. Ich bin in spätestens einer halben Stunde bei euch.«

Sie wandte sich wieder Müdsam zu. »Jetzt brauche ich von dir bloß noch die Tatzeit, Frieder. Oder bin ich mit meiner Frage zu früh?«

»Nein. Du bist nicht zu früh. Wie gesagt, das hier«, sagte er mit einem Fingerzeig auf den Toten, »war mal eine sehr einfache Geschichte. Umgebracht hat man ihn zwischen dreiundzwanzig Uhr und Mitternacht. Das weiß ich definitiv. Denn bei ihm war schon dort am Wöhrder See die Leichenstarre vollständig ausgeprägt. Wann man ihn allerdings an dieser Pergola aufgehängt hat, kann ich nicht so eng eingrenzen. Auf jeden Fall in einem Zeitraum zwischen ein und vier Uhr in der Nacht. Später nicht.«

»Das ist doch wunderbar. Du hast mir sehr geholfen«, dankte Paula ihm mit einem großen Lächeln. »Ich weiß gar nicht, wie ich im nächsten Jahr ohne dich auskommen soll. Du fehlst mir jetzt schon. Überleg dir das halt nochmals, das mit deinem Ruhestand. Bitte, Frieder.«

Doch er schüttelte nur den Kopf. »Du wirst mir auch fehlen, Paula. Aber mein Entschluss steht fest. Daran kannst nicht einmal du rütteln. Fast vierzig Jahre in der Forensik sollten doch langen.«

»Schon, ja, aber …«

»Wir können uns ja weiterhin ab und an treffen. Und wenn du mal meine berufliche Hilfe brauchst, dann weißt du doch, dass ich immer für dich und vor allem für deine Toten da bin«, versuchte er es mit einem Scherz.

»Das ist aber nicht das Gleiche«, antwortete sie ungewohnt ernst. »Ich will einfach nicht, dass sich bestimmte Dinge ändern. Vor allem nicht die paar erfreulichen, die mit fortschreitendem Alter immer weniger werden.«

Da legte er ihr die rechte Hand sanft und nur für einen kurzen Moment auf die Schulter. »Ich weiß, Paula, ich weiß. Das ist ja auch unter anderem der Grund, warum ich spätestens nächstes Jahr in Rente gehe.«

Eine Erklärung für diese sibyllinische Einlassung blieb er ihr schuldig.

Nachdenklich ging Paula zurück zu dem BMW, den sie auf dem Egidienplatz abgestellt hatte. Nachdem sie den Schirm umständlich im Kofferraum verstaut und den Wagen gestartet hatte, schaltete sie die Zündung wieder aus. In den Klamotten, die sie derzeit am Leib trug, konnte sie auf keinen Fall in das noble, prachtvolle ADAC-Haus gehen. Außerdem fürchtete sie den Spott der Kriminaltechniker. Also stieg sie aus, nahm den Schirm wieder aus dem Kofferraum und machte sich zügig auf den Weg zu ihrer Wohnung, die nur ein paar hundert Meter entfernt lag.

ZWEI

Eine knappe Stunde später. Paula Steiner, nun in das Paradestück ihres Kleiderschranks, den taubenblauen Hosenanzug
aus Woll-Musselin, gekleidet, stand vor der breiten bogenförmigen Tür des ADAC-Hauses und blickte nach oben. Das
Gebäudeensemble war ja noch prächtiger, schöner, als sie es in
Erinnerung hatte. Sie sah auf die Klingelleiste. Wie es aussah,
lag Uhligs Wohnung im dritten Stockwerk. Bedächtig schritt
sie die Stufen hinauf.
Klaus Zwo öffnete ihr die Wohnungstür.
»Zeit wird's«, sagte er, »dass du endlich kommst. Eine halbe
Stunde sind für mich dreißig ...« Er stockte, betrachtete sie von
oben bis unten, von unten bis oben, erst fragend, dann argwöh-
nisch. »Da muss ich doch was verpasst haben. Verleihen sie dir
heute das Große Bundesverdienstkreuz mit Stern und Schulter-
band?« Dann trat er einen Schritt zur Seite und ließ sie mit einer
übertrieben galanten Handbewegung eintreten.
Sie ignorierte sein hingefrotzeltes Kompliment. Streifte sich
die weißen Schutzhandschuhe über, die er ihr jetzt wortlos überreichte, und stellte sich nach einem Schnelldurchgang vor das
Doppelfenster im Wohnzimmer. Es zeigte Nürnberg aus einer für
sie völlig ungewohnten Perspektive, nämlich als Parklandschaft.
Zu ihren Füßen eine uralte Platanenallee, an die sich ein schmaler
Seitenarm der Pegnitz und schließlich die weiten und bei diesem
unwirtlichen Wetter nahezu menschenleeren Auen der Wöhrder
Wiese anschlossen.
Und doch ... sie hatte sich mehr erwartet. Zugegeben, die
Wohnung war ein Traum, was den Ausblick und auch die Größe
anbelangte. Gute zweihundert Quadratmeter verteilten sich auf
vier sehr großzügig geschnittene Zimmer. Aber das andere ...
Die Einrichtung, angestrengt feudal und geschmacklos zugleich.
Da waren einfach zu viele scharfe Kontraste, ein Überhang an
nonkonformistischen Statements, als dass sich hier irgendwo das

Gefühl von Behaglichkeit oder zumindest von Wohnlichkeit einstellen konnte.

Allein das Wohnzimmer. Eine Mischung aus Miami Beach und Louis-quatorze. Weiße Plastikmöbel, wie auch ihre Mutter sie bei Beginn des Sommers auf die Terrasse stellte, ein kreisrunder roter Flauschteppich, der stark an die fünfziger Jahre anmutete. Darauf stand ein ungewöhnlich zierlicher Barocksekretär mit kassettierter Schreibplatte und geschweiftem Kommodenunterteil aus Eichenholz. Von der Decke hing ein überdimensionaler Kronleuchter mit unzähligen schimmernden Ketten und funkelnden Tropfenkristallen. An den Wänden ein paar abstrakte Gemälde und ein Druck von Andy Warhols Marilyn-Monroe-Diptychon. Kein Bücherregal, dafür ein riesiger Fernseher und ein Multiroom-System von Revox, das sich auf alle Räume verteilte, sogar im Bad mit seiner frei stehenden cremeweißen Badewanne und den funkelnden Armaturen waren kleine weiße Lautsprecher in die Wand eingebaut.

Das Schlafzimmer war in kastilischem Stil gehalten, dunkel, schwer, kastig, der mit den geschnitzten Totemfiguren und den vielen Trommeln an der Wand ins Maurische überging. Ein polyglotter Exhibitionismus, der ahnen ließ, wie angestrengt Uhlig durchs Leben gegangen war. Hier war kein Platz zum Fallenlassen, alles war auf eine makellose Außenwirkung, auf Repräsentation angelegt. Sie strich leicht mit der Hand über die obere vorspringende Kante des getäfelten Kleiderschranks. Tatsächlich, da fand sich kein Staubkorn. Also musste hier regelmäßig eine Putzfrau sauber machen. Denn dass der Tote diese ihr selbst so verhasste Tätigkeit ausgeübt hatte, hielt sie für ausgeschlossen.

»Also, ich glaube«, rief Klaus Zwo ihr aus dem Wohnzimmer zu, »hier ist nicht viel zu finden. Zumal ja auch kein Blut geflossen ist, wie Frieder mir sagte. Der Mülleimer ist leer, und auch die meisten dieser Aufbewahrungsmöbel geben bislang nichts her. In dem Sekretär im Wohnzimmer zum Beispiel haben wir nur einen Briefumschlag mit ein paar Fotos gefunden.«

Sie öffnete den wuchtigen zweitürigen Kleiderschrank. Auf der rechten Seite nur Oberhemden in Weiß und Hellblau, links eine Ansammlung klassisch geschnittener Herrenanzüge, anthrazit und rehbraun. Ein Smoking war auch dabei.

»Mich würde mal interessieren«, sagte Klaus Zwo, der jetzt hinter ihr stand, »was der beruflich gemacht hat. Der muss ja Geld gehabt haben ohne Ende. Das hier ist alles so teuer, so ... so edel«, raunte er ihr zu, »wirklich vom Feinsten. Habt ihr den schon durchgecheckt?« Der Kriminaltechniker schien beeindruckt zu sein. Dafür sprach auch sein anerkennendes Kopfnicken in Kombination mit dem vorgeschobenen Unterkiefer.

»Teuer? Das schon. Aber fein?« Paula schloss den Schrank wieder.

»Ja, habt ihr ihn jetzt schon durchgecheckt oder nicht?«

»Nein, bis jetzt noch nicht. Aber ich werde dich in Kenntnis setzen, sobald ich Näheres über seinen Berufsstand und«, betonte sie mit einem ironischen Lächeln, »zu seinem Kontostand weiß.«

Noch immer machte Klaus Zwo keine Anstalten, wieder seiner Arbeit nachzugehen. »Wahrscheinlich gehört ihm auch die Wohnung?«, fragte er.

»Das wiederum glaube ich nicht. Nein, ich bin mir sogar ziemlich sicher, dass der Eigentümer dieser Immobilie, also der ADAC Nordbayern, die Wohn- und Geschäftsräume hier nur vermietet. Alles andere wäre ja auch, finanziell gesehen, Blödsinn. So etwas gibt man doch nicht ohne Not endgültig aus der Hand. Und der ADAC hat keine Not. Finanziell gesehen zumindest.«

Wenn sie sich recht erinnerte, hatte der nordbayerische Regionalclub die Medien über Monate hinweg mit spektakulärem Futter beliefert. Es war von Veruntreuung, Mobbing und sexueller Belästigung vonseiten der Chefetage die Rede gewesen.

»Mal was anderes, Klaus. Der hat doch sicher ein Handy. Nein«, korrigierte sie sich umgehend, »der hatte bestimmt mehrere Handys. Habt ihr in der Richtung schon was gefunden?«

»Nein. Weder dort, wo wir ihn abgenommen haben, noch hier. Und ich fürchte, in der Richtung«, bediente er sich ihrer Wortwahl, »wird auch nichts mehr auftauchen. Die Mörder haben dazugelernt. Aber im Wohnzimmer steht ein Festnetztelefon, zumindest davon kannst du dir ja die Verbindungsdaten einholen.«

Sie ging in das helle Badezimmer mit den zwei schönen Sprossenfenstern. Auf dem gläsernen Bord über den beiden Waschbecken – wieso braucht jemand zwei Waschbecken? – standen zwei elektrische Zahnbürsten, jede mit einer eigenen Aufsteckbürste. Eine mit einem hellblauen, die andere mit einem roten Ring. Also ging hier in dieser Wohnung jemand ein und aus – ob gelegentlich oder regelmäßig, würde sie als Nächstes klären müssen –, dem Uhlig eine eigene Zahnbürste reserviert hatte. Auf der Glasplatte, und damit außer Reichweite der Badewanne, entdeckte sie ein Doppel-Effekt-Koffein-Shampoo gegen Schuppen und Haarausfall.

Jetzt nur noch ein flüchtiger Blick in die Küche, dann war sie mit der Wohnung vorerst durch. Diesmal aber widersetzte sich das Opfer ihren festgefahrenen Denkmustern, und auch jenen von Klaus Zwo. Denn in dem Kühlschrank lagerten keine Weißweine, trocken und hochpreisig, aus den klassischen Anbauländern, sondern nur Flaschen mit kohlesäurehaltigem Mineralwasser.

Über der Spüle schimmerten matt zwei Milchglasplatten. Auf der linken ein Sammelsurium von alten Spiegelreflexkameras, darunter eine schwarze Leica M6; auf der rechten standen zwei, drei … fünf Dosen aus Kirschbaumholz. Sehr elegant, keine Konfektionsware. Sie griff nach einer der Dosen, schraubte den passgenauen Deckel ab und roch daran. Das war kein Kaffee, sondern Tee, schwarzer Tee. Auch die anderen vier Behälter enthielten Schwarztee.

Sie verabschiedete sich von Klaus Zwo und verließ die Wohnung. Als sie ins Freie trat, bemerkte sie, dass es aufgehört hatte zu regnen. Sie setzte sich auf eine der Bänke am Prinzregentenufer, aber erst, nachdem sie zwei Papiertaschentücher als Unterlage auf die Bank gelegt hatte, und rief Heinrich an. Der schien sich über ihren Anruf regelrecht zu freuen.

»Schön, dass du dich meldest, Paula«, rief er fast euphorisch aus. »Wir hätten dich selbstverständlich schon angerufen, wenn es etwas Berichtenswertes gegeben hätte. Hat es aber nicht.«

Nach einer Pause setzte er leise, in gedämpftem Ton hinzu: »Natürlich ist die Eva da ganz anderer Meinung. Die findet hier alles superspannend und äußerst aufschlussreich. Wenn du die nicht bald abziehst, steht die hier noch um Mitternacht rum und geht den alten Leuten gehörig auf den Senkel. Die meisten haben nämlich jetzt schon die Nase voll von ihrer Fragerei. Manche sind damit auch geistig schlicht überfordert. Nur sieht die Eva das überhaupt nicht ein, du kennst sie ja.«

»Gut, ich verlasse mich in diesem Punkt auf dich, Heinrich. Dann beendet ihr eure Befragung und kommt beide auf dem schnellsten Weg hierher zum ADAC-Haus. Wir treffen uns am Prinzregentenufer zu einer gemeinsamen Umfeldbefragung, in, sagen wir mal, in«, sie sah auf ihre Armbanduhr, die exakt sechzehn Uhr dreißig anzeigte, »einer halben Stunde. Ist das für euch zeitlich zu schaffen?«

»Auf jeden Fall. Genauso machen wir es. Ich muss nur noch unsere Seniorenflüsterin hier loseisen, dann machen wir uns auf den Weg.«

Paula stand auf und ging über die Straße. Bis ihre Mitarbeiter eintrafen, konnte sie doch schon mal in der Fürstlich Castell'schen Bank im ersten Stockwerk vorstellig werden. Die allerdings war bereits seit Stunden geschlossen; die Öffnungszeit der »Bank für den Mittelstand – Ihr Spezialist für die Vermögensanlage« lief wochentags Punkt dreizehn Uhr ab. Die Degussa-Niederlassung im Erdgeschoss hatte zwar noch auf, doch die Mitarbeiter konnten mit dem Namen Torsten Uhlig nichts anfangen.

»Vielleicht, wenn Sie uns ein Foto zeigen, dass wir den Herrn dann zuordnen können ... Aber so aus dem Stegreif, tut uns leid.«

Kurz nach siebzehn Uhr fuhr Heinrich endlich mit dem BMW vor. Achtlos stellte er den Wagen auf einem der Anwohnerparkplätze ab und eilte auf Paula zu. Noch immer schien er sich auf diesen Vorabendtermin zu freuen, was bei seiner allgemeinen Arbeitsunlust – vor allem zu so später Stunde – ungewöhnlich, ja geradezu verdächtig war. Eva Brunner, die ihm folgte, machte dagegen ein mürrisches Gesicht, was genauso aus dem Rahmen fiel. Beide sahen müde aus.

»Habt ihr eigentlich schon was gegessen?«

»Ich schon«, antwortete Heinrich. »Ich war im Café Seehaus. Eva wollte nichts.«

»Okay, dann werden wir das hier so kurz wie möglich halten und dann Schluss für heute machen. Die Bank hat zu, bei Degussa hab ich mich schon erkundigt, die können mit dem Namen Uhlig nichts anfangen. Bleiben das Architekturbüro im Erdgeschoss, die Anwaltskanzlei im zweiten und Uhligs Nachbar im dritten Stock. Jeder von uns übernimmt eine Partei, anschließend —«

»Ich muss morgen auf jeden Fall noch mal ins Wastl, Frau Steiner«, unterbrach ihre Mitarbeiterin sie. »Gerade in diesen Befragungen steckt ein ungeheures Potenzial, man hat ja überhaupt keine Ahnung, wozu solche Leute fähig sind, die meines Erachtens gewaltig unterschätzt werden. Ich war selber überrascht. Was für eine feine Beobachtungsgabe die haben, das traut man denen —«

»Jaja, ist schon recht. Jetzt wird aber erst mal hier vor Ort befragt.«

Als sie die Stufen hinaufgingen, raunte ihr Heinrich zu: »Ich hab es dir ja gesagt. Die verrennt sich da in was, was so was von kontraproduktiv ist.«

Sieben Minuten später war das Ermittler-Trio wieder komplett. Keiner von ihnen hatte seinen Befragungskandidaten angetroffen.

»So, wir sehen uns morgen früh im Büro. Sie, Frau Brunner, werden den Uhlig so bald als möglich durchchecken. Seine Vergangenheit, die Telefongespräche, das ganze Programm. Und wir brauchen die Angehörigen. Falls er welche hatte.«

»Könnte das nicht ausnahmsweise mal Heinrich machen? Dann könnte ich gleich morgen in der Früh zum —«

»Nein, das machen Sie. Und du, Heinrich, wirst die Vermögensverhältnisse von unserem Toten klären.«

Dann fuhr sie heim.

Als Paula im Vestnertorgraben einparkte, musste sie niesen. Es war eine kleine Detonation. Sie schnellte mit dem Oberkörper ruckartig nach vorn, der Sicherheitsgurt blockierte augenblicklich. Die zweite Explosion erfolgte direkt vor der Haustür. Und als sie ihre Einkäufe auf dem Küchentisch deponierte, die dritte. Eine Erkältung war im Anmarsch. Dafür sprach auch der Aggregatzustand ihrer Füße. Die nämlich fühlten sich wie zwei Eiszapfen an.

Sie entschied, das Kochen heute sein zu lassen. Lieber erst mal duschen, und zwar richtig heiß und richtig lange. Anschließend quetschte sie eine Zitrone aus, füllte das Teeglas mit heißem Wasser auf und trank ihr Allheilmittel für Fälle wie diesen in kleinen Schlucken. Das Einzige, was gegen Schnupfen und Co immer half. Das sollte als Prophylaxe genügen.

Um acht Uhr legte sie sich, ausstaffiert mit ihrem einzigen Flanellschlafanzug, auf das mit einer Zusatzdecke aufgepanzerte Sofa, neben sich eine Tafel Schokolade, ein Weinglas und eine Flasche Riesling Grans-Fassian aus dem Jahr 2008, und schaute die Nachrichten im Fernsehen. Nachdem die Flasche halb leer und von der Tafel nur noch eine Rippe übrig war, schlief sie ein.

Kurz nach zehn wurde sie durch einen aufdringlichen Klingelton wach. Sie hatte so fest geschlafen, dass es eine Weile dauerte, bis sie sich wieder im Hier und Jetzt zurechtfand. Der Fernseher lief noch. Sie starrte auf das flimmernde Rechteck und sah zu ihrer Überraschung einen uralten Heimatfilm aus den fünfziger Jahren. »Die Landärztin« mit Marianne Koch. War sie davon wach geworden? Oder hatte doch jemand bei ihr geklingelt? Egal. Sie schaltete Lampe und Fernseher aus, schnappte sich den Rest der Schokolade und vergrub sich wieder unter ihrer Wolldecke.

Nach einer traumlosen Nacht wurde sie am nächsten Morgen bereits um fünf Uhr wach. Sie griff sich an die Stirn. Etwas erhöhte Temperatur, aber nur ganz leicht. Nichts, was sie von der Arbeit hätte abhalten können. Mit einem Schwung schaukelte sie sich vom Sofa hoch – und musste sich gleich wieder hinlegen. Ihr Kopf fühlte sich an, als hätte ihn jemand über Nacht in Watte gepackt. Außerdem taten ihr die Ohren weh, der Kiefer schmerzte, die Lippen waren vor Trockenheit aufgesprungen, und im Rachen bitzelte es, als wäre er mit Schmirgelpapier ausgelegt. Zweiter Versuch, aus der Waagerechten in die Senkrechte zu kippen. Diesmal klappte es. Man muss nur wollen, dachte sie, dann geht alles. Behutsam schlurfte sie in die Küche.

Zum Frühstück spendierte sie sich zwei Gläser heißes Zitronenwasser, dazu wahllos Vitaminpräparate aus dem Apothekenschränkchen, von denen einige das Haltbarkeitsdatum längst hinter sich hatten, und ein paar tiefe Züge aus ihrem Inhalationsgerät, auf das sie zufällig bei der Suche nach den Tabletten gestoßen war. Das würde ihr Genesungskonzept abrunden. Die obligatorische Verdauungszigarette schmeckte nicht, war aber vonnöten. Sie überlegte. In der Verfassung, in der sie sich derzeit befand, hätte sie zwar leicht zu Hause bleiben können – dafür würde sicher jeder Verständnis haben –, aber müssen? Ach wo. Und wollen erst recht nicht.

Um halb acht fuhr sie auf dem präsidiumseigenen Parkplatz vor, nahm ihre Leihgabe, den schwarzen Herren-Stockschirm des Kommissariats 22, aus dem Wagen und lief damit zum Hintereingang. Sie hatte ein leeres Büro erwartet, aber Heinrich und Eva Brunner saßen schon an ihrem Schreibtisch, beide in ein Telefonat vertieft.

Paula hängte ihren Mantel an die Garderobe und ließ sich mit einem tiefen Seufzer auf ihren Bürostuhl plumpsen. Vielleicht hatte sie sich doch zu viel zugemutet? Warum war sie nicht einfach daheim geblieben? Dann könnte sie jetzt schön auf dem Sofa rumfläzen, Tee trinken, ein kleines Aspirin C lutschen und sich mal so richtig ausschlafen. Sie sehnte sich nach dem arbeitsfreien Feierabend, der doch noch in so weiter Ferne lag. Irgendwie schien ihr Anti-Erkältungsprogramm versagt zu haben.

Nachdem Heinrich den Hörer endlich aufgelegt hatte, blickte er zu ihr auf. »Mein Gott, Paula, du siehst heute aber richtig scheiße aus!«

»Danke für das reizende Kompliment«, krächzte sie. »Das ist doch mal ein freundlicher Empfang.«

Nachdem er nichts darauf erwiderte, seinen verbalen Affront

nicht einmal halbherzig abzumildern versuchte, setzte sie ein wenig spitz hinzu: »Und unabhängig von dieser schönen Kostprobe deiner feinen Beobachtungsgabe: Hast du mir in puncto Vermögensverhältnisse schon was zu sagen?«

»Klar, Konteneinsicht ist beantragt. Ich hab gerade mit der Bank telefoniert. In zwei Stunden kann ich mir die Kontoauszüge abholen.«

»Gut.«

Schweigend wartete sie, bis auch Eva Brunner ihr Telefonat beendet hatte und zu ihr aufsah. Der Blick, mit dem sie Paula dann bedachte, changierte zwischen Staunen und Bestürzung.

»Ihnen geht es aber heute nicht so gut, gell, Frau Steiner?« Ohne eine Antwort abzuwarten, redete sie einfach weiter. »Wären Sie doch daheim geblieben und hätten sich richtig auskuriert. Ich habe mal gelesen, wenn man einen grippalen Infekt verschleppt und sich nicht schont, kann das bös ausgehen. So was wird nämlich leicht chronisch, und dann kriegt man es überhaupt nicht mehr los. Wussten Sie, dass jedes Jahr mehr Leute an einer verschleppten Grippe sterben als an –«

»Ich habe keine Grippe!«, fiel Paula ihrer Mitarbeiterin ungehalten ins Wort, lauter als beabsichtigt und auch lauter, als ihren Stimmbändern derzeit guttat. »Ich habe nur eine leichte Erkältung, was bei diesem Dreckswetter derzeit nichts Außergewöhnliches ist, und dafür habe ich bereits die entsprechenden Gegenmaßnahmen ergriffen. So, jetzt beschränken wir uns mal wieder auf unseren Fall. Was können Sie uns dazu sagen? Sie haben diesen Uhlig doch sicher schon durchgecheckt, oder?«

»Freilich. Keine Vorgänge. Er ist ledig. Und er arbeitet bei der HV Noris.«

»HV Noris, was ist das?«

»Eine GmbH, die Hausverwaltertätigkeiten ausübt. Die HV Noris kümmert sich um die kaufmännische und technische Verwaltung von Wohnhäusern, Wohnanlagen und Gewerbeobjekten. Dazu gehört auch –«

Erneut wurde Eva Brunner unterbrochen, diesmal wesentlich leiser, aber immer noch ungehalten. »Ich weiß, was die Aufgaben einer Hausverwaltung sind. Das Haus, in dem ich wohne, hat auch eine Hausverwaltung.«

»Ach so, dann kann ich mir das ja sparen. Also, Uhlig arbeitet beziehungsweise arbeitete bei dieser Hausverwaltung. Als einer von zwei Geschäftsführern. Da hab ich mich schon informiert. Das ist ein riesiges Unternehmen. Wenn das stimmt, was hier steht«, Eva Brunner tippte auf ihren Bildschirm, »dann betreuen die mehr als vierhundert Kunden. Und als Hauptsitz ist die Königstraße angegeben. Also haben die Geld, richtig viel Geld. Das ist keine Klitsche.«

»Da haben Sie sicher recht. Sonst noch was?«

Ein kurzer Blick auf ihre Papiere. »Ja. Uhlig hat einen Audi, einen Audi A8. Zweihundertachtundfünfzig PS mit V6-Motor. Wissen Sie, was so etwas kostet? Auch da habe ich mich gleich mal schlaugemacht. Da geht gar nichts unter fünfundachtzigtausend Euro. In der Basisversion!« Und für einen Moment leuchtete ihr Gesicht anerkennend und triumphierend auf.

Eine Wertschätzung, die Paula Steiner nicht teilte. Unbeeindruckt von all diesen Zahlen sagte die Besitzerin eines altersschwachen 3er BMW, dessen vom TÜV attestierte Mängelliste von Jahr zu Jahr länger wurde: »Pf, das ist auch bloß ein Mittelklassewagen. Genau das Richtige für die, die meinen, sie haben es bis ganz nach oben geschafft, die sich aber zu fein zum Protzen sind. Das passt wie die Faust aufs Aug zu seiner Wohnung.«

»Kann es sein, dass da jetzt ein wenig Sozialneid aus dir spricht, Paula?«, konterte Heinrich. »Oder ist es doch dein grippaler Infekt, der dir die Sinne verwirrt? Auf jeden Fall schließen sich knapp neunzigtausend Euro und Mittelklassewagen aus, aber so was von eindeutig. Welches Auto würdest du dir denn kaufen, wenn du diesen Batzen Geld dafür übrig hättest?«

»Auf jeden Fall keinen Audi«, sagte sie, ohne zu zögern.

»Also doch wieder einen BMW.«

»Eher nein.« Sie überlegte. »Vielleicht mal was ganz anderes. Vielleicht einen Volvo.«

»Dieser brave Familienschlitten aus Schweden. Das passt ja

überhaupt nicht zu dir. Du hast doch keine Familie und auch keinen Hund, die du herumkutschieren müsstest.«

»Braucht man jetzt schon eine Familie, um ein sicheres und einigermaßen komfortables Auto fahren zu dürfen?«, fragte sie entrüstet zurück.

Dann stand sie auf und öffnete das Fenster. Ihr war mit einem Mal unerträglich heiß. Dankbar atmete sie die kalte Luft ein, die von draußen hereinströmte. Als ihr Telefon klingelte, nickte sie Heinrich auffordernd zu. Er nahm ab.

Anscheinend war es einer von den Kriminaltechnikern, der sie sprechen wollte. Sie schloss das Fenster und nahm Heinrich den Hörer ab.

»Paula, kommst du mal runter? Es dauert auch nicht lange«, sagte Klaus Dennerlein.

Als sie das Büro der KT betrat, sah Klaus Dennerlein sie entsetzt an. Er wich sogar einen Schritt vor ihr zurück.

»Bitte, sag jetzt nichts. Bitte. Also, was hast du für mich?«

»Viel ist es nicht. Aber wir haben einen Elektroschocker in seiner Wohnung gefunden, ein Handgerät mit PTB-Prüfzeichen.«

»Wo?«

»Kannst du dich an das kleine Möbel im Wohnzimmer, das auf dem roten Flokati-Teppich stand, erinnern? Da lag das drin.«

Sie nickte. »Noch was?«

»Ja. In der Wohnung gab es zwar massenhaft Fingerabdrücke, Klaus kümmert sich heute um die Identifizierung. Doch an der Wohnungstür war überhaupt kein Print, nicht einmal ein einziger vom Toten selbst. Dafür haben wir da Spuren von Trockenpulver gefunden, du weißt schon, das Zeug, das –«

Sie fiel ihm ins Wort. »Das für Gummihandschuhe benutzt wird. Frieder hat davon auch Anhaftungen gefunden, im Halsbereich. Also war der Mörder erst in der Wohnung und hat ihn dort erwürgt. Von da aus ist er mit dem Leichnam zu der Parkbucht am Wöhrder See gefahren, hat ihn dann zu der Anhöhe getragen und ihn schließlich an der Pergola aufgehängt. Habt ihr denn Schleifspuren in der Wohnung sicherstellen können?«

»Das ist es ja eben. Bis jetzt nicht. Und auch nicht rund um den Fundort.«

»Uhlig war zwar groß, aber sehr schlank. Also wird ihn der Täter über der Schulter getragen haben. Und zwar sowohl in der Wohnung als auch da an der Wöhrder Wiese. Das ist die einzige Erklärung.«

»Tja, ich weiß nicht so recht. Trag einmal fünfundsiebzig, achtzig Kilo über der Schulter erst zum Fahrstuhl und dann zum Auto. Und von dem Parkplatz wieder bis zu der Pergola. Das allein sind ja immerhin«, Dennerlein überlegte, »dreihundert Meter. Minimum.«

»Vielleicht hatte er ja einen Komplizen, der ihn beim Tragen abgelöst hat? Oder er ist mit dem Auto die kleine Anhöhe raufgefahren und hat ihn dort erst ausgeladen? Nachts ist es da menschenleer, das fällt niemandem auf. Habt ihr Reifenspuren sichern können, rund um dieses Plateau, wo die Pergola steht?«

»Bei diesem Dauerregen gestern?«, fragte Dennerlein mit hochgezogenen Augenbrauen. »Es hat die ganze Nacht über geschifft. Und am Morgen in der Früh auch noch. Du warst doch selbst vor Ort und warst pitschnass. Da findest du keine Reifenspuren, selbst wenn da jemand stundenlang mit dem Auto hin und her kutschiert wäre.«

»Ja, du hast recht. Das hatte ich vergessen. Aber es ist zumindest denkbar, dass sich der Täter den Weg so abgekürzt hat. Und dann ist das auch für einen einzelnen Mann beziehungsweise für eine entsprechend kräftige Frau zu schaffen. Und zwar ohne dass er oder sie Spuren hinterlässt.«

Kleine Denkpause, dann die Frage: »Meinst du, ihr findet wenigstens bei der Nachsuche noch irgendetwas Verwertbares?«

»Nein, das glaube ich nicht«, antwortete Dennerlein prompt. »Wenn der schon diese Handschuhe getragen hat, Paula. Und ich fürchte, auch Klaus Zwo wird bei seiner Recherche mit den Fingerprints nicht fündig. Für mich sieht das Ganze sehr nach einem bis ins Letzte geplanten Vorgehen aus.«

»Also Mord mit Vorsatz«, brachte sie seine Mutmaßungen auf den Punkt.

Dennerlein wechselte das Thema. »Ihr habt doch sicher schon herausgefunden, womit der sein Geld verdient hat, oder?«, fragte er, und die blanke Neugier leuchtete ihm aus den Augen.

»Ach das, ja. Uhlig war Geschäftsführer bei der HV Noris, einer von zwei Geschäftsführern. Das ist eine große Hausverwalter-GmbH. Mit Sitz in der nördlichen Königstraße, Ecke Kaiserstraße!« So wie sie das aussprach, klang diese Ortsangabe wie Maximilianstraße, München, na eigentlich mehr wie Wall Street, New York, oder Champs-Élysées, Paris.

»Dass man mit Hausverwaltertätigkeiten so viel Geld machen kann …«, wunderte sich auch Dennerlein.

»So erstaunlich ist das nicht, Klaus. Frau Brunner hat eruiert, dass die HV Noris mehr als vierhundert Kunden hat. Gewerbeobjekte gehören auch dazu. Und wenn eine Hausverwaltung mal einen Vertrag mit einem hat, dann kriegt man die nur sehr, sehr schwer wieder los. Die meisten Immobilienverwalter haben ja extrem langfristige Verträge. Unter zwei Jahren kommt man da nicht raus.«

»Das klingt, als wenn du aus Erfahrung sprichst, aus leidvoller Erfahrung?«

»Ja. So ist es. Wir in unserer Anlage bemühen uns schon seit drei Jahren, unsere Hausverwaltung loszuwerden. Ohne Erfolg bisher. Die Eigentümer müssen sich in dieser Sache ja einig sein. Die musst du erst mal alle unter einen Hut bringen. Und wird der Kündigungstermin nicht auf den Tag genau eingehalten, dann hat man die wieder zwei Jahre an der Backe. Da kann man nichts machen, gar nichts! Ich bin Beirat und hab mich von daher nolens volens in die Thematik eingearbeitet. Ich kenn mich aus.«

»Wir in unserem Haus regeln das in Eigenregie«, sagte Dennerlein. »Aber manchmal denke ich mir schon, so jemand, der sich um den ganzen Kleinkram kümmert, wäre gar nicht schlecht. Allein das G'schiss, wenn mal eine Glühbirne im Haus ausgewechselt werden muss. Da ist dann wieder keiner dafür zuständig.«

»Ein freundschaftlicher und guter Rat von mir: Lass die Finger von diesen Hausverwaltungen. Das gibt nur Ärger. Außerdem sparst du viel Geld. Und für solche Lappalien wie die mit der Glühbirne könnt ihr doch einen Hausmeister beschäftigen. Das ist billiger und«, betonte sie, »wesentlich effektiver.«

Während Dennerlein scharf nachdachte, sagte Paula: »So, ich muss jetzt auch wieder. Die Kollegen warten auf mich.«

»Halt, eins hab ich noch«, rief er und griff nach hinten in das Regal. »Schau, das haben wir in seinem Geldbeutel gefunden.«

Er hielt ihr eine kleine durchsichtige Tüte mit einem gelben Zettel hin. Auf der Post-it-Haftnotiz standen vier Wörter: »Champagner – Macadamianüsse – Milch – Espresso«.

»Ein Einkaufszettel. Nicht schlecht. Das ist doch schon mal was«, sagte sie leise, mehr zu sich selbst.

»Warum?«, fragte Dennerlein mit einem ironischen Grinsen. »Ist dein Fall wohl damit gelöst? Für mich ist das lediglich ein Einkaufszettel. Und ein Einkaufszettel ist ein Einkaufszettel ist ein Einkaufs–«

»Nein«, unterbrach sie ihn lächelnd, »Einkaufszettel sind mehr. Das sind beredte Zeugen des alltäglichen Konsums. Und in diesem Fall auch Zeugen der Abweichung von eben diesem alltäglichen Konsumverhalten. In Uhligs Wohnung gab es keinerlei Alkoholika, keinen Wein, kein Bier und keinen Schnaps. Und eine neumodische Espressomaschine mit allem Pipapo genauso wenig. Uhlig war ein Teetrinker. Also hat er zumindest den Kaffee und den Champagner nicht für sich besorgen wollen, sondern für einen Gast.«

»Und dieser Gast, denkst du, war sein Mörder? Ja, dann. Dann ist ja alles klar. Wir suchen also einen Kaffeetrinker mit einem Faible für teuren Champagner und einer Vorliebe für Macadamianüsse. Ich werde gleich Klaus Bescheid sagen, damit kann er sich ja den Abgleich mit den Fingerabdrücken in der Wohnung schenken.«

Paula ignorierte seinen feinen Spott. »Kann ich das mitnehmen?« Sie deutete auf die Plastiktüte mit dem gelben Inhalt.

»Nein, das nicht. Aber diese Kopie hier.« Dennerlein langte in das rote Ablagefach vor sich und legte ein DIN-A4-Blatt auf den Tisch.

»Eine Bitte hätte ich noch an dich«, sagte er, nun ungewohnt ernst, »bleib doch die nächsten Tage mal daheim und kurier deine Erkältung aus.« Nachdem sie nichts darauf antwortete, ihn nur still und streng ansah, setzte er hinzu: »Du würdest mir wirklich fehlen, Paula. Du, die anregenden Plaudereien mit dir und vor allem deine gewagten Theorien.«

Auch diesen letzten Seitenhieb überhörte sie. Griff nach dem DIN-A4-Bogen und verließ das Zimmer.

In ihr Büro zurückgekehrt, informierte sie Heinrich und Eva Brunner über das Gespräch mit Klaus. In allen Einzelheiten. In ihrem Referat kamen sowohl der Elektroschocker und das Trockenpulver als auch die fehlenden Reifenspuren vor, aber vor allem die kleine Post-it-Notiz. Während sie ihre Schlussfolgerungen zu diesem »beredten Zeugen« darlegte, fiel ihr Eva Brunner ins Wort.

»Frau Steiner, können wir die Besprechung hier nicht auf heute Nachmittag verschieben? Besser wäre eigentlich morgen. Ich müsste doch noch mal zum Wastl. Denn alle Bewohner habe ich noch nicht befragen können. Ich habe es denen ja versprochen, dass ich heute komme.«

Ein so offensichtliches Desinteresse an ihrem Theoriekonstrukt ärgerte Paula, so sehr, dass sie barscher als beabsichtigt sagte: »Kommt nicht in Frage, dass wir unsere wertvolle Zeit damit noch weiter verplempern. Wenn Sie bis jetzt nichts Erwähnenswertes herausgefunden haben, dann wird das heute auch –«

»Hab ich aber«, wurde sie von Frau Brunner unterbrochen. »Ich habe schon einiges erfahren, was von Bedeutung sein könnte.«

»Gut, sehr schön«, sagte Paula. »Das erzählen Sie uns alles, wenn ich mit meinem Bericht hier fertig bin. Also, wie ich schon –«

Jetzt war es Heinrich, der sie am Weiterreden hinderte. »Bitte fass dich kurz. Vergiss nicht: Ich habe jetzt gleich den Termin bei der Dresdner Bank.«

»Was ist denn heute los? Hat keiner außer mir mehr Interesse an einem internen Gedankenaustausch? Macht hier jeder nur noch sein Ding, ohne Rücksicht auf neue Erkenntnisse?« Rhetorische Fragen, die natürlich niemand beantwortete. Also tauschte Paula ihre Gedanken weiter intern, also mehr mit sich selbst aus und schloss mit dem Satz: »Insofern sollten wir bei unseren Ermittlungen ein großes Augenmerk auf diesen potenziellen Gast Uhligs legen und vor allem der Spur mit den Schutzhandschuhen nachgehen.«

Kurze Pause. »Und jetzt bitte, Frau Brunner, legen Sie los.«

Es schien, als hätte Eva Brunner die ganze Zeit nur auf diese Aufforderung gewartet, so ausführlich und reich an Worten fiel ihre viertelstündige Rede aus, die zahlreiche Konjunktive schmückten. Könnte man ... würde vielleicht ... bedeutet eventuell – das wollte gar kein Ende nehmen. Paula Steiner musste sich Mühe geben, ihr zwischenzeitlich nicht ins Wort zu fallen.

Nachdem sich daraus nichts Handfestes ergeben hatte und auch kein Könnte oder Vielleicht mehr folgte, fragte Paula: »Und was ist dein Resümee zu eurer gestrigen Befragung, Heinrich?«

»Nix«, antwortete er in typisch fränkisch-maulfauler Knappheit.

»Wie, nix? Du warst doch auch dort. Und das immerhin ein paar Stunden. Da musst du doch –«

»Paula, das ist ein Pflege-, kein gewöhnliches Altersheim.« Heinrich wurde laut. »Die meisten Bewohner sind fortgeschritten dement. Wenn du denen die entsprechenden Fragen stellst, sagen die Ja. Und wenn du dann in der nächsten Sekunde das Entgegengesetzte behauptest, sagen die wieder Ja. Insofern hätten wir uns diese Befragung sparen können. Aber das hab ich schon von Anfang an gesagt. Nur hört auf mich ja keine alte Sau.« Angriffslustig sah er zu Eva Brunner.

Diese nahm den Fehdehandschuh stante pede auf. »Weißt du, Heinrich, du bist manchmal so was von negativ. Richtig defizitorientiert. Ist dir eigentlich bewusst, dass du dir damit nur selbst im Weg stehst? Dir fehlt jedes –«

»Schluss jetzt«, zog Paula Steiner die Reißleine. »Von Ihnen, Frau Brunner, erwarte ich in den nächsten Tagen einen schriftlichen Bericht über Ihre Befragung im Wastl, aber kurz, nur das Wichtigste. Das eilt nicht. Du, Heinrich, holst dir die Kontoauszüge von der Bank und fängst dann zügig mit der Auswertung an. Und ich mache mich jetzt auf den Weg zu dieser Hausverwaltung. Dabei werden Sie, Frau Brunner, mich begleiten. Wir gehen zu Fuß. Noch Fragen? Nein? Gut.«

DREI

Als Paula auf den Jakobsplatz trat, fühlte sie sich ausgeruht und stark, eigentlich kerngesund. Doch nach dem kurzen Fußmarsch zur HV Noris war es mit dieser Euphorie auch schon wieder vorbei. Ihr Hals und der Kopf schmerzten, die Nase lief, die Augen tränten, jeder Schritt war zu viel. Da fasste sie den Entschluss, die Arbeit für heute Arbeit sein zu lassen und heimzugehen. Aber erst nach der Befragung. Sie drückte auf den Klingelknopf. Es dauerte eine ganze Weile, bis sie ein fragendes »Ja?« aus der Gegensprechanlage vernahm. Paula nannte Namen, Dienstgrad, Fachdezernat und den Grund ihres Kommens. Wortlos summte der Türöffner. Doch die Tür im vierten Stockwerk neben dem imposanten Messingschild »HV Noris für Wohnkapital GmbH« war verschlossen. Erneutes Klingeln, erneutes »Ja?« aus der videoüberwachten Sprechanlage. Diesmal verzichtete die Kommissarin auf Namen und Dienstgrad und sagte lediglich »Kripo Nürnberg« in Richtung Mikrofon. Das sollte wohl genügen. Es genügte aber nicht.

»Halten Sie bitte Ihren Dienstausweis in die Kamera.«

Sie merkte, wie der Ärger in ihr hochstieg, kam dieser Aufforderung aber nach. Endlich sprang die Stahltür auf, und sie konnten eintreten.

Das war kein simples Vorzimmer einer Verwaltungs-GmbH, das war das Foyer eines Fünf-Sterne-Hotels. Dunkelblauer Teppichboden, hellgraue Stahlmöbel, weiße Wände ohne jeden Schmuck und ein ellenlanger, hüfthoher Quader aus braun-beige geädertem echten Marmor, auf dem links und rechts je eine Vase mit einem imposanten Strelitzien-Gebinde thronte. Exakt in der Mitte zwischen den beiden Vasen eine sehr junge und sehr schlanke Frau in weißer Bluse, dezentem Make-up und blondem hüftlangem Haar.

»Ja bitte, was können wir für Sie tun?«, fragte das grazile, ja geradezu ätherische Wesen hinter der Marmortheke.

»Wir möchten den Geschäftsführer, diesen Herrn, na ...«
Paula sah fragend zu Eva Brunner.

»... Hans-Jürgen Wolff sprechen«, sekundierte diese.

»Leider ist das im Moment völlig unmöglich. Aber wenn Sie
in einer Stunde noch mal vorbeischauen möchten, dann –«

»Warum ist das unmöglich? Ist Herr Wolff derzeit auswärts?«

»Er ist in einer wichtigen Besprechung.«

Paula überlegte. Zur Auswahl standen die freundliche Tour,
und ... Sie wählte Variante B. Das schien in diesem elitären
Ambiente vielversprechender.

»Nichts ist für Herrn Wolff so wichtig wie die Besprechung,
die wir jetzt mit ihm führen werden. Wenn ich also Ihren Geschäftsführer nicht binnen einer Minute hier vor mir sehe«, sie
beugte sich bedrohlich über den Marmorquader, »lass ich ihn
sofort von meinen Kollegen abholen und in das Polizeipräsidium
überführen. Habe ich mich verständlich ausgedrückt?«

Das wirkte. Die Rezeptionistin verschwand in einem der
hinteren Räume. Kurz darauf erschien sie wieder, mit einem
kleinen rundlichen Mann – Halbglatze, dunkelblauer Anzug von
der Stange, 08/15-Krawatte – im Schlepptau. Schon von Weitem
blickte er sie verärgert und hochmütig durch seine schwarze
Hornbrille an. Doch als er direkt vor ihr stand, löste sich der zur
Schau getragene Missmut in Wohlgefallen auf und machte einem
herzlichen, aufrichtigen Lächeln Platz.

»Paulchen? Paula Steiner? Du bist das«, sagte er mit einem
leichten Kopfschütteln, als könnte er es nicht glauben. »Mensch,
schön, dass wir uns nach so langer Zeit mal wiedersehen.«

Nachdem sie nichts darauf erwiderte, ihn nur verwundert
anstarrte – woher kannte dieser Mensch ihren Kosenamen, der
seit Jahrzehnten für alle, bis auf ihre Mutter, tabu war? –, fügte
er hinzu: »Wie geht es denn dem Julius? Von dem hab ich ja
seit Ewigkeiten nichts mehr gehört. Der lebt immer noch in
Saarbrücken, als Kinderarzt, stimmt das?«

Da fiel bei ihr der Groschen. Hans-Jürgen Wolff, der sich schon
damals Hajo nannte, weil ihm Hans-Jürgen zu piefig schien, war
ein Freund ihres Bruders gewesen. Sein bester Freund. Die beiden

hatten sich regelmäßig, mindestens jeden zweiten Tag getroffen. Und da ihr Verhältnis zu Julius in jener Zeit noch unbelastet war, war sie bei diesen Kneipenbesuchen und Ausflügen in die Hersbrucker Schweiz manches Mal mit von der Partie gewesen.

»Und du bist jetzt bei der Kripo«, riss Wolff sie aus ihren Gedanken, »hat mir unsere Fritzi gesagt. Womit kann ich dir behilflich sein, Paula? Was führt dich zu mir?«

»Mord«, antwortete sie. »Der Mord an deinem Geschäftsführer Torsten Uhlig.«

Jetzt war es Wolff, der sie irritiert ansah. Das dauerte einige Sekunden. Dann sagte er, und es war ihm anzumerken, wie er sich um einen leichten Ton bemühte: »Du machst Witze. Oder?«

»Nein«, antwortete sie, »leider nicht. Torsten Uhlig wurde in der Nacht von Sonntag auf Montag umgebracht. Deswegen bin ich hier.«

»Das kann doch ... das kann doch gar nicht ... Seid ihr euch denn da auch absolut sicher, dass ...? Eine Verwechslung ist ausgeschlossen?«

Stumm nickte sie mit dem Kopf.

Wolff gab sich einen Ruck. »Ich kann es einfach nicht glauben. Herr Uhlig hat nämlich heute«, er sah auf die Uhr, »jetzt im Augenblick sogar, einen Außendienst, mit den Beiräten in einer Wohnanlage von uns. Da müsste doch längst ein Anruf erfolgt sein, falls er nicht ... Fräulein Fritzi, rufen Sie den Neumann an. Das ist unser Hausmeister in der Anlage da in der Bismarckstraße«, ergänzte er, wieder an Paula gewandt, »der sollte sich vorab, also vor der Begehung, mit Herrn Uhlig treffen.«

Während das ätherische Wesen telefonierte, verschränkte der Geschäftsführer die Arme vor der Brust und stierte mit grimmiger Miene auf die Eingangstür. Schließlich, nach wenigen Sekunden, die Bestätigung durch Fräulein Fritzi: Tatsächlich, Herr Uhlig war nicht in der Bismarckstraße erschienen. Die Beiräte seien ziemlich sauer gewesen, dass man sie so Knall auf Fall versetzt habe. Sie hätten sich diesen Tag extra freigenommen, da könne man doch erwarten, dass –

»Jaja, schon recht«, schnitt Wolff seiner Mitarbeiterin das Wort

47

ab. »Darum kümmere ich mich selbst. Sagen Sie das dem Neumann. Er soll einen neuen Termin vereinbaren, wenn möglich, ziemlich rasch.«

Dann wandte er sich wieder Paula zu. »So, du wirst verstehen, dass ich im Augenblick nicht viel Zeit für dich erübrigen kann. Ich muss das alles neu organisieren. Vor allem die Termine, die bislang Herr Uhlig wahrgenommen hat. Also, machen wir es kurz, was willst du von mir wissen?«

Es war nicht einmal der geschäftsmäßig-kühle Ton, der sie störte, eher die Tatsache, wie schnell er versuchte, sie wieder loszuwerden und einfach zur Tagesordnung überzugehen. Er, der sich noch vor wenigen Minuten gesträubt hatte, den Tod seines Geschäftspartners überhaupt zur Kenntnis zu nehmen. Auf sie wirkte das gespielt und – verdächtig.

Außerdem hätte er ihr und Frau Brunner schon längst ein angenehmeres Umfeld als diesen kahlen, unwirtlichen Vorraum hier anbieten müssen. Nämlich einen geheizten Raum mit einem Sitzplatz. Sie hatte nicht vor, diese Befragung im Stehen, so zwischen Tür und Angel, zu absolvieren. Dementsprechend launig fiel ihre Antwort aus.

»Ich fürchte, lieber Hans-Jürgen«, garnierte sie ihre Eröffnung mit dem ihm so verhassten Namen, »mit ›kurz‹ ist da nichts zu machen. Das wird schon eine Weile dauern. Schließlich stehen wir erst am Anfang unserer Ermittlungen, und du bist ein wichtiger, wenn nicht der wichtigste Arbeitskollege unseres Opfers. Doch wenn es dir lieber ist, dann verlegen wir die Befragung gerne zu uns ins Polizeipräsidium. Zum Jakobsplatz ist es ja nicht weit. Wir sind zu Fuß da. Zieh dir also etwas über, es ist kalt draußen.« Zum Abschluss ihrer Ansage schenkte sie ihm noch die Andeutung eines Lächelns und eine unmissverständliche auffordernde Handbewegung.

Wolff reagierte so, wie sie erwartet hatte. Er sah sie mit einer Mischung aus Entrüstung und unterschwelligem Zorn an. Gleich wird er lospoltern, dachte sie, wie damals, wenn etwas nicht nach seinem Willen ging. Er hatte schon als Jugendlicher leicht die Beherrschung verloren.

»Wir warten auf dich, Hans-Jürgen. Aber unendlich viel Zeit haben wir nicht. Also bitte.«

Sie hatte sich getäuscht. Er hatte sich jetzt besser im Griff. Schade eigentlich.

»Wenn es denn unbedingt jetzt sein muss«, sagte er mit einem Kopfschütteln, das klarstellen sollte, dass ihm für so viel Sturheit jedes Verständnis fehlte, »dann erledigen wir das besser hier.« Wortlos drehte er sich um und marschierte nach links, auf eine offen stehende Tür zu.

Der kleine Besprechungsraum war genauso schmucklos wie der Eingangsbereich und – nicht geheizt. Trotzdem streifte Paula ihre Jacke ab und legte sie über eine Stuhllehne, schon allein, um anzudeuten, dass ihre Befragung sich länger hinziehen würde, als ihm lieb war. Betont amtlich legte sie Block und Stift auf den leeren Tisch.

»So, dann erzähl mir doch mal, was du von Uhlig weißt.«

»Was genau willst du wissen?«

»Alles. Seit wann arbeitet er hier? Welche Ausbildung hat er? Seit wann ist er Geschäftsführer? Wie sah sein Aufgabengebiet aus?«

»Herr Uhlig hat hier am 1. Januar 2000 angefangen. 2007 habe ich ihn zum Geschäftsführer gemacht. Und er hat eine abgeschlossene ordentliche Ausbildung als Immobilienkaufmann. Wie alle meine Mitarbeiter. Darauf lege ich Wert. Es zahlt sich aus.«

»Und seine Aufgaben?«

»Umfassten die üblichen Verwaltertätigkeiten kaufmännischer, technischer und juristischer Art entsprechend dem WEG. Dem Wohnungseigentumsgesetz. Dir das im Einzelnen aufzuzählen, würde den Rahmen hier sprengen und dir auch in keinster Weise weiterhelfen. Aber wenn du darauf bestehst, kann ich dir gern einen Katalog über unser Leistungsspektrum mitgeben.«

»Im Augenblick nicht, aber vielleicht später. Was anderes: Ich gehe davon aus, dass du mit seiner Arbeit zufrieden warst. Sonst hättest du ihm ja nicht die Partnerschaft angeboten. Oder?«

»Ja.« Pause.

»Wie, ja?«

»Er war absolut zuverlässig, absolut. Und er hat schnell begriffen, was sein Aufgabengebiet umfasst. Das heißt, ich musste ihn nicht groß anlernen oder unterweisen; er hat sich seine Arbeit selbst gesucht. Und alles, was er tat, hat er stets zu meiner vollsten Zufriedenheit ausgeführt. Und – ganz wichtig für unseren Job hier – er war jemand, der Verantwortung übernahm.« Anscheinend fühlte sich Wolff bemüßigt, seinem Partner noch post mortem ein mündliches Eins-a-Arbeitszeugnis auszustellen.

»Wie kam er mit seinen Kollegen aus?«

»Gut, würde ich sagen. Es ist mir nie etwas Gegenläufiges zu Ohren gekommen.«

»Aber nicht sehr gut?«

»Ich weiß ja nicht, wie das in eurer Behörde ist, aber wir arbeiten hier in der freien Wirtschaft. Im Fokus unserer Arbeit steht nicht ein möglichst hoher Kuschelfaktor unter den Mitarbeitern, sondern Effizienz und Kundenzufriedenheit.«

Für sie waren das Sprechblasen, die davon ablenken sollten, dass es zwischen dem Toten und seinen Kollegen wohl nicht immer zum Besten bestellt war.

Nachdem Eva Brunner nun begonnen hatte, sich Notizen zu machen, verzichtete Paula darauf, Wolffs Aussagen weiter zu protokollieren. »Was kannst du mir über ihn als Privatperson sagen?«, fragte sie.

»Nicht viel.«

»Und das Wenige wäre?«

»Was willst du denn wissen?«

»Zum Beispiel: Wie sah sein Privatleben aus? Mit wem hat er seine freie Zeit verbracht?«

»Da weiß ich so gut wie nichts. Nur, dass er gerne verreist ist. Letztes Jahr war er, glaube ich, für drei Wochen auf Borneo.«

»Aha. Hatte Uhlig Angehörige, weißt du etwas dazu? Wie schaut es mit Geschwistern aus, wo leben seine Eltern, falls sie noch leben?«

»Das kann ich dir beim besten Willen nicht beantworten. Das war nie ein Thema zwischen uns.«

»Lebte Uhlig in einer festen Beziehung? Hatte er einen Freund, mit dem er sich regelmäßig traf?«

Es war das erste Mal, dass Wolff überrascht aufsah. Kurz starrte er sie verwundert durch seine viel zu große Nerd-Brille an. Doch im nächsten Moment hatte er den Blick wieder von ihr abgewandt und sagte mit zielsicherer Beiläufigkeit: »Das Privatleben meiner Mitarbeiter interessiert mich nicht. Wir hatten ein rein berufliches Verhältnis.«

Paula glaubte ihm nicht, ließ es aber dabei bewenden. »Okay, das wär's fürs Erste. Oh, eins noch: Herr Uhlig hatte doch sicher einen Computer hier in seinem Büro. Den wird ein Kollege von uns in den nächsten Stunden abholen.«

»Nein, hatte er eben nicht«, widersprach ihr Wolff mit einer gewissen Genugtuung. »Er hatte, wie wir fast alle, ein Tablet. Und das trug er stets bei sich. Das muss in seiner Wohnung sein. Den Gang kann sich dein Kollege also schon sparen. Das Gerät wird er am Prinzregentenufer finden, aber nicht hier.«

»In seiner Wohnung ist kein Tablet. Aber egal. Ach ja, eine Liste von deinen Mitarbeitern brauche ich noch. Die kannst du uns doch sicher gleich mitgeben?« Formal eine höfliche Frage, doch im Ton ein einziger Imperativ.

»Wozu braucht ihr die denn? Die können euch auch nicht mehr sagen als ich. Eher weniger. Das ergibt doch überhaupt keinen Sinn.«

Es schien, als wollte Wolff soeben wieder in seine alte Rolle verfallen, so aufbrausend und verstockt wie er antwortete. Darum legte sie nach.

»Was einen Sinn ergibt und was nicht, das lässt du meine Sorge sein. Für dein Fräulein Fritzi ist doch so ein Ausdruck ein Kinderspiel. Einmal auf die Tastatur gedrückt, und schon ist die Liste fertig.«

Schließlich griff Wolff nach seinem Smartphone, widerwillig, aber immerhin, und begann, eine SMS zu schreiben. Wahrscheinlich an seine blonde Mitarbeiterin, die sich nur ein paar Schritte von ihm entfernt am Empfang aufhielt.

Währenddessen fragte ihn Eva Brunner, die bislang geschwiegen hatte: »Wo waren Sie eigentlich zur Tatzeit, also in der Zeit vergangene Sonntagnacht dreiundzwanzig Uhr bis Montag in der Früh vier Uhr?«

»Daheim. In meinem Bett. Meine Frau kann das bezeugen«, antwortete er, ohne von seinem Handy aufzusehen.

»Wann und wo haben Sie Herrn Uhlig das letzte Mal gesehen beziehungsweise Kontakt mit ihm gehabt?«, fasste Eva Brunner nach.

»Am Freitagnachmittag, hier im Büro.«

Kurz darauf erschien Fritzi und überreichte Paula die gewünschte Liste, sorgsam verpackt in einer Klarsichtfolie. Paula warf einen Blick darauf – es waren lediglich die Namen aufgeführt. Keine Telefonnummer, weder eine dienstliche noch eine private, keine Privatadresse, keine Funktion.

Als die beiden Kommissarinnen wieder unten auf der Königstraße standen, brach es aus Eva Brunner heraus: »Wissen Sie, was mir die ganze Zeit komisch vorkam? Dass Wolff nicht ein einziges Mal wissen wollte, wie Uhlig gestorben ist, wie man ihn umgebracht hat. Der war ja immerhin sein engster Mitarbeiter. Das interessiert einen doch. Seltsam ist auch, wenn man wie der so gar kein Mitgefühl zeigt. Keinen Funken Empathie. Oder?«

»Seltsam? Ich weiß nicht. Für Wolff zählt halt nur der merkantile Wert eines Menschen. Was anderes existiert für den nicht. Früher, da war der freilich anders. Charmant, witzig, richtig nett. Aber mittlerweile ist das genauso ein Arschloch geworden wie mein Bruder. Die haben schon immer gut zusammengepasst.«

Zehn Minuten später. Paula betrat den Eingangsbereich des Präsidiums, der so ganz anders war als das, was sie soeben in der Königstraße gesehen hatte, da fiel ihr ein, dass sie doch ursprünglich vorgehabt hatte, nach Wolffs Befragung direkt nach Hause zu gehen. Aber wenn sie jetzt schon mal hier war, konnte sie genauso gut bleiben.

Heinrich hatte bereits mit der Auswertung der Kontobewegungen begonnen.

»Du, der hatte richtig viel Kohle. Also nach dem zu schließen, was ich bislang«, betonte er, »gesehen habe. Allein auf seinem Girokonto sind gut dreißigtausend Euro. Dann hatte er etliche Aktienpakete. Vor allem solche, die richtig gutes Geld bringen. Hier«, sagte er und hielt ihr einen eng beschriebenen Ausdruck hin, »zweihundert Aktien allein von Biogen Idec. Aktueller Wert derzeit bei knapp zweihundertneunzig Euro für ein Papier. Dann hundert Nestlé-Papiere. Plus fünftausend Telekom-Aktien, plus ein paar Goldmünzen. Plus etliche Staats- und offene Investmentfonds, zum Beispiel Unirak.«

»Ein Zocker also.«

»Nein«, widersprach er. »Dafür kannte der sich zu gut aus. Der hat mit minimalem Risiko operiert. Der ist sehr breit und ziemlich krisensicher aufgestellt. Der hat nur bei Firmen mit robusten Bilanzen und einer attraktiven Dividendenrendite investiert. Also, soweit ich bislang gesehen habe.«

»Und wie schaut es mit einem Sparkonto aus?«

»Hatte er nicht«, schüttelte Heinrich entschieden den Kopf. »Bei den Zinssätzen, Paula? Da kriegt man ja nichts. So was Altmodisches hat der nicht gehabt.«

»Mensch, jetzt habe ich ganz vergessen, den Hans-Jürgen nach Uhligs Geschäftsführergehalt zu fragen«, rief sie verärgert aus. »Vielleicht waren ja auch Tantiemen und Sachbezüge dabei, zum Beispiel sein Audi. Das war bestimmt ein Firmenwagen.«

»Welchen Hans-Jürgen?«, fragte Heinrich.

»Hans-Jürgen Wolff, den Geschäftsführer von dieser Hausverwaltung.«

»Ach, du kennst den? Na, umso besser.«

»In dem Fall eben leider nicht. Gell, Frau Brunner? Ich denke, wir hätten da in der Königstraße ein wesentlich leichteres Spiel gehabt, wenn ich den nicht«, betonte Paula, »von früher gekannt hätte. Da hätte er sich sicher uns gegenüber dezenter verhalten. Aber so ...«

Eva Brunner stimmte ihr augenblicklich und vehement zu. »Da haben Sie recht, so sehe ich das auch. Das ist ein seltsamer Mensch, Heinrich, ganz seltsam. Das hat den zum Beispiel völlig kaltgelassen, dass sein zweiter Geschäftsführer vorgestern – also vor nicht einmal zwei Tagen! – umgebracht wurde. Der hat nicht einmal wissen wollen, woran –«

»Wie schon gesagt, Frau Brunner«, wurde sie von Paula lauter als beabsichtigt unterbrochen, »das ist nur ein aufgeblasener, herrischer, gönnerhafter, wichtigtuerischer Blödmann. Ein richtiges Arschloch halt. Aber leider ist das nicht strafbar und auch nicht verdächtig. Davon rennen hier in Nürnberg ja weiß Gott genug herum.«

»Solche harten Worte aus deinem Mund?«, wunderte sich Heinrich. »Das ist man von dir so gar nicht gewöhnt. Das klingt, als hättest du noch eine Rechnung mit dem offen. Hat er dich wohl seinerzeit Knall auf Fall sitzen lassen?«

»Pah, so ein enges Verhältnis hatten wir Gott sei Dank nie. Wolff war der beste Freund meines Bruders …«

»Alles klar, hab schon verstanden«, sagte Heinrich mit einem verständnisvollen Kopfnicken. »Ich glaube, es ist besser, wenn *ich* den ab jetzt befrage. Oder was meinst du?«

»Das wäre mir sehr recht. Und sofort auf sämtliche Rechtsfolgen aufmerksam machen, falls er sich ziert oder dir irgendwie blöd kommt.«

»Welche Rechtsfolgen?«

»Das weißt du doch genauso gut wie ich. Muss ich dir das wirklich jetzt im Einzelnen aufzählen?«

»Ja bitte.«

»Zum Beispiel, dass uneidliche Falschaussagen genauso unter Strafe stehen wie eidliche Falschaussagen. Und mach ihm von Anfang an in aller Deutlichkeit klar, dass für ihn kein Recht auf Auskunftsverweigerung gilt. Vergiss nicht: Diese Hausverwalter sind juristisch mit allen Wassern gewaschen. Mit allen Wassern!«, wiederholte sie grimmig. Bevor Heinrich etwas dazu sagen konnte, ergänzte sie noch: »Lass dir von dem kein Wischiwaschi erzählen. So in der Art, so genau könne er das nicht sagen, das würde von Monat zu Monat wechseln. Ich will eine genaue Zahl wissen. Meinethalben auch einen Durchschnittswert. Aber einen konkreten. Und zwar den: Mit wie viel ist Uhlig am Ende des Monats heimgegangen?«

»Den kriegst du, Paula, den kriegst du. Ich bin jetzt nämlich
selbst ein wenig neugierig geworden auf diesen Hans-Jürgen. Ach,
bevor ich es vergesse: Ich soll dir von der KT ausrichten, dass Klaus
Zwo im Abstellraum am Prinzregentenufer eine Flasche Champagner aus dem Vallée de la Marne gefunden hat. Du wüsstest
dann schon Bescheid.«

»Also doch. So, dann müssen wir uns nach wie vor um die
Angehörigen kümmern. Das ist doch etwas für Sie, Frau Brunner?«

Diese verstand die formelle Frage als das, was sie im Grunde
war – als einen Arbeitsauftrag, dem der Stempel »Eilt sehr!« auf-
gedruckt war. »Mach ich. Ich kümmere mich sofort darum.«

»Schön. Vordringlich ist weiter das private Umfeld. Denkt an
die zwei elektrischen Zahnbürsten. Da ist jemand regelmäßig
bei ihm ein und aus gegangen. Wahrscheinlich sein aktueller
oder ein Ex-Freund. Irgendjemand von seinen Kollegen weiß
da sicher mehr.« Sie überlegte. »Oder von den Nachbarn. Die
nehm ich mir heute nochmals vor. Irgendwann muss ja jemand
von denen daheim erreichbar sein. Ach, Frau Brunner, haben
Sie seine Verbindungsdaten schon?«

»Noch nicht, die kommen aber noch heute im Laufe des
Nachmittags.«

Nun war ihr ganzer Elan verpufft, der Antrieb, der sich zum
größten Teil aus der Wut gegenüber Hans-Jürgen Wolff speiste,
verflogen. Paula fühlte sich müde, ausgelaugt und hier, auf ihrem
Bürostuhl, in diesem mal überheizten, mal feuchtkalten Zimmer
nur fehl am Platze. Zumal in der Brust jetzt auf einmal ein leich-
tes Pieken und Stechen eingesetzt hatte. Es stach überall unter
der Haut mit kleinen Nadeln. Oder bildete sie sich das nur ein?

Außerdem meinte sie, dass fast alles, was es derzeit von ihrer
Seite zu tun gab, erledigt sei. Bis auf die sicher nur kurze Zeit in
Anspruch nehmende Befragung der Nachbarn heute Abend. Im
Augenblick könne sie doch sowieso nichts ausrichten. Was also
sprach dagegen, Heinrichs sicher gut gemeinten Ratschlag von
heute Morgen zu beherzigen und nach Hause zu gehen? Es sich
auf ihrem Sofa gemütlich zu machen oder besser gleich im Bett

für ein paar Stunden so richtig zu versacken, um dann mit ganzer Kraft die Umfeldbefragung am Prinzregentenufer aufzunehmen? Vielleicht sollte sie vorher noch ein heißes Bad nehmen, sich eine Kompresse auf die heiße Stirn legen, irgend so einen ekligen, aber hochgradig wirksamen Sirup schlucken ... Man muss sich zur Wehr setzen, dachte sie, solange es noch nicht zu spät ist. Wehret den Anfängen!

Während sie noch in diesen Überlegungen versunken war, fragte Heinrich: »Paula, mal was anderes. Du hast dir doch sicher schon deine Gedanken zu der Geschichte mit der Pergola gemacht?«

»Welche Geschichte mit der Pergola?«

»Na ja, über die Art halt, wie man ihn da am Wöhrder See aufgeknüpft hat.«

»Ehrlich gesagt, nein.«

»Ich schon«, sagte Heinrich. »Das war ein Zeichen, aber mit Sicherheit keine Vortäuschung von Selbstmord. Eher ein Mahnmal im Sinne einer Warnung. An wen auch immer. Denn diese Mehrarbeit, dieses zusätzliche Risiko hat der Mörder ja bewusst in Kauf genommen. Um eben damit zu signalisieren: Hier, das ist richtig. Was und vor allem wie es passiert ist. Genauso ergeht es jedem anderen, der das tut oder das unterlässt, was Uhlig getan beziehungsweise unterlassen hat. Solche Mühe macht man sich doch nicht, wenn man es viel einfacher haben könnte.«

Gleichgültig und ohne zu zögern stimmte sie ihm zu. »Da könnte was dran sein.«

Umgehend gab auch Frau Brunner ihren Segen. »Ja, sehe ich genauso, Heinrich. Und wissen Sie, was ich glaube, Frau Steiner? Ich glaube, hinter dem Mord stecken wahnsinnig viele verletzte Gefühle und die entsprechenden Rachegelüste. Aufseiten des Täters natürlich. Und von daher liegt doch eine Beziehungstat nahe. Näher als alles andere, oder?«

»Tja, auch das ist möglich«, sagte Paula, die in Gedanken bereits wieder im Vestnertorgraben war, bei einer bis ins Letzte detaillierten gesundheitsfördernden Ausgestaltung ihres Nachmittags. Wo hatte sie eigentlich ihr Fieberthermometer deponiert? Wahrscheinlich in dem Hängeschränkchen über dem Waschbecken. Doch, bestimmt, da musste es sein. Und wenn sie es bei ihrer letzten Entrümpelungsaktion entsorgt hatte? Einfach aus dem Glauben heraus, dass Fiebermessen für sie nicht mehr in Frage käme, weil man dadurch auch nicht gesünder würde? Das wäre voreilig von ihr gewesen, aber gut möglich. Sollte sie dann nicht besser auf ihrem Heimweg gleich eines in der nächstbesten Apotheke kaufen? Oder sich doch eher bei ihrer Mutter, die, wie sie wusste, einen großen Vorrat davon hatte, eins ausleihen? Aber dann müsste sie ja mit dem Auto nach Jobst in den Nürnberger Osten fahren, und danach stand ihr im Moment überhaupt nicht der Sinn.

»… halten Sie eigentlich davon, Frau Steiner?«, fragte Eva Brunner.

»Wovon?«

»Na ja, dass Uhlig seinen Mörder bestimmt hereingelassen hat, also in seine Wohnung gelassen hat. Wenn er den näher gekannt hat, wovon wir doch stark ausgehen. Dafür spräche ja auch meine Theorie mit der Beziehungstat.«

»Wer ist wir?«

»Heinrich und ich. Wir sind uns schon einig. Ich denke, Frau Steiner, es ist halt jetzt in erster Linie ganz wichtig zu verstehen, was —«

»Vornehmlich geht es jetzt einmal ums Wissen«, unterbrach Paula ihre Mitarbeiterin, »nicht ums Verstehen.«

Sie stand auf, langte nach ihrer Tasche und zog ihre Jacke über. »Wer sind die Angehörigen, wie schaut Uhligs soziales Umfeld aus? Wenn wir das haben, können wir gerne wieder auf Teufel komm raus rumspekulieren. Vorher nicht. So, ich gehe jetzt heim. Erst mal die Füße ein wenig hochlegen und dann zur Umfeldbefragung ans Prinzregentenufer. Wir sehen uns morgen.«

»Also doch«, lautete Heinrichs Kommentar, sichtlich zufrieden mit sich selbst, »dir geht es heute richtig mies. Das hab ich gleich gesagt. Wenn du«, betonte er, »dich schon mal vor offiziellem Dienstschluss aus dem Staub machst.«

Da drehte sie sich nochmals um. »Was heißt denn hier ›aus dem Staub machst‹? Ich baue Überstunden ab, wovon ich im Gegensatz zu dir ja wirklich reichlich habe. Das ist alles. Und heute Abend, wie bereits gesagt, nehm ich die Arbeit wieder auf. Eben in Form eines Außentermins.«

Als sie die Wohnungstür aufsperrte, fühlte sie sich schon ein wenig besser als noch vor einer halben Stunde auf ihrem Bürostuhl. Vielleicht hätte sie doch im Präsidium bleiben sollen …? Der erste Gang, noch in Jacke und Straßenschuhen, führte sie in ihr Bad. Tatsächlich, in dem Hängeschränkchen war das Thermometer nicht. Nicht mehr. Sie deponierte ihre Einkäufe auf dem Küchentisch, dann startete sie ihr ausgeklügeltes Wellnessprogramm. Erst die Tropfen, dann der Erkältungstee, das Inhalieren, das heiße Bad und schließlich das Sofa. Bevor sie sich so richtig unter der Wolldecke eingeigelt hatte, war sie schon weggedämmert.

Gute vier Stunden später wurde sie durch das lang anhaltende, aufdringliche Klingeln ihres Telefons wach. Sie musste tief und fest geschlafen haben, da sie zunächst Mühe hatte, sich im Hier und Jetzt zurechtzufinden. Warum lag sie auf ihrem Sofa, und warum trug sie ihren Schlafanzug? Erst als ihr Blick auf die Teetasse fiel, kehrte auch die Erinnerung zurück. Sie stand auf, ging zum Telefon und drückte auf die Anrufliste. Die zeigte einen Anruf in Abwesenheit mit unterdrückter Nummer. Dabei fiel ihr der für heute Abend geplante Außentermin ein.

Sie zog sich schnell die Kleidung über, die im Schlafzimmer verstreut auf dem Boden lag – sie konnte sich beim besten Willen nicht erinnern, sie dort deponiert zu haben –, ging dann in die Küche und schmierte sich im Stehen zwei Vollkornbrote. Während sie beide hinunterschlang, freute sie sich bereits darauf, wieder zu Hause zu sein – und auf ihren Feierabend mit dem ersten Glas Wein. Also konnte es mit ihrer Erkältung doch nicht allzu schlimm sein. Oder ihr Wellnessprogramm trug bereits Früchte und sie hatte diese kleine Unpässlichkeit im Keim erstickt? Das stimmte sie heiter.

Eine gute halbe Stunde später stand sie vor dem ehemaligen ADAC-Haus. Ihren BMW hatte sie auf einem der Anliegerparkplätze abgestellt, in der Hoffnung, dass sie mit Uhligs Nachbarn schnell durch sein würde. Die Hoffnung trog sie nicht, denn bereits nach einer knappen Stunde saß sie wieder in ihrem Wagen. Bis auf einen Nachbarn hatte sie niemanden angetroffen.

Doch dieser – ein gewisser Dr. Meyer, dessen Wohnung direkt neben Uhligs lag – hatte ihr bereitwillig und ausführlich Auskunft gegeben. Hatte sie sogar zu sich hereingebeten, nachdem sie ihm von dem Mord an Torsten Uhlig erzählt hatte. Der Mittsiebziger lebte, wie er gleich zu Beginn lakonisch klarstellte, allein in »dieser für mich viel zu großen Wohnung«. Seine Frau sei vor vier Jahren gestorben, Krebs, er hatte ihr, obgleich selbst Arzt, nicht helfen können. Das sei für ihn besonders bitter gewesen. Unerträglich nahezu. Bis heute.

»Verstehen Sie, Frau Steiner?«, sagte er. »Das wäre genauso, als ob Ihr Mann ermordet würde, und Sie würden den Täter nicht finden können. Das schmerzt enorm. Denn dann kommt zum Leid noch der Selbstzweifel hinzu.«

Sie nickte verständnisvoll.

Er fragte: »Haben Sie Kinder?« Und sagte, nachdem sie verneint hatte: »Manchmal ist das besser so. Glauben Sie mir. Dann kann man wenigstens nicht enttäuscht werden.«

Ein alter, mit sich hadernder Mann, der in dieser geräumigen, fast herrschaftlichen Wohnung lebte. Und das wahrscheinlich nur deswegen, weil er hier die Erinnerung an seine Frau am besten konservieren und abrufen konnte.

»Kannten Sie Ihren Nachbarn, Herrn Uhlig, gut?«

»Gut«, wiederholte er nachdenklich. Schließlich antwortete er: »Wie man einen Nachbarn eben kennt, der auf derselben Etage wohnt. Meine Frau hatte mehr mit ihm zu tun, als sie noch lebte. Man leiht sich gegenseitig mal die Tageszeitung oder hilft mit Naturalien, einem Ei oder etwas Mehl, aus, wenn sie einem ausgehen. Nimmt ein Paket entgegen. Schenkt sich zu Weihnachten eine Kleinigkeit.«

»War er ein angenehmer Nachbar?«, fragte Paula.

»Ein durchaus angenehmer Nachbar«, bestätigte Dr. Meyer umgehend, »höflich, stets freundlich und ausgesprochen hilfsbereit. Eine gute Kinderstube ist ja heutzutage bedauerlicherweise keine Selbstverständlichkeit mehr. Selbst in diesem Haus. Wissen Sie, ich sage das gewiss nicht leichtfertig, aber ich glaube, Herr Uhlig war ein richtig guter Mensch. Und auch das ist ja heutzutage leider keine Selbstverständlichkeit mehr.«

Ein richtig guter Mensch? Da schien ihre nächste Frage wohl überflüssig. Und tatsächlich, Meyer konnte sich beim besten Willen niemanden vorstellen, den Herr Uhlig zum Feind hatte. Und jemand, mit dem er Streit oder Ärger hatte?

»Mit diesem liebenswürdigen Menschen ohne Fehl und Tadel war Ärger oder gar Streit ganz und gar ausgeschlossen.« Davon war der Nachbar überzeugt.

»Hatte er oft Besuch?«

»Oft? Nein. Manchmal hat er einen jungen Mann empfangen. Sie wissen ja sicher bereits, dass er …?«, fragte Meyer mit einem vielsagenden Lächeln.

»Homosexuell war«, vollendete Paula seinen Satz. »Ja, das wissen wir. Empfing er meist denselben, oder hatte er wechselnde Partner?«

»Seit etlichen Jahren war es immer derselbe junge Mann. Soweit ich es nach diesen wenigen Begegnungen beurteilen kann, war auch er«, kurzes Nachdenken, »durchaus gebildet und«, zweite nachdenkliche Pause, »wohlerzogen, aus einem guten Elternhaus.«

Paula fiel auf, wie Meyer sich um Präzision bemühte, so lange, wie er nach dem richtigen Wort suchte.

»Ich hatte den Eindruck, die beiden passten gut zueinander und verstanden sich ebenso. Und wissen Sie was? Sie sahen sich auch noch sehr ähnlich. Beide groß und schlank, dann der gleiche Haarschnitt, die blauen Augen. Und immer sehr à la mode gekleidet, beide.«

»Kennen Sie zufällig seinen Namen? Hat Herr Uhlig ihn einmal vorgestellt? Das wäre doch möglich, oder?«

»Ja, tatsächlich, Sie haben recht. Das hat er, er hat ihn uns vorgestellt, als seinen Freund, auch mit Namen. Nur kann ich mich im Augenblick leider nicht daran erinnern. Ah, das ist fürchterlich, wenn man alt ist, man vergisst so viel«, sagte Meyer, und das Bedauern über diese Vergesslichkeit war ihm anzuhören und anzusehen.

Er überlegte angestrengt, mit aufeinandergepressten Lippen. »Es war auf jeden Fall ein kurzer Name, nur eine Silbe, da bin ich mir sicher. Das ärgert mich jetzt. Dass ich das vergessen habe. Hm.«

»Das macht doch nichts. Vielleicht fällt er Ihnen ja auch noch ein, Herr Dr. Meyer. Einfach nicht mehr daran denken, das ist das Beste in so einem Fall. Irgendwann können Sie sich sicher daran erinnern. Wie hat denn Herr Uhlig seine Freizeit verbracht? Hat er zum Beispiel Sport getrieben, oder war er eher an Kunst und Kultur interessiert? Können Sie mir dazu etwas sagen?«

Doch Meyer war noch so stark mit der Namenssuche beschäftigt, dass er auf ihre Fragen nicht reagierte. Paula ging davon aus, dass er sie nicht einmal akustisch wahrgenommen hatte. Sie wiederholte ihre Fragen.

Schließlich antwortete er: »Also, was ich so mitbekommen habe, weder noch. Er ist ein paarmal verreist, das schon. Und immer waren es Fernreisen. Das hat ihn interessiert, wahrscheinlich auch wegen seiner Vergangenheit. Sie wissen sicher, dass er aus Sachsen kommt?«

Sie nickte. »Ja, das wissen wir. Aus Chemnitz, um genau zu sein.«

»In der DDR war das ja nicht möglich, zu verreisen, meine ich. Ich gehe davon aus, in der Hinsicht hatte er einfach Nachholbedarf. Aber davon abgesehen, war für ihn ein gemütliches Heim wohl das Wichtigste. Das weiß ich deswegen so genau, Frau Steiner, weil er es mir gegenüber einmal angedeutet hat. Er möchte sich, hat er gesagt, in seinen eigenen vier Wänden wohlfühlen können.«

Auch diese Rede garnierte Meyer mit etlichen Pausen, mit diesen auffallend langen Unterbrechungen, die Nachdenklichkeit und Präzision suggerieren sollten.

»Darum auch habe er sich für diese relativ teure Wohnung mit dem einmaligen Ausblick entschieden, obwohl er sich die eigentlich gar nicht leisten könne. Ein Auto brauche er nicht unbedingt, sagte er, aber auf ein ansprechendes Ambiente lege er eben großen Wert. Ja, manchmal im Leben muss man sich entscheiden«, sagte Meyer mit einem vielsagenden Lächeln.

Paula, die sich zu allen Angaben Meyers Notizen gemacht hatte, nickte verständnisvoll.

»Und immer, wenn er ein neues Möbelstück ergattert hatte, wurden wir, also meine Frau und ich«, setzte der Rentner seine Erinnerungen fort, »von ihm herübergebeten, um es uns anzusehen. Als er vor einigen Jahren befördert worden ist – er ist ja dann Geschäftsführer in dem Unternehmen, wo er arbeitete, geworden –, war der hohe Mietzins für ihn bestimmt auch leichter zu verkraften. Darf ich Ihnen etwas zu trinken anbieten, ein Glas Wasser vielleicht?«

Paula lehnte dankend ab. »Ich habe Ihre Zeit schon über Gebühr beansprucht. Nur eine letzte Frage: Hatte Herr Uhlig eine Putzfrau, die bei ihm regelmäßig sauber machte?«

»Ja. Und hier weiß ich den Namen sogar ausnahmsweise«, antwortete Meyer mit einer entschuldigenden Geste. »Das aber wahrscheinlich nur deswegen, weil wir dieselbe Dame haben beziehungsweise hatten, die bei uns reinemacht. Es ist Katharina Hermann, eine Deutschrussin, die bereits bei uns war, als meine Frau noch lebte. Wir haben sie Herrn Uhlig auf dessen Anfrage empfohlen, und auch er war mit ihr überaus zufrieden. Eine bessere Putzfrau gibt es nicht.«

»Dann können Sie mir vielleicht noch sagen, ob Frau Hermann in einem regelmäßigen Turnus bei Herrn Uhlig sauber gemacht hat?«

»Ja, natürlich. Sie war jeden Freitag bei ihm zugange, von neun bis zwölf Uhr, anschließend kommt sie nämlich immer zu mir.«

Paula fiel auf, wie froh er war, ihr diesmal die gewünschten Antworten geben zu können.

Sie wollte sich soeben von Dr. Meyer verabschieden, da fragte er: »Dürfen Sie mir sagen, wie Herr Uhlig zu Tode gekommen ist? Es ist keine Neugier, Frau Steiner, ich möchte es nur wissen.« Paula zögerte mit der Antwort. Eigentlich war sie nicht berechtigt, solche Auskünfte zu geben. Doch in diesem Fall konnte sie sicher eine Ausnahme machen. Außerdem hatte sie viel Verständnis für sein Interesse. Sie in derselben Situation hätte das auch wissen wollen. »Er ist erdrosselt worden.«

»Ach«, sagte Meyer mit einem Kopfschütteln. »Da hat er zumindest nicht lange leiden müssen.«

»Aller Wahrscheinlichkeit nach sogar in seiner Wohnung«, fügte sie hinzu.

»Hm, und ich habe nichts davon mitbekommen«, sagte der Rentier, und es war ihm anzuhören, dass er sich deswegen Vorwürfe machte. »Das ist aber wahrscheinlich nach zwanzig Uhr passiert?«, fragte er.

»Ja«, sagte sie. »Warum?«

»Weil ich da meine Hörgeräte«, er machte eine Handbewegung zum rechten, dann zum linken Ohr, »herausnehme. Die Nachrichten im Fernsehen schaue ich mir über Kopfhörer an. Und dann höre ich nicht einmal mehr, wenn das Telefon klingelt.«

Paula war bereits im zweiten Stockwerk, als Meyer durch das Treppenhaus rief: »Bitte, Frau Steiner, kommen Sie doch noch mal kurz herauf. Mir ist der Name eingefallen.«

Also stieg sie wieder hinauf.

»Ernst heißt der junge Mann, Eberhard Ernst. Da bin ich mir fast hundertprozentig sicher.«

Paula dankte ihm für »diese für unsere Ermittlungsarbeit so wichtige Information«.

Da sah Meyer sie erstmals skeptisch und unsicher an. »Herr Ernst hat aber, da bin ich mir ziemlich sicher, mit diesem Mord nichts zu tun. Nicht das Geringste. Das ist vollkommen ausgeschlossen. Das ist einfach nicht der Typ dafür«, sagte er mit einem energischen Kopfschütteln. »Das müssen Sie mir einfach glauben. Glauben Sie mir das, Frau Steiner?«

Doch diesmal blieb sie ihm die Antwort schuldig. Verabschiedete sich ein zweites Mal von ihm, nun wesentlich kürzer, fast schon ein wenig barsch, und stürzte nach unten. Sie hatte Glück gehabt – kein Strafzettel mit Zahlungsaufforderung verunzierte die Windschutzscheibe ihres BMW.

Als sie ihre Wohnungstür aufsperrte, war ihr recht mau in der Magengegend. Hatte die Erkältung jetzt auch ihre Körpermitte erreicht? Oder …? Wann hatte sie heute eigentlich das letzte Mal feste Nahrung zu sich genommen? Sie musste in der Zeitrechnung nicht lange zurückgehen. Trotzdem hatte sie Hunger! Sie setzte einen Topf mit Wasser auf den Herd, zog den Schlafanzug an, schenkte sich ein Glas von dem Rest des Grans-Fassian-Rieslings ein und setzte sich an den Küchentisch.

Während sie darauf wartete, dass das Wasser kochte, nippte sie ab und an an dem Wein und rauchte eine Zigarette. »Ein richtig guter Mensch«, hatte Meyer voller Überzeugung gesagt. Ohne Fehl und Tadel. Sie glaubte ihm. Aber dass man solch einen Mann ohne Grund erdrosselt und ihn dann anschließend in aller Öffentlichkeit an den Pranger stellt, das konnte sie sich nicht vorstellen.

Nach einem kohlehydratreichen Abendessen – ein Teller Nudeln mit Pesto und Parmesan – zog es sie wie von selbst wieder auf ihr Sofa. Sie zappte sich durch das unergiebige Abendprogramm. Irgendwann schlief sie bei laufendem Fernseher ein. Wach wurde sie erst wieder, als ihr Telefon klingelte. Schlaftrunken rappelte sie sich hoch, wankte in die Diele und sah auf das Display, das »Unbekannt« anzeigte. Obwohl sie sich sonst sträubte, Anrufe mit unterdrückter Nummer entgegenzunehmen, nahm sie den Hörer ab.

»Ich glaube, ich muss mal ein ernstes Wörtchen mit dir reden, Paula. Das kann doch nicht dein Ernst sein, dass du den Hajo jetzt unter Mordverdacht stellst. Was soll denn das? Hast du sonst niemanden, dem du mit deinen Verdächtigungen auf die Nerven …«

Der Rest dieses Anwurfs ging in ihrer geistigen Abwesenheit unter. Ein Wunder, dass sie überhaupt so lange zugehört hatte.

Aber sie hatte ja erst einmal begreifen müssen, wer dieser Anrufer war, der sich natürlich nicht mit Namen meldete. Dieser Herr »Unbekannt«, mit dem sie seit knapp dreißig Jahren keinen Kontakt mehr gehabt hatte. Und von dem sie hoffte, ihn bis zu ihrem Lebensende nicht mehr zu hören oder – noch schlimmer – zu sehen.

Im ersten Augenblick wusste Paula nicht, worüber sie sich mehr aufregen sollte: darüber, dass er mit seinem Anruf diese trügerische Hoffnung zunichtegemacht hatte oder dass er sich wie immer nicht mit Namen meldete; darüber, dass er seine Rufnummer unterdrückt hatte oder dass sie heute Abend eine Ausnahme gemacht und zum Telefonhörer gegriffen hatte.

»Woher hast du meine Nummer?«, zischte sie ins Telefon.

»Das spielt doch keine Rolle. Ich habe sie eben. Das muss dir genügen.«

»Woher?«, schrie sie ihn an.

»Sei doch nicht so albern. Du solltest überhaupt deine –« Weiter kam er nicht.

»Du wirst meine Nummer sofort aus welcher Liste auch immer löschen und mich nie wieder anrufen. Nie wieder! Ansonsten lasse ich dich wegen Stalkings strafrechtlich verfolgen. Und das gilt schon beim nächsten Anruf, der hier eingeht. Haben wir uns da verstanden?« Ohne ihm Gelegenheit zu einer Antwort zu geben, setzte sie nach: »Und das andere, deine versuchte Einflussnahme auf meine«, betonte sie, »kriminalpolizeiliche Ermittlungsarbeit in einem laufenden Verfahren, erfüllt genauso den Tatbestand einer Straftat. Da ist es gut zu wissen, dass in meiner Position alle Anrufe, die auf meinem Festnetz eingehen, automatisch aufgezeichnet werden, natürlich inklusive Nummer des Anrufers.«

Dann legte sie auf. Im Nachhinein konnte sie sich nicht erinnern, wie lange sie da in der Diele vor der wackligen Kommode gestanden hatte. Zehn Sekunden, zehn Minuten oder eine halbe Stunde? Und auch, wie lange sie danach sinnierend und stocksteif auf ihrem Sofa verbracht hatte, bevor sie endlich ins Bett ging, hätte sie nicht mehr eingrenzen können. Aber es musste eine

ganze Weile gewesen sein. Denn der Wecker auf dem Nacht-
kästchen zeigte null Uhr fünfunddreißig, als sie endlich das Licht
der Nachttischlampe ausschaltete.

Vorher war sie immer wieder die Worte des Anrufers durch-
gegangen, in einer Art Endlosschleife. »Ein ernstes Wörtchen mit
dir reden«, so gönnerhaft und überheblich wie eh und je. Und
dann diese Dreistigkeit sondergleichen, ihr Vorschriften machen
zu wollen mit diesem »du solltest«, ausgerechnet er, der sich sonst
nie einen Deut um sie geschert hatte.

Vielleicht hätte sie ihn noch deutlicher, schärfer in seine
Schranken weisen müssen. Obwohl ... das mit dem Stalker und
der versuchten Einflussnahme war vielleicht das Einzige, was
bei ihm zog. Er, der meinte, über allem und jedem zu stehen.
Er, dieses rechthaberische, egozentrische, dummfreche Arschloch, das ihrer Mutter, kurz nachdem sie Witwe geworden war,
die ganzen Ersparnisse abgeluchst hatte, um sie dann sinnlos zu
verplempern, sodass diese gezwungen war, sich im Alter von
vierundfünfzig wieder auf Arbeitssuche zu begeben. Und die
ihm das auch noch wenige Jahre später großmütig verziehen
hatte. Wie in dem Gleichnis vom verlorenen Sohn hatte ihre
Mutter die Arme ausgebreitet und ihm jede Schuld vergeben,
jede! Sie nicht, sie war zu dieser Art Großmut nicht fähig. Und
nicht willens. Damals nicht, und jetzt noch viel weniger.

Als sie so in das Dunkel ihres Schlafzimmers starrte, fühlte sie
sich unendlich müde, gleichzeitig aber hellwach und aufgewühlt.
Sie spürte den Puls in ihren Schläfen schlagen. Auch dafür war
er verantwortlich. Dafür, dass er sie in ihrem angeschlagenen
Zustand um den Schlaf brachte. Sie, die ihre ganze Kraft doch für
ihre Genesung und für diesen vertrackten Fall so sehr benötigte.

Erst als sie zu sehr später Stunde gefunden hatte, wonach sie
lange Minuten auf der Suche war, fand sie ihre innere Ruhe
wieder. Denn irgendwann war ihr doch noch eingefallen, womit
sie beide, ihren Bruder wie auch seinen Komplizen Hans-Jürgen,
in ihre Schranken weisen könnte. Und mit dieser Aussicht auf
Satisfaktion schlief sie endlich ein.

VIER

Nur wenige Stunden später wachte Paula von selbst auf. Sie fühlte sich ausgeruht und frisch, trotz kurzer Nacht. Duschen, frühstücken, Abmarsch. Als sie vor das Haus trat, atmete sie einmal tief ein und aus. Die Luft war angenehm trocken und kühl. Zarte Nebelschwaden wehten wie Rauchschleier empor.

Ihre beiden Mitarbeiter warteten bereits auf sie. Bevor Paula ihre Strategie für den heutigen Tag verkünden konnte, kam ihr Eva Brunner zuvor.

»Frau Steiner, Uhlig hatte, wie ich herausgefunden habe, einen Bruder: Stefan Uhlig. Und dann habe ich mir schon mal Uhligs Einzelverbindungsdaten vorgenommen. Dabei bin ich auf etwas sehr Interessantes gestoßen. Wolff hat doch gestern gesagt, er hätte am Freitagnachmittag das letzte Mal Kontakt mit Uhlig gehabt. Und das stimmt definitiv nicht. Denn aus dieser Liste«, sie tippte mit dem Zeigefinger auf den Papierstapel, der vor ihr lag, »geht hervor, dass Wolff ihn im Laufe des Sonntags öfters auf dem Festnetz angerufen und mit ihm gesprochen hat. Da, sehen Sie.« Mit Genugtuung hielt sie Paula ein Blatt mit mehreren roten Ausrufezeichen entgegen.

»Das ist ja wunderbar«, jubilierte Paula, nachdem sie die Kontaktdaten studiert hatte. »Ganz hervorragende Arbeit, Frau Brunner. Von wegen privat hatten wir keinen Kontakt.«

Dann informierte sie die Kollegen über ihr Telefonat vom Vorabend. Und dafür ließ sie sich entgegen ihrer sonstigen Gewohnheit viel Zeit. Doch während Eva Brunner diesen Anruf genauso empörend und aufschlussreich fand wie sie, winkte Heinrich gelassen ab.

»Ich glaube, du überbewertest das Ganze. Dein Bruder hat halt versucht, diesem Wolff einen Gefallen zu tun. Das war nur eine Art Freundschaftsdienst. Er hat sich dabei bestimmt nichts Schlimmes gedacht ...«

»Einen Gefallen?«, schrie sie ihn an. »Das ist versuchte Einflussnahme auf kriminalpolizeiliche Ermittlungsarbeit und kein Gefallen.«

»Ach was«, erwiderte Heinrich. »Versuchte Einflussnahme schaut ganz anders aus. Da geht man raffinierter vor. Und so doof werden die beiden ja nicht sein, dass sie nicht gewusst haben, was sie da genau veranstalten, oder? Die werden sich halt gedacht haben, einen Versuch ist es wert. Vielleicht knickt sie ja ein, die kleine Kommissarin Steiner.«

»Doof sind die nicht, da hast du recht, aber grenzenlos rechthaberisch, überheblich und frech.«

»Das alles ist leider nicht strafbar, liebe Paula«, sagte Heinrich. »Aber in höchstem Maße verdächtig. Außerdem, du hast ja selbst gehört, was Frau Brunner herausgefunden hat. Und uneidliche Falschaussage ist strafbar. Das ist dir schon bewusst? Oder haben wir das in unserem großen Mitgefühl für deine beiden Geschlechtsgenossen ganz vergessen?«

»Ich glaube, die Rechthaberei liegt bei euch in der Familie«, war alles, was Heinrich dazu anmerkte.

»Auf jeden Fall haben wir jetzt ein ganz anderes Standing, wenn wir den gleich noch mal vernehmen. Und wir kriegen auch locker die Konteneinsicht für diese HV Noris durch. Darum wirst du dich kümmern«, dabei richtete sie ihren ausgestreckten rechten Zeigefinger auf Heinrich, »während Frau Brunner und ich uns den Wolff vorknöpfen.«

Als sie aufstand und nach ihrem Mantel griff, fragte sie: »Du wolltest doch gestern noch bei dieser Hausverwaltung anrufen und nach Uhligs Gehalt fragen. Was ist denn dabei eigentlich herausgekommen?«

»Nichts. Der Wolff sei den ganzen Tag aushäusig, sagte man mir.«

»Und das hast du so einfach geschluckt, da hast du nicht nachgehakt?«

»Das hätte ich heute im Laufe des Vormittags schon noch erledigt, Paula.«

»Das hat sich damit erübrigt. Frau Brunner und ich fragen

gleich selbst danach. Und das andere, Uhligs Kontobewegungen, die wolltest du gestern auch noch sichten. Haben die wenigstens schon was ergeben?«

»Bis jetzt noch nicht«, sagte Heinrich. »Aber ich habe ja auch erst heute früh damit angefangen.«

Sieben Minuten später. Nachdem Paula mit Eva Brunner im Schlepptau die Kaiserstraße in einem sehr flotten Tempo entlanggeprescht war, fühlte sie sich schlapp und erschöpft. Auch schien ihre rasende Wut auf Hans-Jürgen Wolff und ihren Bruder mit einem Mal verflogen zu sein, was sie mit Erstaunen registrierte. Im Augenblick waren ihr deren Machenschaften und interne Absprachen nämlich herzlich egal. Die Schuld an dieser Wurstigkeit gab sie der klitzekleinen Erkältung, die sie wohl doch unterschätzt hatte.

Diesmal öffnete sich die Tür, kurz nachdem sie bei der HV Noris geklingelt und ihren Namen gesagt hatte, in Sekundenschnelle. Die Empfangsdame, die heute das blonde Haar zu einem fröhlich wippenden Pferdeschwanz zusammengebunden hatte, teilte ihnen mit, dass sie Herrn Wolff heute leider nicht sprechen könnten, da dieser bis in die Abendstunden aushäusig sei. Trotz des kessen Grinsens, das Fräulein Fritzi während ihrer Rede zur Schau trug, glaubte Paula ihr.

Sie überlegte einen kurzen Augenblick und sagte:»So, dann werden Sie Ihrem Chef, sobald Sie ihn sehen oder sprechen, mitteilen, dass er sich morgen früh Punkt neun Uhr im Polizeipräsidium einzufinden und bei mir zu melden hat.«

Nachdem ihr Gegenüber sie nur weiter relativ unbeeindruckt angrinste, setzte sie hinzu:»Meinen Sie nicht, es ist besser, Sie machen sich zumindest eine kleine Notiz zu diesem Termin, der für Ihren Vorgesetzten wesentlich wichtiger ist als der, den er soeben wahrnimmt? Es handelt sich dabei ja immerhin um die Vorladung eines Beschuldigten zu einer Vernehmung aufgrund einer staatsanwaltlichen Weisung. Falls Herr Wolff dieser nämlich nicht Folge leistet, dann wird das Bußgeld, das auf ihn zukommt, noch sein geringstes Problem sein.«

Eine vage Drohung, die zudem jeder rechtlichen Grundlage entbehrte. Doch sie wirkte. Fräulein Fritzi griff aufreizend langsam, aber immerhin zu dem Block, der neben dem Strelitzien-Gebinde lag, und notierte sich Paulas Angaben.

Die Kommissarin hatte bereits die Tür geöffnet, da drehte sie sich nochmals zu der Pferdeschwanzträgerin um. »Natürlich kann Herr Wolff seinen Anwalt zu diesem Termin mitbringen. Aber ich bin überzeugt, das ist etwas, was Sie einem Geschäftsführer einer Immobilienverwaltung nicht eigens ausrichten müssen.«

Diesmal ließ sich Paula viel Zeit für den Rückweg. War ihr Konzept für den Tag doch mit dieser Absage komplett ins Wasser gefallen.

Während sie noch überlegte, ob sie sich als Nächstes mit dem Bruder des Toten oder doch eher mit diesem Eberhard Ernst, dem Lebensgefährten, in Verbindung setzen sollte, fragte Eva Brunner: »Frau Steiner, nachdem aus dieser Befragung ja nun nichts geworden ist, könnte ich doch noch mal ins Altersheim fahren und meine Ermittlungen dort wieder aufnehmen. Was halten Sie davon? Denn mit Uhligs Verbindungsdaten bin ich schon so gut wie durch.«

»Davon halte ich, offen gestanden, gar nichts. Ich fürchte, Sie überschätzen diesen Ansatzpunkt. Da bin ich ausnahmsweise mal Heinrichs Meinung. So verlässlich sind die Aussagen dieser Heimbewohner nicht. Vor Gericht hat so etwas keinen Bestand. Nein, nein, Sie machen, wenn wir wieder im Büro sind, mit den Kontaktdaten weiter. Und ich werde zusehen, dass ich mit dem Bruder des Opfers und dann mit seinem Lebensgefährten reden kann. Das ist im Augenblick für uns wesentlich vielversprechender und drängender.«

Schließlich fügte sie, als sie Brunners enttäuschten Gesichtsausdruck sah, noch hinzu: »Wenn wir irgendwann viel Zeit haben, können Sie ja gern mit dem Wastl weitermachen. Aber derzeit geht das halt leider nicht.«

Verwundert blickte Heinrich auf, als sie ihr Büro betraten.

»Na, das ging aber zackig. Er war wohl jetzt ein wenig kooperativer, unser Herr Wolff?«

»Unser«, betonte Paula mit dem Maximum an Verachtung, das ihr im Moment zur Verfügung stand, »Herr Wolff war mal wieder aushäusig. Und morgen wird er das auch sein. Denn da hat er einen Termin bei uns, um neun Uhr.«

Sie ließ sich von Eva Brunner die Daten zu Uhligs Bruder geben. »Stefan Uhlig«, las sie halblaut vor, »geboren 1966, wohnhaft in Chemnitz, Ulmenstraße. Keine Vorgänge.« Dann wählte sie die angegebene Mobilfunknummer. Doch das Handy war ausgeschaltet. Sie versuchte es auf dem Festnetz.

»Ja, Uhlig«, meldete sich bereits nach dem ersten Klingelton eine jugendliche weibliche Stimme. Wahrscheinlich Uhligs Tochter.

Paula stellte sich vor und bat dann, mit Herrn Stefan Uhlig sprechen zu können.

»Was, Kriminalpolizei Nürnberg? Wer ist da?«

Nochmals spulte Paula ihren Text herunter – Name, Dienstgrad, Fachdezernat, Ort –, diesmal aber langsam und sehr prononciert.

»Mein Mann ist nicht da. Er ist in der Arbeit. Um was geht es denn? Können Sie das nicht auch mir sagen?«

Nein, das wollte sie nicht. Also stellte sie die Gegenfrage: »Wo arbeitet Ihr Mann denn? Wo kann ich ihn jetzt erreichen, Frau Uhlig?«

»Im Museum Gunzenhauser. Warten Sie, ich gebe Ihnen schnell die Telefonnummer. Auf seinem Handy brauchen Sie es gar nicht zu versuchen, das schaltet er während des Dienstes immer aus.«

Nachdem Paula Uhligs Nummer notiert hatte, legte sie auf und wählte die Nummer des Museums. Dort war man allerdings weniger hilfsbereit. Nein, man werde sie nicht mit Herrn Uhlig verbinden. Das sei zu aufwendig. Da müsse sie ihn schon nach Dienstende anrufen, das habe ja Zeit. Während Paula noch an einem geeigneten Konter feilte, fragte die Stimme am anderen Ende: »Oder ist es so dringend?«

»Ja, das ist es. Sonst würde ich nicht anrufen, glauben Sie mir.«
Paula wartete.

Sie musste sich lange in Geduld fassen, schließlich beschied man ihr am anderen Ende widerwillig: »Gut, dann machen wir für Sie eine Ausnahme. Rufen Sie in einer Viertelstunde nochmals unter dieser Nummer an, die Sie jetzt gewählt haben. Wir werden dafür sorgen, dass Herr Uhlig dann zu sprechen ist.«

Bevor sie etwas erwidern konnte, war die Verbindung auch schon unterbrochen. Eine Viertelstunde, das war für die ungeduldige Paula Steiner eine lange Zeit. Zudem hatte sie arge Halsschmerzen − und eine heisere, raue Stimme, die bei den Gesprächen mit Chemnitz öfters ins Kastratenhafte weggekippt war.

Paula nutzte dieses offene Zeitfenster, um Heinrich und Frau Brunner über ihren gestrigen Abendtermin zu informieren.

»Das hat sich gelohnt. Wir kennen jetzt den Namen von Uhligs Lebensgefährten. Und das ohne Hilfe von Wolff, der davon ja angeblich nichts gewusst haben will.« Ein Hinweis, der, wie sie fand, zu Interpretationen, was Wolffs Vertrauenswürdigkeit und Charakter betraf, geradezu einlud. Doch ihre Mitarbeiter schlugen diese Einladung aus, leider.

So fügte sie nach einer angemessenen Wartezeit noch hinzu, wie angetan sich der Nachbar, eben dieser Dr. Meyer, über Uhlig geäußert hatte. In dessen Augen sei der Tote »ein richtig guter Mensch« gewesen. Doch auch dieses Einsprengsel fand keiner im Raum einer Erwiderung wert. Erst als Paula darüber referierte, dass Uhlig sich wohl noch vor wenigen Jahren kein Auto, erst recht keinen Audi A8 für fünfundachtzigtausend Euro leisten konnte, sah Heinrich zu ihr auf.

»Vor wie vielen Jahren genau soll das denn gewesen sein?«, fragte er.

»Puh, das kann ich dir nicht exakt sagen«, antwortete sie. »Das war, bevor er Geschäftsführer wurde. Das wäre dann … Warte mal, ich habe mir das doch aufgeschrieben.« Sie suchte in ihren Notizen. »Das müsste dann vor 2007 gewesen sein. Denn in diesem Jahr hat ihn Wolff zu seinem Kompagnon gemacht.«

»Komisch.« Heinrich schüttelte den Kopf. »Ich habe zwar noch nicht so weit zurückrecherchiert, aber … Entweder Uhlig hat seinen Nachbarn angeschwindelt, was seine damalige Finanzkraft anging, aus welchen Gründen auch immer, oder aber er ist wirklich erst in den letzten Jahren zu so viel Geld gekommen. Ich habe dir doch erzählt, was der alles so an Aktien und Staats- sowie Investmentfonds hatte.«

Sie nickte. »Ja, und?«

»Ich habe das mal überschlagen. Die ganzen Papiere repräsentieren derzeit einen Wert von gut, von sehr gut«, betonte er, »dreihunderttausend Euro. Da sind aber sein Girokonto und das Gold noch nicht eingerechnet. Die kommen noch extra dazu. Über den Daumen gepeilt sind das, hm, vielleicht nochmals siebzigtausend Euro. Sind wir summa summarum schon bei knapp vierhunderttausend Euro. Das sagt doch einiges aus.« Erwartungsvoll sah er sie an. Ein stummer Appell an ihre Kombinationsfähigkeit.

»Was sagt das aus?«, fragte Paula, die heute keine Lust auf seine Ratespiele hatte.

»Knapp vierhunderttausend Euro! Und da soll Uhlig vor 2007 kein Geld für eine hohe Miete plus ein teures Auto gehabt haben?«, stellte er die rhetorische Frage. »Das heißt für mich: Entweder er hat diesen Dr. Meyer angelogen, oder er hat seit seinem Aufstieg zum Geschäftsführer phantastisch viel Geld verdient. Denn eine solche Summe, Paula, die legt man sich nicht mal so eben in ein paar Jahren auf die Seite. Ich glaube nicht, dass man mit dem Gehalt eines Geschäftsführers, zumal in der Hausverwaltungsbranche, in knapp zehn Jahren auf vierhunderttausend Euro kommt.«

»Stimmt«, gab sie zu. »Auf den ersten Blick hast du recht.«

»Und auf den zweiten?«

»Könnte es ja sein, dass Uhlig in der Zwischenzeit geerbt hat, zum Beispiel. Oder dass er seinen Nachbarn, wie du schon gesagt hast, wirklich angelogen hat. Aus durchaus ehrenhaften Gründen. Vielleicht weil er nicht als Angeber gelten wollte, der sich eben mal so einen Neuwagen aus dem Handgelenk schütteln kann. Nach dem Motto: besser kleckern als klotzen. Das mit der Erbschaft kann ich klären. Ich habe jetzt sowieso gleich«, sie sah auf die Uhr, die fünfzehn Minuten waren vorüber, »ein Gespräch mit Uhligs Bruder. Und du kümmerst dich bitte weiter um seine Vermögensverhältnisse, vor allem um die vor dem Jahr 2007.«

»Hm«, brummte Heinrich seine Zustimmung.

»Und Sie, Frau Brunner, befragen Uhligs Putzfrau. Am liebsten wäre mir heute noch. Gehen Sie auch mit ihr in seine Wohnung. Ich will wissen, ob sich da etwas verändert hat. Zum Beispiel, ob was fehlt. So eine Putzfrau, die regelmäßig da ein und aus geht, weiß am ehesten, ob die Dinge alle noch an ihrem Platz stehen. Oder eben nicht. Katharina Hermann heißt die Frau, eine Deutschrussin, die im Übrigen auch bei Dr. Meyer putzt.«

»Soll ich Heinrich mit einbinden?«

»Sie machen das natürlich allein«, sagte sie. »Heinrich hat ja derzeit mit den Kontoauszügen zu tun.«

Dann wählte sie die Nummer des Museums Gunzenhauser. Doch da war belegt. Es dauerte nochmals eine knappe Viertelstunde, bis die Leitung endlich frei war. Ihre Frage, ob Herr Uhlig nun zu sprechen sei, blieb ohne Antwort. Sie hörte im Hintergrund gedämpftes Stimmengewirr, dann, wie am anderen Ende der Handapparat auf einen Tisch geknallt wurde und jemanden rief: »Stefan, kommst du mal? Die Tante von der Kripo Nürnberg ist jetzt dran.«

»Ja, Uhlig am Apparat.« Er hatte eine warme, tiefe, schmeichelnde Stimme.

Sie stellte sich vor: »Hier spricht die Tante von der Kripo Nürnberg, Steiner ist mein Name. Herr Uhlig, soll ich Sie nicht besser auf Ihrem Handy anrufen? Da hätten wir beide mehr Ruhe zum Reden.«

»Ja, natürlich, das können wir gerne machen.« Etwas umständlich nannte er ihr zweimal seine Nummer, bat sie, diese zu wiederholen, und fügte überflüssigerweise noch hinzu: »Ich schalte jetzt also mein Mobiltelefon ein.«

Zwei Minuten später teilte Paula ihm mit, dass sein Bruder einem Gewaltverbrechen zum Opfer gefallen sei. Sie drückte ihm ihr Beileid aus.

Lange hörte sie nichts vom anderen Ende. Schließlich die verwunderte Frage: »Das heißt, Torsten ist tot?«

»Ja, er ist in der Nacht von Sonntag auf Montag ermordet worden.«

Wieder sekundenlanges Schweigen. Dann die vorsichtige Frage: »Entschuldigen Sie, aber würde es Ihnen etwas ausmachen, wenn ich Sie zurückrufe? Wir, meine Frau und ich, kriegen nämlich immer mal wieder solche seltsamen Anrufe von Menschen, die uns und auch Torsten nicht wohlgestimmt sind. Das ist kein Misstrauen gegen Sie speziell, ich will nur auf Nummer –«

»Freilich«, fiel Paula ihm ins Wort. »Ich verstehe das vollkommen.« Sie nannte ihm die Telefonnummer, allerdings ohne ihre Durchwahl. »Das ist die Nummer des Polizeipräsidiums Mittelfranken. Sie müssen sich dann nur noch zu mir durchstellen lassen.« Dann legte sie auf.

Fünf Minuten später folgte der Anruf von der Zentrale, ein Herr Uhlig wolle sie sprechen.

Bevor Paula etwas sagen konnte, wurde sie von Stefan Uhlig gefragt: »Was muss ich jetzt machen? Kann ich Ihnen irgendwie behilflich sein? Ich muss ja auch die Beerdigung organisieren. Er hat ja sonst niemanden, also außer meiner Frau und mir, der sich darum kümmern könnte. Unsere Eltern sind beide schon tot. Und weitere Geschwister haben wir auch keine. Soll ich nach Nürnberg kommen? Wahrscheinlich ja, von hier aus geht das wohl kaum.«

Keine Frage, wie es genau passiert sei, wer es gewesen sein könnte, wo man ihn gefunden habe, ob sie schon eine Spur habe oder was die meisten Angehörigen in dieser Situation fragten: »Warum denn nur?« Das empfand sie als seltsam. Obwohl … er war aufgeregt. Das war verständlich. In solchen Situationen denkt man nicht logisch. Hinter seinen Fragen spürte sie die Anstrengung und den Willen, alles richtig zu machen.

»Sie brauchen jetzt im Moment noch gar nichts zu tun, Herr

Uhlig. Zumal die Leiche noch nicht freigegeben worden ist. Das Einzige, worum ich Sie bitte, ist ein Gespräch, ein persönliches Gespräch. Ich möchte gern mehr über Ihren Bruder erfahren.« »Ja, natürlich, das verstehe ich vollkommen«, stimmte er ihr augenblicklich zu. »Aber in dieser Woche kann ich leider nicht weg. Da hab ich jeden Tag Dienst. Es ginge bei mir erst am Wochenende. Bei meiner Frau übrigens auch. Passt Ihnen das zeitlich noch? Sonst müsste ich freinehmen. Obwohl, bei einem so einzigartig schlimmen, dramatischen Vorfall in der Familie dürfte das doch kein Problem sein, oder? Auch wenn die Kollegen sicher nicht begeistert wären. Ich habe nämlich auch kein Auto, wissen Sie. Von daher müsste ich oder müssten wir mit dem Zug kommen. Ja, und ich müsste auf jeden Fall in Nürnberg über Nacht bleiben. Meinen Sie, wir könnten in Torstens Wohnung ...«

Spätestens ab diesem Punkt schaltete Paula Steiner auf Durchzug. Für sie sprach hier der klassische Intellektuelle, tendenziell unfähig zur Tat oder in diesem Fall: zu einer Entscheidung. Eine an allem zweifelnde, bis hin zum Selbstzweifel gewissenhafte Seele. Sympathisch, aber in Situationen wie dieser auch sehr ermüdend.

Sie unterbrach sein Pingpong-Spiel der Entscheidungssuche. »Wie lange dauert Ihr Dienst? Das heißt: Ab wann hätten Sie denn am kommenden Freitag frei?«

»Da endet mein Dienst schon um vierzehn Uhr dreißig.«

»Okay. Was halten Sie davon, wenn wir, also ein Kollege von mir und ich, Sie daheim aufsuchen würden? Sagen wir übermorgen um drei, also um fünfzehn Uhr. Würde Ihnen das passen?«

»Ja, natürlich passt uns das. Wenn Sie das auf sich nehmen wollen, die lange Fahrt. Aber wo wollen Sie dann übernachten? Wir leben nämlich etwas beengt. Zwei Personen, fürchte ich, bringen wir nicht —«

Wieder fiel sie ihm ins Wort. »Das ist sehr nett von Ihnen, Herr Uhlig, aber das braucht es nicht, wir fahren auf jeden Fall am selben Abend zurück nach Nürnberg.«

Vorsichtshalber nannte sie ihm nochmals Datum sowie Uhrzeit ihres Treffens und ließ sich beides von ihm bestätigen.»Und wenn Ihnen etwas dazwischenkommt, wären Sie so freundlich und würden mich dann informieren? Falls ich in der Zwischenzeit nichts von Ihnen höre, sehen wir uns wie vereinbart übermorgen. Ewig wird das Gespräch nicht dauern. Machen Sie sich bitte keine Umstände unseretwegen.« Dann legte sie auf. Das war jetzt ein wenig voreilig von ihr gewesen. War diese persönliche Befragung wirklich notwendig? Was, wenn ihr Gesundheitszustand sich bis dahin verschlechterte? Eine lange Fahrt war das, da hatte Uhlig schon recht. Und das hin und zurück.

Während sie überlegte, ob sie soeben richtig gehandelt hatte, fragte Heinrich:»Welcher Kollege von dir wird übermorgen um fünfzehn Uhr Herrn Uhlig in Chemnitz aufsuchen und noch am selben Abend zurück nach Nürnberg fahren?«

Da lächelte sie ihn an und sagte:»Du machst doch so gerne Ratespiele. Rat halt mal, wen ich da gemeint haben könnte. Kleiner Tipp von mir: Die gesuchte Person ist männlich und befindet sich zufällig soeben in diesem Raum.«

»Ach, Mensch, Paula. Das passt mir überhaupt nicht. Außerdem finde ich, hättest du mich zumindest vorher fragen können. Einfach so über die Zeit eines anderen verfügen, das gehört sich nicht. Meine ich.«

»Und ich meine, dass ich nicht so vermessen bin, über deinen Feierabend oder dein freies Wochenende zu verfügen, sondern lediglich über deine Dienstzeit. Ich organisiere hier nämlich soeben den Ablauf unserer Arbeit. Und zu ebendieser gehörst du dazu. Genauso wie Frau Brunner und ich.«

Doch noch gab sich Heinrich nicht geschlagen.»Diese Befragung hättest du genauso gut am Telefon erledigen können. Falls sich dabei herausstellen würde, dass ein persönliches Gespräch notwendig ist, kann man das ja immer noch nachholen. Falls«, betonte er,»Bedarf ist!«

Nun schaltete sich auch Eva Brunner in das Geplänkel ein. »Frau Steiner, ich könnte doch mit nach Chemnitz fahren, wenn Heinrich das schon so zuwider ist.«

»Mir ist das nicht zuwider!«, blaffte er die Kollegin an. »Kapiert denn keiner von euch, worum es mir hier geht? Ich will bei solchen weitreichenden Entscheidungen einfach vorher gefragt werden, das ist alles. Ich muss meinen Arbeitstag ja auch irgendwie strukturieren.«

»Ich weiß zwar nicht, was daran weitreichend sein sollte, wenn wir gemeinsam einen Außendienst wahrnehmen, aber bitte, hiermit also ganz offiziell: Bist du, lieber Heinrich«, säuselte sie honigsüß, »damit einverstanden, wenn wir, du und ich, übermorgen gemeinsam eine Befragung durchführen? Falls nicht, hättest du dann bitte die Freundlichkeit, mir die Gründe zu nennen, die aus deiner Sicht dagegensprechen?«

»Ja, damit bin ich einverstanden, das geht so in Ordnung. Ich fahre mit«, antwortete Heinrich.

»Prima, sehr schön. So, und wie schaut die Struktur deines weiteren Arbeitstages aus, wenn die Frage erlaubt ist?«

»Ich beschäftige mich mit den Finanzen von Uhlig. Du hast doch selbst gesagt, ich soll mich heute noch darum kümmern.«

»Und Sie, Frau Brunner?«

»Ich werde mich mit Frau Hermann treffen.«

»Ja, haben Sie denn schon einen Termin?«

»Freilich«, antwortete Eva Brunner. »Heute Nachmittag um drei im ADAC-Haus.«

»Sehr gut. Und ich kümmere mich jetzt um den Freund oder Lebensgefährten von Uhlig. Diesen Herrn Ernst.«

Es war so, wie sie es sich erhofft hatte: Es gab zwar etliche Männer mit dem Nachnamen Ernst im Großraum Nürnberg, aber in Verbindung mit dem altertümlichen Vornamen Eberhard nicht einmal eine Handvoll, nämlich vier. Zwei schieden aus Altersgründen aus, sie waren jenseits der siebzig. Blieben wiederum zwei übrig. Ein Immobilienmakler, vierundvierzig Jahre, mit Wohnsitz in Feucht, und ein siebenunddreißigjähriger städtischer Beamter im Planungs- und Baureferat, wohnhaft in Nürnberg-Ost, Dr.-Carlo-Schmid-Straße. Sie war sich sicher, dass es der Immobilienmakler sein musste, des Alters und auch des Berufs wegen. Doch sie hatte sich geirrt. Herr Ernst aus Feucht kannte keinen Herrn Uhlig, »noch nie gehört, wer soll das sein?«. Sie versuchte es über die Dienstnummer bei ihrem zweiten Kandidaten. Ein Treffer ins Schwarze.

»Ja, ich kenne Herrn Uhlig«, gab dieser zögerlich zu, um sofort die indignierte Frage anzuhängen: »Aber seit wann sind meine persönlichen Beziehungen für die Kriminalpolizei von Interesse?«

Paula blieb ihm die Antwort bewusst schuldig. Ursprünglich hatte sie vorgehabt, ihm die Nachricht vom Tod seines Lebensgefährten am Telefon zu überbringen, doch jetzt, nach seiner so argwöhnischen wie ahnungslosen – oder nur scheinbar ahnungslosen? – Reaktion, entschied sie anders. Sie wollte ihm gegenüberstehen und in die Augen sehen, wenn sie mit ihm sprach.

»Das sage ich Ihnen persönlich, nicht am Telefon, Herr Ernst. Ich bin in spätestens einer Viertelstunde bei Ihnen am Bauhof. Und dann werden Sie ja wohl ein paar Minuten für mich erübrigen können?« Sie wartete seine Antwort nicht ab und legte auf.

Nachdem sie eilig ihre Siebensachen in die Tasche gestopft und die Jacke übergehängt hatte, setzte sie sich wieder hin. Starrte aus dem Fenster und dachte nach. Sie würde zu Fuß gehen müssen, denn dort am und rund um den Bauhof waren Parkplätze Mangelware. Selbst für Polizeiautos. Gut, der Weg war nicht allzu weit. Aber von da aus wieder zurück, wieder zu Fuß? Und dann am Abend der dritte Fußmarsch, der nach Hause in den Vestnertorgraben? Nein, das war zu viel. Das würde sie heute nicht schaffen.

»So, ich bin dann mal weg. Ich gehe zum Bauhof. Ich treffe mich jetzt mit Herrn Ernst. Und von da aus gehe ich heim. Ich muss Überstunden abbauen. Das heißt: Mit mir ist heute Nachmittag nicht mehr zu rechnen. Wir sehen uns morgen wieder. Um neun Uhr. Nicht vergessen! Wir machen Wolffs Befragung zu dritt.«

»Endlich wirst du gescheit und schaust auch mal auf dich«, sagte Heinrich noch, ohne von seinen Papieren aufzusehen.

Die gescheite Paula Steiner hatte sich bei ihrer Zeitangabe grob
verschätzt. Für den Weg zum Bauhof benötigte sie nicht maximal
eine Viertel-, sondern eine gute Dreiviertelstunde.

Sie betrat das alte Baumeisterhaus, diesen frei stehenden drei-
geschossigen Sandsteinquader, und sah sich um. Kein Pförtner,
keine Infotafel mit den jeweiligen Unterabteilungen oder Namen. Kurzerhand enterte sie das nächstgelegene Zimmer und
fragte nach Herrn Ernst. »Zweiter Stock, Zimmer 214«, beschied
man ihr. Sie machte sich auf den Weg.

Eberhard Ernst hatte Zimmer 214 für sich allein. Ein anthrazit-
grauer Schreibtisch mit höhenverstell- und drehbarem Bürostuhl,
davor ein Besucherstuhl, ringsherum Regale mit Aktenordnern,
das war alles. Und in der Ecke ein fragiles, schreiend buntes
Sportrennrad, das teuer aussah.

Dr. Meyer hatte recht – die beiden befreundeten Männer
sahen sich in einem gewissen Maße ähnlich. Auch Eberhard
Ernst war groß und schlank, hatte blaue Augen, ein schmales,
langes Gesicht und sogar den gleichen Haarschnitt wie Uhlig. Sie
zog ihren Dienstausweis aus der Tasche, hielt ihn ihm entgegen
und stellte sich vor. Doch Ernst warf nicht einmal einen kurzen
Blick darauf.

»Können wir uns hier unterhalten?«, fragte sie und machte
eine vage Handbewegung in den Raum.

»Dauert es denn länger?«, lautete Ernsts Gegenfrage.

»Ich fürchte, ja.«

»Dann sollten wir besser nach draußen gehen. Ich muss sowieso jetzt in die Mittagspause. Außerdem haben wir hier keine
Ruhe, da kommt immer mal wieder jemand unangemeldet her-
eingeschneit.«

Er sprach starken Nürnberger Dialekt, fiel ihr auf. Vor allem
das typische fränkische »R« rollte bei ihm ganz besonders präch-
tig.

Er griff nach seinem Kurzmantel und folgte ihr vor die Tür,
die er hinter sich zweimal sorgsam absperrte. Unten auf dem
Bauhof angelangt, blieb er stehen und fragte sie, ob es ihr etwas
ausmache, mit ihm einen kleinen Spaziergang zu den Pegnitzauen

zu machen, während sie ihr »Verhör« durchführte. »Ich brauche mittags immer Bewegung, und sei es nur kurz, sonst wird mir das Sitzen am Schreibtisch zu lang.«

Die angeschlagene Paula Steiner, die bereits zwei längere »Spaziergänge« hinter sich und einen ausgedehnten in den Vestnertorgraben noch vor sich hatte, war alles andere als begeistert von der Aussicht, schon wieder draußen bei dieser Kälte herumzustiefeln, stimmte aber zu.

»Also, was hat Torsten oder was habe ich denn so Schlimmes verbrochen«, fragte Ernst, während er sich in Bewegung setzte, »dass sich die Kriminalpolizei sogar höchstpersönlich mit mir in Verbindung setzt?« Als Dreingabe zu seinem bemüht leichten Ton spendierte er ein helles, flatterndes Lachen. Ein Lachen, das sicherstellen sollte: Das war jetzt ein Witz.

Paula Steiner blieb stehen, musterte ihn von der Seite und sagte dann: »Nichts. Herr Uhlig ist vor drei Tagen einem Gewaltverbrechen zum Opfer gefallen. Sprich er wurde in der vergangenen Sonntagnacht ermordet.«

Ernsts Reaktion war lediglich ein kurzes, unwirsches Kopfschütteln. Nach einer Weile presste er schließlich aus sich heraus: »Das glaube ich nicht. Da kann ja jeder kommen … Zeigen Sie mir mal Ihren Dienstausweis. Und wehe …«

Nachdem er diesen lange studiert hatte, sagte er nichts, hielt sich lediglich die rechte Hand über die Augen. Dann die bange Frage: »Und Sie sind sich sicher, hundertprozentig sicher, dass das Torsten war?«

»Ja, leider. Mein herzliches Beileid übrigens, Herr Ernst. Vielleicht ist es Ihnen ja jetzt doch lieber, wir gehen wieder zurück an Ihren Arbeitsplatz? Was halten Sie davon?«

Er nickte stumm und vergrub die beiden Hände in den Manteltaschen. Dabei sah sie, dass er tränennasse Augen hatte.

Als sie sich in seinem Büro gegenübersaßen, platzte es aus ihm heraus: »Wie ist er denn umgekommen? Wie hat man ihn umgebracht? Wissen Sie schon, wer es war? Wahrscheinlich nicht, sonst wären Sie ja nicht hier. Aber vielleicht haben Sie schon eine Spur? Und wie sind Sie überhaupt auf mich gekommen? Wann genau, also um wie viel Uhr, ist Torsten ums Leben gekommen, was sagten Sie?«

»Ich habe noch gar nichts gesagt. Wir vermuten, zwischen dreiundzwanzig Uhr und Mitternacht. Wann haben Sie Herrn Uhlig das letzte Mal gesehen?«

Ernst überhörte ihre Frage. »Ich möchte ihn noch mal sehen. Oder hat man ihn schlimm zugerichtet? Würden Sie mir davon abraten? Dann verzichte ich lieber darauf, auch weil ich sicher bin, dass Torsten das in diesem Fall nicht wollen würde, dass ich ihn entstellt in Erinnerung behalte.«

»Natürlich können Sie von ihm Abschied nehmen, Herr Ernst. Und nein, es spricht nichts dagegen, dass Sie ihn sich noch ein letztes Mal ansehen. Es sieht ganz friedlich aus, so als würde er schlafen. Ich vereinbare gerne einen Termin für Sie in der Gerichtsmedizin. Aber jetzt beantworten Sie bitte meine Frage: Wann haben Sie Herrn Uhlig das letzte Mal gesehen?«

»Das war am Samstag, letzten Samstagnachmittag«, antwortete Ernst nach einer Weile. »Wir haben erst zusammen eingekauft und dann zusammen gekocht. Das machen wir eigentlich immer am Wochenende. Anschließend schauen wir uns meist eine DVD an. Torsten hat da ein großes Sortiment zur Auswahl.«

»Und wie war Herr Uhlig da, also am Samstag?«, fragte sie. »So wie immer oder anders? War er vielleicht nervös oder machte er einen besorgten Eindruck auf Sie? Ist Ihnen da etwas aufgefallen?«

»Nein«, diesmal kam die Antwort ohne jedes Zögern, »mir ist nichts aufgefallen, gar nichts. Er war ganz normal.«

»War es denn üblich, dass Sie die Sonntage getrennt verbrachten? Und auch unter der Woche länger keinen Kontakt hatten?«

Mit einer Mischung aus Erstaunen und Gereiztheit blickte Eberhard Ernst sie an. »Würden Sie das in einer solchen Situation auch den nächsten Angehörigen einer heterosexuellen Lebensgemeinschaft fragen?« Dabei rollte sein fränkisches »R« besonders angriffslustig.

»Auf jeden Fall. Warum fragen Sie?«

»Dafür habe ich gute Gründe«, antwortete Ernst. »Denn gegen

82

uns gibt es immer noch genügend Vorurteile und Ressentiments in der Gesellschaft. Gerade unter den weiblichen Polizeibeamten.« Dabei sah er sie herausfordernd an.

Paula Steiner, die diesen Termin bis jetzt als lästige, aber unerlässliche Pflicht angesehen hatte, die sie so schnell und so ergiebig wie möglich hinter sich bringen wollte, und die sich von Minute zu Minute müder und elender fühlte, war über seine indirekte Unterstellung so erbost, dass sie mit einem Schlag hellwach war. Halsweh und Kopfschmerzen waren vergessen, ebenso wie das komplette »Methodentraining der Deeskalation in der Zeugenvernehmung«, das sie erst vor wenigen Wochen absolviert hatte. Und vergessen war auch ihr Mitgefühl, das sie für Herrn Ernst bislang wie für alle trauernden Hinterbliebenen, denen sie in ihrem langjährigen Berufsleben begegnet war, durchaus empfunden hatte.

»Darf ich Ihre Anmerkungen so verstehen, dass Sie mich soeben der Diskriminierung aus Gründen Ihrer sexuellen Identität beschuldigt haben? Wenn Sie sich schon so gut bei den Polizeibeamtinnen auskennen, dann wissen Sie ja sicher auch, dass so etwas in den Bereich der Verleumdung fällt, auf die die meisten Polizistinnen, insbesondere ich, ich vor allem«, wiederholte sie grimmig, »sehr empfindlich reagieren. Nur zu Ihrer vollständigen Information: Eine Verleumdung ist eine Straftat und wird nach Paragraf 187 StGB mit einer Freiheitsstrafe von bis zu zwei Jahren oder ersatzweise mit einer Geldstrafe bestraft.« Dann atmete sie ein Mal tief durch und verschränkte demonstrativ die Arme vor der Brust.

»Man weiß ja nie, an wen man gerät«, sagte Ernst leise. Der Versuch einer halbherzigen Entschuldigung. Allerdings setzte er dann noch so überflüssig wie undiplomatisch hinzu: »Es hätte ja durchaus sein können, dass auch Sie so jemand sind, der –«

»Ist es aber nicht«, unterbrach sie ihn schroff.

»Möglich ist vieles.«

Das klang eine Spur zu trotzig und altklug für Paula Steiner, als dass sie ihm das unwidersprochen durchgehen lassen wollte.

»Jaja, möglich ist vieles. Eine Möglichkeit von vielen ist, nur so als

Beispiel, dass Sie Herrn Uhlig getötet haben. Ach, das führt mich doch gleich zu der Frage: Wie schaut es denn mit Ihrem Alibi für die Tatzeit aus? Das wäre der Zeitrahmen von dreiundzwanzig Uhr bis Mitternacht letzten Sonntag.« Entgeistert starrte Ernst sie an. »Sie glauben doch nicht im Ernst, dass ich ... Also, wirklich! Das ist ja ungeheuerlich. Ich habe soeben von Ihnen erfahren, dass ich den Menschen verloren habe, unwiederbringlich verloren habe, der mir am meisten bedeutete. Ich habe Torsten geliebt und er mich, auch wenn das vielleicht nicht in Ihre Vorstellungswelt passt.« »Beantworten Sie meine Frage!«, herrschte sie ihn an. Lange Sekunden eisigen Schweigens auf beiden Seiten. Schließlich sagte Eberhard Ernst: »Daheim war ich. Wo soll ich denn sonst gewesen sein? Und nein, Zeugen habe ich dafür keine.« Dabei strich er sich mit beiden ausgestreckten Mittelfingern behutsam die Tränen aus den Unterlidern.

Da, bei dieser rührenden Geste, übermannte sie das Mitleid; sie bereute ihre verbalen Attacken. Warum nur konnte sie sich in letzter Zeit so schlecht beherrschen? Eigentlich müsste sie doch die Gelassenheit in Person sein. All die Anwürfe und Anfeindungen, gleich ob privater oder beruflicher Natur, müssten an ihr abprallen, dürften sie doch gar nicht treffen – wenn man ihrer Mutter glauben durfte, die davon überzeugt war, dass mit fortschreitendem Alter auch die Weisheit und das Wissen, Wichtiges von Unwichtigem zu unterscheiden, stetig zunahmen. Bei ihr jedoch, war Paula Steiner überzeugt, schien sich die vergangenen Wochen gerade eine Rückwärtsentwicklung in dieser Richtung anzubahnen.

Sie nahm sich vor, Herrn Ernst ab sofort mit Samthandschuhen anzufassen und seine Feindseligkeiten, falls noch welche folgen sollten, einfach zu ignorieren. Mit all der Freundlichkeit, die ihr im Moment zur Verfügung stand, lächelte sie ihr Gegenüber an.

»Das macht nichts«, sprach sie in sanftem, fast schon demütigem Ton. »Das ist sowieso lediglich eine Routinefrage, die wir immer stellen, stellen müssen. Und die meisten haben genau wie

Sie kein wasserdichtes Alibi. Das hat in der Regel gar nichts zu bedeuten.«

Kurze Pause, zweite Lächelattacke, dann die leise Frage: »Soll ich vielleicht ein anderes Mal wiederkommen, Herr Ernst? Ich hätte schon noch ein paar Sachen mit Ihnen zu klären. Allein aus dem Grund, weil Sie Herrn Uhlig ja am besten kannten, ihm am nächsten standen. Sollen wir uns morgen nochmals treffen? Wäre das für Sie dann leichter zu ertragen?«

»Nein, nein«, sagte Ernst. »Das passt schon so. Fragen Sie nur, was Sie fragen müssen.« Das klang wie: »Bringen wir es möglichst schnell hinter uns«, aber diesmal ohne jede Spur von Aggressivität.

»Schön. Es dauert auch nicht mehr lang. Ich muss leider noch mal auf meine Frage von vorhin zurückkommen, ob Sie die Sonntage in der Regel mit Herrn Uhlig verbrachten. Denn wenn ja, dann wäre das in dem Fall eine Ausnahme. Und Abweichungen von der Regel sind für unsere Ermittlungen besonders aufschlussreich. Das ist immer etwas, wo wir ansetzen können«, salbaderte sie drauflos. Falls Ernst diese Ermittlungsstrategie jetzt hinterfragt hätte, sie würde ihm nicht sagen können, was es damit auf sich hatte.

Doch gottlob stellte Eberhard Ernst keine Fragen. »Doch, schon, eigentlich waren wir an den Wochenenden immer zusammen. Meist nur wir beide, manchmal hatten wir aber auch Gäste oder waren umgekehrt bei Freunden zu Gast. Hin und wieder gab es familiäre Verpflichtungen am Wochenende, die wir ohne den anderen wahrgenommen haben, oder geschäftliche, wie am vergangenen Sonntag. Aber das kam ganz selten vor, das war dann schon die Ausnahme. Ich selbst war zu Hause.«

Durch sein Entgegenkommen ermuntert, hakte sie nach. »Wir haben in der Wohnung beziehungsweise im Badezimmer von Herrn Uhlig zwei Zahnbürsten vorgefunden. Gehe ich recht in der Annahme, dass die zweite für Sie reserviert war?«

Er nickte.

»Von Herrn Wolff, seinem Geschäftspartner, haben wir zudem erfahren, dass Herr Uhlig öfter Fernreisen unternommen hat.

Letztes Jahr war er, falls Herr Wolff recht hat, beispielsweise auf Borneo. Da haben Sie ihn doch sicher jedes Mal begleitet? Oder nicht?«

»Ja. Das ist richtig. Torsten und ich sind gerne verreist. Er wollte immer weit weg, das Jahr vor Borneo waren wir im Emirates Palace in Abu Dhabi. Ich hätte auch gern mal meinen Urlaub in Europa verbracht. Auch deswegen, weil ich unter Flugangst leide; und dann fast jedes Mal die ganzen Impfungen und die Anträge mit dem Visum. Aber das war für Torsten nichts. Das kenne er alles schon zur Genüge, sagte er, das sei doch witzlos. Und ich habe mich gefügt. Es war ja auch immer ganz nett, im Nachhinein gesehen.«

Jetzt hatte sie nur mehr eine Frage. Die ihrem Interesse – oder richtiger: ihrer puren Neugier – geschuldet war, die mit dieser Zeugenvernehmung wenig bis gar nichts zu tun hatte. Eine ziemlich intime Frage, die Eberhard Ernst wahrscheinlich missverstehen und die ihn eventuell so erzürnen würde, dass er … Diese Frage sollte sie sich besser bis zum Schluss aufheben.

»Hat Herr Uhlig gern mal ein Bier, ein Glas Wein, vielleicht auch Champagner getrunken? Oder war er mehr der Typ Abstinenzler?«

»Solange ich Torsten kenne, hat er nie einen Tropfen Alkohol angerührt. Das gebe ihm nichts, hat er immer gesagt. Da kriege man nur einen schweren Kopf von.«

»Und Sie?«

»Ich bin überzeugter Antialkoholiker. Sport«, er deutete auf das Rennrad, »und Alkohol passen nicht zusammen. Sehen Sie, auch von daher haben wir uns doch optimal ergänzt. Wir waren einfach füreinander bestimmt.«

Aber für wen war dann die Flasche Champagner gedacht, wenn nicht für Uhlig oder für Ernst? Sie spürte, dass das ein wichtiger Punkt war, den sie unbedingt klären musste.

Jetzt, nachdem sie alles wusste, was für diese erste Zeugenvernehmung wichtig war, nahm sie beherzt Anlauf und sagte – und sie gab sich Mühe, es so beiläufig wie möglich klingen zu lassen: »Ja, mit Sicherheit waren Sie das. Das perfekte Paar, wovon es ja nur sehr wenige gibt. Aber ich frage mich, gerade in diesem Zusammenhang, warum Sie dann nicht auch zusammengezogen sind? Die Wohnung Ihres Lebensgefährten hatte doch genügend Platz, dass man sich auch mal aus dem Weg gehen kann, wenn es sein muss.«

»Das wollten wir ja auch. Spätestens nächstes Jahr, so hatten wir beide es geplant, sollte ich meine Wohnung aufgeben und bei Torsten einziehen.«

Sie wartete, ob Ernst dazu noch eine Erklärung abgeben wollte. Nachdem es nicht danach aussah, stand sie auf und bedankte sich bei ihm »für Ihr Entgegenkommen und Ihr Verständnis, zumal in dieser für Sie doch so belastenden Situation«.

Als sie bereits an der Tür stand, folgte er ihr und sagte leise: »Bitte, Frau Steiner, wenn Sie dafür sorgen könnten, dass ich Torsten noch einmal sehen kann. Es ist mir sehr wichtig.«

»Aber natürlich, das vergesse ich nicht. Ich rufe jetzt gleich bei der Gerichtsmedizin an und werde das veranlassen. Sie müssen sich dann nur noch mit Dr. Frieder Müdsam telefonisch in Verbindung setzen und einen Termin mit ihm vereinbaren.«

Als sie auf den Bauhof trat, regnete es in Strömen. Und den Schirm hatte sie wieder mal vergessen. In das Gebäude zurück wollte sie nicht mehr, also überquerte sie den Platz zügig und suchte Schutz unter einer der bogenförmigen Aussparungen der alten Stadtmauer. Dann holte sie ihr Handy aus der Tasche und tippte Müdsams Nummer ein. Das gehe schon so in Ordnung, sagte er, natürlich könne Herr Ernst seinen Partner noch mal sehen, wenn ihm das so wichtig sei.

Als sie das Handy wieder in der Tasche verstaute, sah sie Eberhard Ernst samt seinem Rennrad über der Schulter aus dem Haus stürmen. Er musste es sehr eilig haben, denn er trug keinen Helm. Sie wollte ihm noch zurufen, dass sie die Gerichtsmedizin bereits informiert habe, dass er nur dort anrufen müsse, doch da hatte er sich schon auf sein Rad geschwungen und war, ohne sie wahrzunehmen, Richtung Hauptbahnhof an ihr vorbeigerauscht.

Im mehr schlechten als rechten Schutz der Stadtmauer wartete sie ab, bis der Regenguss vorbei war, dann trat sie den Heimweg an.

Eine Dreiviertelstunde später konnte sie endlich ihre Wohnungstür aufsperren. Wieder mal von oben bis unten klatschnass. Sie riss sich noch in der Diele sämtliche Kleider vom Leib, ging ins Bad, zog ihren alten Bademantel über, das einzige Erbstück ihres Vaters, und drehte den Wasserhahn der Badewanne auf bis zum Anschlag. Als sie in das dampfende Wasser steigen wollte, sprang sie augenblicklich wieder aus der Wanne. Zu heiß. Also, Bademantel wieder anziehen, in die Küche, den Rest Riesling in ein Weinglas gießen und zurück ins Bad. Zweiter Versuch. Jetzt war es genau richtig.

Eine geschlagene Stunde lag sie regungslos und vollkommen zufrieden in der Wanne, ließ nur ab und zu heißes Wasser nachlaufen und nippte hin und wieder an ihrem Weinglas. Als sie aus der Wanne stieg, war ihr etwas schummrig vor Augen. Sie musste sich kurz auf den Wannenrand setzen, um nicht das Gleichgewicht zu verlieren. Sie deutete diesen leichten Schwindel als gutes Zeichen, nämlich als Signal für eine im Turbotempo einsetzende Genesung, verzichtete deshalb auf weitere gesundheitsfördernde Maßnahmen – wie Inhalieren, Tee trinken, Kräuterbonbons lutschen oder bittere Tropfen schlucken – und ging ins Bett.

Kurz vor dreiundzwanzig Uhr wurde sie wach. Sie schwitzte unter dem schweren Federbett, die Augen tränten, die Nase war verstopft, im vollkommen ausgetrockneten Rachen brannte und kitzelte es. Außerdem hatte sie Hunger. Aber Kopf- und Halsschmerz hatten sich verabschiedet, wofür sie das ausgiebige brühheiße Bad verantwortlich machte. Sie lobte sich im Nachhinein für ihre kluge Entscheidung, das nicht auf die lange Bank geschoben zu haben.

Frohgemut schwang sie sich aus dem Bett und ging in die Küche. Dort sah sie mit einer gewissen Skepsis und Spannung in das Tiefkühlfach ihres Kühlschranks. Tatsächlich, da war noch eines dieser wunderbaren tiefgefrorenen Wiener Kalbsschnitzel, fertig gewürzt, mit Semmelbröselpanade, die sie für Notfälle wie diesen, wenn es schnell gehen musste und sie nicht kochen wollte, meistens daheim hatte. Nur, was sollte es als Beilage dazu geben? In dieser Hinsicht war ihre Vorratshaltung nämlich nicht so üppig. Im Grunde hatte sie nur die Wahl zwischen tiefgefrorenen Erbsen und Pellkartoffeln. Beides erschien wenig verlockend. Sie entschied sich für den Fertigsalat, der schon seit einiger Zeit im Gemüsefach lagerte. Der musste ja auch mal weg. Ein Glas Weißwein würde es dazu heute ausnahmsweise nicht geben, auch wenn es sich für das Schnitzel geradezu anbot. Dieser Verzicht war Eberhard Ernst geschuldet, dem sportlichen, durchtrainierten Antialkoholiker, der sie mit seiner konsequent gesundheitsbewussten Lebensweise durchaus beeindruckt hatte. Ja, mehr noch, der für das aufkeimende schlechte Gewissen, was ihren Alkoholkonsum anbelangte, verantwortlich war. Auch wenn Paula das nie so zugeben würde, nicht einmal vor sich selbst.

Satt und zufrieden war sie nach diesem späten Abendmahl, das sie mit dem lustbetonten Inhalieren einer Zigarette krönte. Rauchend und immer noch frohgemut sah sie aus dem Küchenfenster auf die festlich angestrahlte blauschwarze Kaiserburg, die sich da so vertraut und würdevoll vor ihr erstreckte. Wie gut es ihr doch ging, dachte sie. Sie hatte keine Schmerzen, nur ein paar Wehwehchen, die sich bald und von selbst verabschieden würden. Dann die Wohnung mit dieser einmaligen Aussicht, an der sie sich nie sattsehen konnte. Und morgen würde sie sich Hans-Jürgen Wolff vorknöpfen – und damit auch, was das Beste daran war, indirekt ihrem Knallkopf von Bruder eins auswischen –, übermorgen schließlich der Ausflug nach Chemnitz, dem man ja auch ein paar angenehme Seiten abgewinnen konnte.

Derart heiter gestimmt ging sie in ihr Wohnzimmer, nahm auf dem Sofa Platz und zappte sich durch das nächtliche TV-Programm. Nachdem sich darin nur anbot, was ihre gute Laune schmälern würde, schaltete sie den Fernseher bald wieder aus und schickte ihre Gedanken auf Wanderschaft.

Warum nur hatte Wolff sie angelogen? Er musste doch gewusst haben, dass ihr diese Anrufe auf Uhligs Festnetz nicht verborgen bleiben und dass er sich damit keinen Gefallen erweisen würde. Als Geschäftsführer einer dermaßen gut aufgestellten, erfolgreichen Hausverwaltung war er doch alles andere als naiv … Oder hatte er tatsächlich angenommen, ihr Bruder könne sie mit diesem Anruf am Dienstagabend von ihren Ermittlungen zurückpfeifen? Sie, die kleine Schwester seines besten Freundes. Nein, so dumm war Hans-Jürgen Wolff nicht.

Was hatten er und ihr Bruder eigentlich miteinander zu schaffen, dass ihre Beziehung nach so vielen Jahren der räumlichen Trennung immer noch so einwandfrei funktionierte? In dem Moment konnte sie sich nur vorstellen, dass der Grund dafür ein dunkles Geheimnis zwischen den beiden Freunden war. Aber welches?

Während sie so grübelnd auf dem Sofa unter der leichten Wolldecke lag, kam ihr Dr. Meyer in den Sinn. Sicher saß auch er wie sie jetzt vor dem Fernseher, einsam, in seiner viel zu großen Wohnung, die Hörgeräte waren seit Stunden in ihren Aufbewahrungsboxen verstaut, die Gedanken bei seiner Frau. Ein älterer kultivierter Herr, der sich nicht daran stieß, dass sein Nachbar homosexuell war. Was in seinem Alter keine Selbstverständlichkeit war. »Ein richtig guter Mensch« war Uhlig für ihn gewesen. Aber … warum brachte man einen guten Menschen um? Und dann noch auf die Art und Weise? Nicht heimlich und verborgen, sondern öffentlich, geradezu obszön zur Schau, an den Pranger gestellt? Seltsam war das, unerklärlich.

Was hatte es mit diesem Aufknüpfen auf sich? Was steckte dahinter? Rache? Hass? Vergeltung? Oder doch nur die absonderliche Lust eines Psychopathen an einer überkandidelten Dramaturgie? Aber hätte Uhlig einen Psychopathen so mir nichts, dir nichts in seine Wohnung gelassen? Nein, so naiv, so arglos schätzte sie ihn nicht ein. Schließlich war er Geschäftsführer einer Hausverwaltung gewesen. Dies allein genügte ihr, um ihn für gewieft genug zu halten, so etwas eben nicht zu machen.

Und dann Uhligs Lebensgefährte. Seine Spitzen und Feindseligkeiten ihr gegenüber waren längst vergessen. Die hatten nichts zu bedeuten. Es störte sie nur dieses Bild, das ihr ins Gedächtnis eingemeißelt war: wie er, der sich wenige Minuten zuvor noch mit dieser rührenden Geste die Tränen aus den Augenwinkeln weggedrückt hatte, aus dem alten Baumeisterhaus gestürmt war, mit dem Rad auf der Schulter, und in Richtung Königstraße raste. Hier die Trauer – und dass diese echt war, daran zweifelte sie auch im Nachhinein keinen Augenblick –, da diese Entschlossenheit, diese überstürzte Eile. Das passte schlecht zusammen. Was hatte Eberhard Ernst so Dringliches vorgehabt, dass er mitten in der Dienstzeit sein Büro verließ? Dass er zu Uhligs Wohnung gefahren war, konnte sie ausschließen – die lag in der entgegengesetzten Richtung. Gleich morgen in der Früh sollte sie ihn anrufen und danach fragen, auch auf die Gefahr hin, sich damit weitere anzügliche Bemerkungen von ihm einzuhandeln.

Jetzt bedauerte sie, heute so heroisch wie unnötigerweise auf ihren abendlichen Routinegang in den Keller verzichtet zu haben. All ihr Weinvorrat lagerte drei Etagen tiefer und damit sicher vor ihrem kurzfristigen Zugriff. Hm. Sie sah auf ihre Armbanduhr. Kurz vor ein Uhr. Nein, sie würde nicht ihren Gelüsten nachgeben. So abhängig war sie nicht. Auch wenn ihr die Vorstellung gefiel, zu nächtlicher Stunde in diesem stillen Haus, vergnügt und ohne größere Schmerzen auf ihrem Sofa sitzend, einen Wiltinger Kupp von 2012 aus den Bischöflichen Weingütern Triers zu schlürfen.

Noch hatte sie von diesem überaus süffigen Devonschiefer-Riesling fünf Flaschen, die ihr Paul vor einem Monat »zur Belebung der Sinne und Verbesserung deiner Laune« geschenkt hatte. Und diesen Vorrat wollte sie sich bewahren. Gesünder war es außerdem. Gerade in ihrer derzeitigen Verfassung.

Zehn Minuten später. Paula Steiner langte zielsicher in die oberste Reihe ihres Weinregals, schnappte sich den nächstbesten Riesling-Kabinett und trat den Rückzug nach oben an. Selten hatte sie in letzter Zeit einen Wein so genossen wie diesen Wiltinger Kupp. Schluck für Schluck. Und heute genügte ihr sogar ein einziges Glas.

Dann ging sie ins Bett, obwohl sie glaubte, dass es mit einem erholsamen Schlaf die nächsten Stunden nichts werden würde. Dafür war sie einfach zu munter und zu erholt. Doch auch da sollte sie sich täuschen – schon nach fünf Minuten war sie eingeschlafen, übrigens ohne sich auf ihre richtige Schlafseite gedreht zu haben, aber mit einem höchst zufriedenen Lächeln auf den Lippen.

FÜNF

Wach wurde Paula erst kurz vor sieben Uhr. Eine Weile lauschte sie der typischen morgendlichen Geräuschkulisse in ihrem Haus, der Klospülung von nebenan, dem Wasserrauschen von unten, den eiligen, klackenden Schritten im Treppenhaus, dann schwang sie sich aus dem Bett. Eine Weile stand sie so da und betastete Stirn und Wangen auf mögliche Beschwerden. Doch da war nichts. Auch der Rachen war schmerz- und kribbelfrei. Diese Turbogenesung über Nacht verdankte sie, davon war sie überzeugt, zum einen ihrer weisen Entscheidung, sich früh ins Bett zu legen. Und zum anderen, das stand für sie genauso außer Frage, den heilenden Kräften dieses einzigartigen Trierer Riesling-Kabinetts von 2012.

Sie duschte, frühstückte ausgiebig und verließ eine Stunde später das Haus. Auf dem Weg zum Jakobsplatz fiel ihr der Neun-Uhr-Termin ein. Sosehr sie sich gestern noch gefreut hatte, diesen aufgeblasenen Wichtigtuer von Hans-Jürgen Wolff auseinanderzunehmen, so egal war er ihr heute. Na gut, vielleicht nicht ganz egal. Aber die erholsame Nacht hatte der Wut und Rachsucht von gestern ihre unerträgliche Spitze genommen, sodass nur mehr ein kleiner Rest davon übrig war.

Sie beschloss, sich bei der Befragung ganz herauszuhalten und diese ihren beiden Mitarbeitern zu überlassen. Ja, das war eine gute Idee. Heinrich würde das Finanzielle abklopfen und Eva Brunner nach den ominösen Anrufen fragen. Und dass das beide mit der nötigen Härte und Unnachgiebigkeit erledigten, davon war Paula Steiner überzeugt. Aber was, wenn Heinrich heute krankfeierte? An der Zeit dafür wäre es, für seine Verhältnisse war er schon viel zu lange ohne den gelben Schein ausgekommen.

Sie beschleunigte ihren Schritt. Doch ihre dunklen Vorahnungen bestätigten sich nicht – Heinrich saß bereits an seinem Schreibtisch, in seine Papiere vertieft. Und auch Eva Brunner blickte nicht auf, als Paula das Büro betrat.

»Guten Morgen«, sagte sie etwas pikiert. Sie erntete keine Erwiderung des Grußes.

»Hat eigentlich jemand schon im Netz nach Ähnlichkeiten mit unserem Mord gefahndet?«, fragte sie. Doch Bartels und Brunner schüttelten nur stumm und entschieden den Kopf.

»Gut, dann werde ich das jetzt gleich selbst erledigen.« Sie setzte sich, ließ den Computer hochfahren und begab sich auf die Suche. Zuerst in der hauseigenen Datenbank. Fehlanzeige. Dann bei Europol. Auch da wurde sie nicht fündig. Sie überlegte. Ließ alle Suchbegriffe wie »Mord«, »Nürnberg«, »Mullbinde«, »erhängen« bis auf den ersten stehen und versuchte es ein weiteres Mal. Jetzt lieferte ihr die Suchmaschine zumindest einen Eintrag. Aber der lag schon sechs Jahre zurück. Das »Erhängen mittels Mullbinde« und der Ort – Nürnberg – stimmten zwar, doch es handelte sich dabei um einen wasserdichten, polizeilich nachgewiesenen Suizid. Fernab jeder Öffentlichkeit, nämlich auf einem ungenutzten Dachboden. Einen Serienmörder konnte sie also ausschließen.

Sie sah auf die Uhr. Kurz nach halb neun. Zeit, um Eva Brunner und Heinrich Bartels in ihren Plan einzuweihen.

»Ich werde mich bei dieser Vernehmung von Wolff ganz raushalten. Das werden du beziehungsweise Sie allein machen. Ich bin dabei lediglich der stille Beobachter hinter der Glasscheibe. Das ist gerade in diesem Fall besser.«

Sie hatte den Satz noch nicht zu Ende gesprochen, da legte Heinrich sein lautstarkes Veto ein. »Aber du hast ihn doch vorgeladen«, ereiferte er sich, »du wolltest ihn ausquetschen wie eine Zitrone, wenn ich dich daran mal erinnern darf. Ich habe mir gleich gedacht, das ist so nötig wie ein Kropf. Da kommt nichts bei rum.«

Dann passierte etwas, das Seltenheitswert in diesem Zimmer hatte – Eva Brunner pflichtete ihm bei: »Ich weiß gar nicht, was ich den fragen soll. Außer vielleicht nach den Anrufen auf Uhligs Festnetz. Aber so wie ich den einschätze, bringt der bestimmt einen Anwalt mit. Ich finde, Heinrich hat recht, das macht keinen Sinn. Dafür haben wir einfach zu wenig gegen ihn in der Hand.«

»Genau, diese Anrufe bei Uhlig, die er abgestritten hat. Damit haben wir eben schon etwas gegen ihn in der Hand. Eine zwar uneidliche, aber immerhin vorsätzliche Falschaussage gegenüber zwei Polizeibeamtinnen. Sie selbst, Frau Brunner, haben doch Uhligs Verbindungsnachweise studiert und dabei herausgefunden, dass Wolff nicht nur an diesem Sonntag mit ihm telefoniert hat. Oft genug außerhalb der Bürozeiten wie am Wochenende und am späten Abend zum Beispiel. Und zwar zu oft, als dass man ihm abnehmen könnte, er hätte Uhlig nicht gut gekannt, wie er uns gegenüber ja behauptet hat.«

Paula blätterte in ihrem Notizblock. »Hier steht es. ›Wir hatten ein rein berufliches Verhältnis‹, hat Wolff gesagt. Das kann ja wohl nicht stimmen, bei der Häufigkeit, mit der die beiden miteinander telefoniert haben. Das wie auch die Falschaussage, was die Telefonate am Sonntag betrifft, ist doch schon mal ein guter Ansatzpunkt für Sie. Da besteht zumindest Klärungsbedarf von seiner Seite. Oder sehen Sie das anders, Frau Brunner?«, stellte Paula die rhetorische Frage, die ohne Antwort blieb.

»Und was soll ich dann dabei?«, fragte Heinrich. »Wenn die Eva das genauso gut allein erledigen kann.«

»Das, was du eigentlich schon längst hättest erledigen sollen. Ihn nach Uhligs Gehalt fragen, ob er einen Firmenwagen hatte, ob er Provision für etwaige Vermittlungsdienste erhalten hat und so weiter. Den finanziellen Aspekt eben. Und zwar in Gänze. Du hast doch selbst noch vor Kurzem gesagt, es sei besser, wenn du ihn jetzt befragst statt meiner. Stell dich halt nicht gar so blöd an!«

»Ich dachte halt, du hättest den Fokus mittlerweile auf etwas anderes gelegt.«

»Worauf hätte ich denn deiner Meinung nach den Fokus mittlerweile legen sollen, hm? Haben wir eine vielversprechendere oder dringlichere Spur, der wir nachgehen müssen? Dann weißt du mehr als ich. Bis jetzt haben wir nur den Wolff, der sich verdächtig benommen hat. Oder sehe ich das falsch?«

»Ich dachte halt, du hättest den Lebensgefährten, diesen Ernst, seit gestern ins Visier genommen.«

»Da dachtest du falsch.« Paula stand auf und gab beiden ein Zeichen. Alle drei machten sich auf den Weg nach unten. Auf dem letzten Treppenabsatz blieb sie abrupt stehen. »Das Einzige, was dagegenspricht, dass ich mich bei der Vernehmung jetzt raushalte, ist die versuchte Einflussnahme meines … die am Telefon. Das aber könnte nur ich selbst zur Sprache bringen. Na ja, das würde er sowieso herunterspielen. Ob mit oder ohne Anwalt. Insofern macht es auch nichts, dass ich da nicht dabei bin.«

»Das kann doch ich zur Sprache bringen, Frau Steiner«, sagte Eva Brunner.

Paula überlegte, einen kurzen Moment nur. »Ja, warum eigentlich nicht? Interessant wäre es schon, wie er darauf reagiert. Aber wenn es thematisch nicht passt, lassen Sie es. Es spielt heute, denke ich, keine Rolle.«

Als Wolff das große Vernehmungszimmer betrat, hatte Paula bereits Position hinter der Einwegglasscheibe bezogen. Er wurde von einem höchstens vierzigjährigen Mann begleitet, der sich als Joachim Kutschenreuther, Dr. jur., zugelassener Anwalt, vorstellte. Klein, schmal, rehbrauner Anzug, offenes Hemd, smart von dem gegelten Haar bis in die Spitzen seiner auf Hochglanz gewienerten Lederschuhe.

Frau Brunner eröffnete das Gespräch mit ihrem größten Unterpfand, der uneidlichen Falschaussage gegenüber zwei Ermittlungsführerinnen am … um … Uhr.

»Wie wir aus den Verbindungsnachweisen für Herrn Uhligs Festnetz ersehen können, haben Sie mit Ihrem Geschäftspartner allein an dem Tag, als Herr Uhlig ermordet wurde, dreimal telefoniert. Das erste Mal sieben Minuten lang, beim zweiten Mal knapp dreißig Minuten und«, Eva Brunner sah auf ihre Papiere, »schließlich um zwanzig Uhr siebenundvierzig nochmals über eine halbe Stunde. Nur der Vollständigkeit halber: Eine uneidliche Falschaussage ist ein schwerwiegendes Aussagedelikt, das mit einer Freiheitsstrafe von drei Monaten bis zu fünf Jahren bestraft wird.« Dann schwieg sie und sah Hans-Jürgen Wolff ernst und tadelnd an.

Doch der zeigte sich überraschend angriffslustig. »Was soll denn das? Da habe ich mich eben getäuscht. Täuschen Sie sich nie? In meinem Beruf habe ich so viel um die Ohren, ich bin ja rund um die Uhr mit beruflichen Dingen beschäftigt und führe so viele Telefonate, dass ich mir wirklich nicht jedes einzelne Gespräch merken kann. Auch wenn das für Sie als Beamtin mit einem überschaubaren Arbeitspensum und einem sicheren Pensionsanspruch wahrscheinlich Ihren Vorstellungshorizont überschreiten dürfte.«

Bei seinem letzten Satz zuckte Dr. Kutschenreuther, dessen anwaltlicher Beistand sich bis dahin auf ein ironisches Lächeln kapriziert hatte, leicht zusammen. Also war zumindest diese letzte Spitze vorher nicht so mit ihm abgesprochen gewesen.

Es dauerte eine Weile, bis sich Eva Brunner wieder gefangen hatte. Dann sagte sie: »Sie haben am Sonntag dreimal mit Herrn Uhlig gesprochen, immerhin insgesamt siebzig Minuten lang, und wollen sich daran nicht erinnern können? Das klingt, auch für jemanden, der vorgibt, rund um die Uhr beschäftigt zu sein, wenig glaubhaft. Aber lassen wir das, vorerst. Können Sie sich denn jetzt zumindest an diese Telefonate erinnern?«

»Nicht bis ins letzte Detail, das nicht. Aber es könnte durchaus sein, das räume ich ein, dass ich am Sonntag mit Herrn Uhlig gesprochen habe. Das ist von meiner Seite nicht auszuschließen. Dass es dann doch dreimal gewesen sein soll, tja«, Wolff öffnete die Hände in einer bedauernden Geste, die auf Paula so einstudiert wie affektiert wirkte, »das habe ich wirklich nicht mehr auf dem Schirm. Aber wenn Sie es sagen, wird es wohl seine Richtigkeit haben. Sie täuschen sich ja nie.« Mittlerweile trug Wolff das gleiche ironische Lächeln wie sein Rechtsbeistand zur Schau.

»Worum ging es denn in diesen drei Telefonaten?«, fragte Eva Brunner.

Bevor Wolff antworten konnte, kam ihm Dr. Kutschenreuther zuvor, erst mit einer knappen Geste – der Anwalt legte ihm die Hand für einen kurzen Moment besänftigend auf den Unterarm –, dann mit der Aussage: »Das ist vertraulich. Dazu muss mein Mandant keine Angaben machen.«

Paula erkannte, dass diese offene Weigerung Eva Brunner aus dem Konzept brachte. Sodass es zum Schluss nur mehr für eine letzte Attacke reichte. »Dann bleibt festzuhalten, dass Herr Hans-Jürgen Wolff am Sonntag mehrere Male mit dem Opfer, Torsten Uhlig, telefoniert hat, des Weiteren, dass Herr Wolff sich an diese Telefonate zunächst nicht erinnern konnte und dass er sich jetzt weigert, irgendwelche Angaben zu dem Inhalt der Gespräche zu machen. Ergänzend ist für das Protokoll festzuhalten: Herr Wolff war die letzte Person, die mit dem Opfer telefoniert hat.«

»Und das macht mich wohl in Ihren Augen verdächtig?«, fragte Wolff, wieder mit diesem schiefen Lächeln, das überlegen und von oben herab wirken sollte.

Paula war gespannt, wie Heinrich reagieren würde. Meist überließ er ihr in solchen Routinebefragungen den aktiven Part und hielt sich aus allem heraus, bis hin zu einem für alle Beteiligten offensichtlichen Desinteresse. Und die Art, wie angelegentlich und gelangweilt er bislang in seinen Unterlagen geblättert hatte, ließ darauf schließen, dass das diesmal genauso sein würde.

»Ja«, sagte Heinrich mit einem übertrieben freundlichen, fast schon herzlichen Lächeln, »das macht es, Herr Wolff.«

Nach einer langen Pause setzte er lächelnd hinzu: »Zumal im Zusammenhang mit dem erfüllten Tatbestand Ihrer versuchten unzulässigen Einflussnahme. So hat Hans-Jürgen Wolffs Mittelsmann Steiner, Julius die KHK Steiner, Paula am Dienstag, den 16. Februar, gegen dreiundzwanzig Uhr angerufen mit dem Ziel, rechtswidrig auf die kriminalpolizeiliche Ermittlungsarbeit im Fall Uhlig, Torsten Einfluss zu nehmen. Die entsprechenden Beweisstücke dazu finden sich in dem Protokoll vom 17. Februar.« Und noch immer trug Heinrich dieses übertriebene Lächeln zur Schau.

Spätestens jetzt hatte Paula die Gewissheit, dass Heinrich diese Befragung nicht als öde, uninteressante Routinearbeit abhandeln würde. Irgendwann in den letzten Minuten musste er Blut geleckt haben. Sie hatte aber keine Erklärung, was der Auslöser dafür gewesen war, was sein sonst so mildes bis wurstiges Gemüt in Rage versetzt hatte. Vielleicht das Mitgefühl für die von dem gegnerischen Duo bloßgestellte Kollegin Brunner? Auch Dr. Kutschenreuther schien von diesem Detail überrascht. Nach einem kurzen fragenden Seitenblick zu Wolff, der keinerlei Reaktion zeigte, sagte er: »Bei solch schwerwiegenden Vorwürfen gegen meinen Mandanten bestehe ich auf sofortiger Einsichtnahme in die vorliegenden Beweisstücke.«

»Wenn die Ermittlungen abgeschlossen sind, können Sie gern Einsicht in die Akten nehmen. Sprich bei der Anklageerhebung, vorher geht das leider nicht«, antwortete Heinrich, und nun hatte er sein breites Lächeln abgestreift. »So, und jetzt zu etwas anderem. Uns interessiert Herrn Uhligs finanzielle Situation. Hatte Herr Uhlig einen Dienstwagen von Ihnen?«

Kutschenreuther nickte kurz, und Wolff sagte: »Ja.«

»Marke und Typ?«

Nach einem erneuten anwaltlichen Nicken die Antwort: »Einen Audi A8.«

»Von Ihrer GmbH gekauft oder geleast?«

Diesmal achtete Wolff nicht auf die Körpersprache seines Rechtsbeistands, sondern blaffte Heinrich umgehend an: »Inwiefern ist unser Fuhrpark denn von Interesse für Ihre Ermittlungen? Das möchte ich jetzt aber schon mal wissen!«

»Herr Dr. Kutschenreuther«, wandte sich Heinrich direkt an den Anwalt, »wenn Sie Ihren Klienten bitte darauf aufmerksam machen würden, dass wir hier für die Fragen zuständig sind und Herr Wolff für die Antworten, dann wäre uns allen, glaube ich, sehr geholfen. Es sei denn, er möchte die Aussage verweigern, weil er sich dadurch selbst belasten müsste. Das Recht steht Ihnen«, richtete Heinrich das Wort wieder an Wolff, »natürlich jederzeit zu. Dann können wir die Befragung hiermit sofort beenden, und Sie erhalten in Kürze eine Vorladung zur Zeugenvernehmung beziehungsweise in dem Fall zur Beschuldigtenvernehmung durch die Staatsanwaltschaft. Möchten Sie das?«

Während Hans-Jürgen Wolff Heinrich nur grimmig anstarrte,

beeilte sich Dr. Kutschenreuther zu versichern: »Nein, nein, das möchten wir nicht.«

Nach einem fragenden Blick Heinrichs zu Wolff folgte schließlich auch dessen Zustimmung in Form eines gebrummten »Hm«.

»Wirklich?«, fragte Heinrich. »Dann aber sind Sie zur wahrheitsgemäßen und vollständigen Aussage verpflichtet. Das sollten Sie dabei bedenken.«

Wenn Heinrich sich so spröde und belehrend gerierte wie jetzt, dann kochte er innerlich. Das wusste Paula. Aber warum? Zeugenbefragungen wie diese hatten sie beide schon hundertfach geführt, und Wolffs Taktieren und Gegenfragen bildeten da keine Ausnahme.

Nun lieferte Wolff seine Antworten recht zügig und offenherzig. Ja, der Audi gehöre zum Fuhrpark der HV Noris, genauso wie andere Fahrzeuge; er selbst habe auch einen Audi. »Nicht, dass mir das wichtig wäre. Aber als Geschäftsführer muss ich schon auf die Außenwirkung meines Unternehmens achten.« Nein, Provisionen oder zusätzliche Zuwendungen habe Herr Uhlig nicht erhalten. Das sei alles mit seinem Gehalt abgedeckt gewesen.

»Apropos Gehalt: Wie hoch war denn Herrn Uhligs Monatsgehalt?«, fragte Heinrich.

»Er hatte ein Jahresfestgehalt von knapp achtzigtausend Euro.«

»Das ist aber recht wenig für ein Geschäftsführergehalt im Dienstleistungsbereich. Und das bei einer so erfolgreich agierenden GmbH«, wunderte sich Heinrich.

»Unsere GmbH hatte die letzten Jahre regelmäßig einen bilanziellen Verlust. Uns sind vor vier, fünf Jahren ein paar große Kunden weggebrochen. Insofern sind wir seit zwei Jahren mit den Gehältern etwas zurückhaltender. Aber nur bei unseren eigenen Geschäftsführergehältern, bei den Angestellten haben wir gehaltstechnisch keine Einschnitte vorgenommen.«

Wie es aussah, schien sich Wolff jetzt mit diesem Frage-und-Antwort-Spiel abgefunden zu haben. Er wirkte erstmals ruhig und entspannt, zauberte sich sogar bei dem letzten Punkt ein klitzekleines Lächeln auf die Lippen.

»Komisch. Ich habe auf den Kontoauszügen von Herrn Uhlig regelmäßige monatliche Einzahlungen von«, Heinrich blätterte in seinen Papieren, »tausendeinhundert Euro gefunden. Zusätzlich zu seinem Regelgehalt, und das seit immerhin zwei Jahren.«

»Ach das«, winkte Wolff gelassen ab. »Das kann ich Ihnen erklären. Das sind unsere gewinnabhängigen Tantiemen. Wenn wir auf die verzichten würden, dann wären wir ja –«

»Aber sagten Sie vorhin nicht, Herr Wolff«, fiel ihm Heinrich ins Wort, »Herr Uhlig hätte keine zusätzlichen Zuwendungen erhalten? Und Tantiemen fallen doch in diesen Bereich. Da haben Sie eben aber noch etwas ganz anderes behauptet.«

Dass er sich soeben widersprochen habe, bestritt Wolff mit einem so ausgeklügelten Satz, dass man ihn glatt für den Seniorpartner des wesentlich jüngeren Dr. Kutschenreuther hätte halten können. »Ich habe vorhin nicht etwas ganz anderes«, betonte er, »behauptet, ich habe mich vorhin nur nicht vollständig geäußert. Das ist ein großer Unterschied.«

Da brach Heinrich die Befragung ab. Erhob sich abrupt und beschied den Gästen in schroffem Ton: »Sie können jetzt gehen. Beide. Das macht ja keinen Sinn, zumindest nicht auf dieser Ebene. Ja, bitte, da ist die Tür.« Und das klang nicht eben nach einer Bitte, sondern eher wie ein »Schleicht's euch, aber zackig!«.

Dieser Rausschmiss erstaunte alle, bis auf einen. Hans-Jürgen Wolff zeigte sich von Heinrichs Benehmen völlig ungerührt. Hastig griff er nach seinem Mantel und eilte grußlos nach draußen. Sein Anwalt Kutschenreuther murmelte noch einen höflichen Abschiedsgruß, dann war auch er verschwunden.

Kopfschüttelnd ging Paula in das Vernehmungszimmer. »Jetzt möchte ich aber mal ganz genau wissen, was dich an dem Wolff so aufgebracht hat. So habe ich dich ja schon lang nicht mehr erlebt«, sagte sie zu Heinrich.

Doch der hatte ihr gar nicht zugehört, das zeigte seine Reaktion. »Den nehm ich dir so was von auseinander. Das hier«, presste er hervor, »das wird dem noch leidtun. Und zwar bald!« »Und wie willst du das anstellen, wie willst du ihn auseinandernehmen?«, fragte Paula, noch immer fassungslos, während Heinrich das Aufnahmegerät ausschaltete und seine Siebensachen einpackte.

Er hatte den Türgriff schon in der Hand, da drehte er sich nochmals um. »Ich nehme seine finanziellen Verhältnisse unter die Lupe. Ich gehe jetzt zu Dr. Kauper und hole mir den Beschluss von der Staatsanwaltschaft auf Einsicht der Konten der HV Noris. Und morgen stelle ich Wolffs Laden auf den Kopf, und zwar grundlegend.«

»Ja, hast du denn einen dringenden Tatverdacht, Heinrich?«, rief sie ihm noch nach. Doch da hatte er die Tür schon von außen zugeschlagen.

»Verstehen Sie das, Frau Brunner?«, fragte Paula ihre Mitarbeiterin.

»Nein, ich habe auch keine Ahnung, was in den gefahren ist. Keine! Am Anfang hat er doch noch einen ganz normalen Eindruck gemacht, oder?«

Auf dem Weg in den ersten Stock kam ihnen Heinrich im Laufschritt entgegen. »Paula, unter diesen veränderten Bedingungen kann ich dich morgen leider nicht nach Chemnitz begleiten. Das wollte ich dir bloß noch schnell sagen. Aber das hast du dir sicher selbst schon gedacht.«

Bevor sie etwas gegen diesen eigenmächtigen Vorstoß einwenden konnte, war er auch schon wieder weg. Langsam wurde sie ärgerlich. Verliert kein Wort über seinen Verdacht – und dass er irgendeinen Verdacht gegen Wolff haben musste, das war offensichtlich –, und jetzt noch das: die Absage. Einen Tag vor dem Termin! Ohne sie vorher um Erlaubnis zu fragen und ohne ihr die Gründe für sein Handeln zu nennen.

»Wenn Heinrich morgen ausfällt, dann könnte ich doch mit nach Chemnitz fahren, Frau Steiner? Mir macht das nichts aus, und außerdem bin ich mit allen Aufgaben auf dem Laufenden. Ich habe morgen keinen Termin wie Heinrich.«

Fast dankbar sah sie zu ihrer Mitarbeiterin. Wenigstens Eva Brunner war, wie sie immer war: zuverlässig, hilfsbereit, diensteifrig bis zur Selbstaufgabe. Über dieses freiwillige Angebot schmolz auch Paulas Ärger gegen den eigenmächtigen Heinrich dahin, bis nur noch ein kleiner Rest davon übrig war.

»Genauso machen wir es. Dann fahren halt wir zwei morgen zusammen nach Chemnitz – Abfahrt ist zwölf Uhr –, befragen Uhligs Bruder und fahren abends wieder zurück. Auch wenn das von meiner Seite ganz anders geplant war. Denn in einem Punkt, Frau Brunner«, dabei hob sie belehrend den rechten Zeigefinger, »muss ich Sie korrigieren: Heinrich hat morgen nur einen Termin beziehungsweise er hätte nur einen Termin gehabt, nämlich den bei Uhligs Bruder. Das andere ist kein Termin, das ist freiwillig, die Kür sozusagen.«

Morgen würde sie fast den ganzen Tag ausfallen. Also musste Paula heute im Büro noch vier vordringliche Dinge erledigen. »1. Alibi/Wolff, 2. KT, 3. Bei Ernst, E. nachhaken, 4. Putzfrau/Brunner?«, schrieb sie auf einen Zettel.

Sie hatte den Telefonhörer schon in der Hand, da fragte Eva Brunner: »Nachdem ich jetzt morgen mit Ihnen nach Chemnitz fahre, da könnte ich doch heute Nachmittag noch mal im Wastl vorbeischauen, oder? Das hatte ich mir ursprünglich für morgen vorgenommen. Aber wenn ich für Heinrich einspringe, fällt das ja leider ins Wasser.«

Paula legte den Hörer wieder auf. »Sie wollten sich doch gestern Nachmittag noch mit der Putzfrau von Uhlig, mit dieser Katharina Hermann in seiner Wohnung treffen. Hat das denn geklappt?«

»Ja. Wir sind gemeinsam durch alle Räume gegangen und haben uns dabei viel Zeit gelassen. Aber gebracht hat es nichts. Denn laut Frau Hermann hat sich in der Wohnung nichts verändert. Und fehlen tut ihrer Meinung nach auch nichts. Es sei alles noch so an seinem Platz. Aber mehrmals hat sie auch gesagt, dass sie sich in Uhligs Wohnung eigentlich nicht so gut auskenne, dass ihr fehlende oder auch nur verstellte Gegenstände gleich auffallen würden. Sie würde ja bloß einmal in der Woche hier sauber machen, und das auch nur für drei Stunden.«

»Jaja, das deckt sich mit der Aussage von Uhligs Nachbarn. Also eine tote Spur.«

»Das Einzige, was ihr aufgefallen ist, aber das hat mit dem Sonntagabend und dem Mord nichts zu tun, ist, dass sie in den letzten Wochen ein paarmal drei Gedecke und drei Gläser vorgefunden hat. Entweder im Wohnzimmer oder in der Küche. Und das sei schon ungewöhnlich gewesen, meinte sie. In der Zeit davor waren es meistens zwei Gedecke, also zwei Bestecke, zwei Teller, zwei Gläser und so weiter gewesen, die sie abgewaschen oder in die Spülmaschine gestellt hat. Manchmal auch nur ein Gedeck. Wenn Uhlig allein war.«

»Aha. Und ab wann ist ihr diese Abweichung aufgefallen?«

»Seit einem halben Jahr ungefähr.«

»Und das mit den drei Gedecken, ist das regelmäßig vorgekommen?«

»Nein, nicht regelmäßig. Ab und an halt.«

»Hm. Und ist ihr irgendetwas Besonderes an diesem dritten Gedeck aufgefallen? Lippenstift am Besteck oder am Rand der Gläser zum Beispiel?«

»Nein, kein Lippenstift. Das weiß ich hundertprozentig. Das hab ich sie nämlich auch gefragt. Aber mit den Gläsern war was. Einen Augenblick mal, ich muss in meinen Notizen nachschauen.«

Es dauerte nur kurz, dann rief Eva Brunner triumphierend aus:»Jawohl, hier steht es: Seit einem halben Jahr sei es auch vorgekommen, meinte sie, dass leere Gläser mit Resten von Bierschaum rumgestanden sind. Das sei vorher nie der Fall gewesen. Aber diese Aussage, also die Geschichte mit dem Bierschaum, würde ich mit Vorsicht genießen. Vielleicht waren es ja auch nur Reste von irgendeinem dicken Fruchtsaft. Die Verständigung mit der Frau Hermann war nämlich nicht ganz so einfach. Besonders gut Deutsch hat die nicht gesprochen. Obwohl die auch schon über zehn Jahre hier in Nürnberg lebt.«

Doch Paula war sich sicher, dass die Putzfrau – gute Deutschkenntnisse hin oder her – wusste, was sie sagte. Also hatten Uhlig und sein Lebensgefährte gelegentlich einen Besucher gehabt. Wahrscheinlich einen Mann. Jemand, der im Gegensatz zu seinen beiden Gastgebern alkoholischen Getränken nicht abgeneigt schien. Also konnte für den auch der Champagner gedacht gewesen sein. Die Macadamianüsse. Und der Kaffee. Sie schrieb hinter den dritten Punkt ihrer Agenda: »Wer ist der Biertrinker?«

»Also, kann ich jetzt noch mal in das Altersheim fahren oder nicht?«, riss Eva Brunner sie aus ihren Überlegungen. Die Ungeduld ließ ihre Frage ziemlich fordernd und ungehalten klingen.

»Jetzt sagen Sie mir doch erst mal, liebe Frau Brunner, was genau Sie sich davon erwarten. Denn soweit ich mich erinnern kann, meinte Heinrich ja, das seien alles fortgeschritten demente Personen, bei denen eine Befragung wenig bis gar keinen Sinn macht. Und im Augenblick bin ich stark geneigt, ihm zu glauben. Aber vielleicht haben Sie da ja ein paar gute Gegenargumente, die weder Heinrich noch ich kennen, hm?«

Eva Brunner sah sie erst zweifelnd an, ob hinter dieser Frage eine ironische Spitze lauerte. Nachdem sie aber zu dem Ergebnis gekommen war, dass dem nicht so war, gab sie sich einen Ruck.

»Wissen Sie, Frau Steiner, kein Mensch fragt in unserer Leistungsgesellschaft nach den Stärken beziehungsweise Potenzialen von Demenzkranken. Diese Krankheit kann aber auch, wie ich finde, zu einer Bereicherung des Lebens führen. Und wenn es nur das ist, dass man gängige Auffassungen von den Anforderungen unserer Gesellschaft, die nur Leistung und Effizienz belohnt, einmal hinterfragt. Und für die nur ein fokussiertes Denkvermögen zählt. Ich finde, man muss nicht immer alles strukturieren und analysieren, um richtige Entscheidungen zu treffen. Dafür gibt es auch andere Modelle, die meines Erachtens ...«

So schwere Kost am Vormittag, das war Paula nicht gewohnt. Trotzdem gab sie sich Mühe, bei diesem doch kruden Theoriekonstrukt am Ball zu bleiben. Schon allein, weil Frau Brunner durch das Angebot, sie nach Chemnitz zu begleiten, etwas gut bei ihr hatte.

»… einfach nur zuzuhören kann bei Demenzkranken durchaus lohnend sein, habe ich vor Kurzem gelesen. Ihr Denken wird nämlich vom narrativen Charakter bestimmt, also von den Geschichten, die sie erzählen. Freilich, das gebe ich durchaus zu, weiß man manchmal nicht, ob diese dann wahr sind oder nicht. Manche Szenen können sie von sich aus nicht mehr richtig einordnen, leider. Aber dabei kann man ihnen ja helfen, meine ich. Denn eines ist gewiss, das ist aktueller Forschungsstand«, Brunners Stimme hatte jetzt einen fast flehenden Ton erreicht, »da können Sie sich umhören, wo Sie wollen: Diese Personen sagen, was sie fühlen. Und dabei sind sie immer authentisch. Ein Spiel mit Masken gibt es bei Dementen nicht. Die machen einem nichts vor.«

Paula war das schon seit einiger Zeit aufgefallen – dass sich die Hobbypsychologin Eva Brunner nun auch als Humanmedizinerin versuchte, und zwar mit einer Begeisterung, die ihresgleichen suchte. Munter und reich an Worten wurde da über ärztliches Grundlagenwissen und Subspezialisierungen referiert, egal, ob nun ein Zusammenhang mit der Ermittlungsarbeit bestand oder nicht. Meist gab es einen solchen Zusammenhang nicht. Und in ihrem aktuellen Fall mit dem Wastl? Paula glaubte nicht daran.

»Habe ich Sie jetzt richtig verstanden, Sie hoffen, bei Ihrer Befragung im Altersheim auf einen Bewohner zu stoßen, der gesehen hat, wie Uhlig an dieser Pergola aufgeknüpft wurde?«

Mehrmaliges Kopfnicken am anderen Schreibtisch. »Ja. Und dazu auch die entsprechenden Hinweise auf den Täter.«

»Also gut. Wenn Ihnen das so wichtig ist, dann hören Sie sich halt heute Nachmittag noch mal dort um. Aber Sie wissen schon, dass die Ergebnisse, falls es überhaupt zu welchen kommt, vor Gericht nicht zu verwerten sind?«

»Ach«, sagte Frau Brunner so frohgemut wie beiläufig, »das sehen wir dann, wenn es so weit ist. Das heißt, ich kann jetzt gehen?«

Nachdem die Hauptkommissarin ihr Einverständnis erklärt hatte, hatte es ihre Mitarbeiterin sehr eilig. In Rekordzeit packte sie ihre Sachen zusammen und war schon in der nächsten Minute auf den Gang verschwunden. Paula Steiner blickte noch eine Weile versonnen auf die verschlossene Bürotür, dann griff sie zum Telefonhörer.

Wie zu erwarten, bestätigte Frau Wolff das Alibi ihres Mannes. Ja, natürlich sei er an diesem Sonntagabend daheim gewesen. Wo solle er denn sonst gewesen sein? Wie sie sich das vorstelle? Schließlich fange seine Arbeitswoche am Montag in der Früh um ...

Bevor sie sich weiter in Rage reden konnte, wurde sie von der Kommissarin unterbrochen. »Kannten Sie eigentlich Herrn Uhlig, Frau Wolff?«

»Selbstverständlich kannte ich Uhlig. Meinen Sie, ich kenne den wichtigsten Mitarbeiter meines Mannes nicht?«, lautete die entrüstete Gegenfrage.

»Mitarbeiter?«, wiederholte Paula verwundert. »Ich dachte, Ihr Mann und Herr Uhlig sind beziehungsweise waren die beiden einzigen Geschäftsführer dieser GmbH und von daher gleichrangig.«

»Na, hören Sie, mein Mann hat die HV Noris immerhin aufgebaut und jahrzehntelang allein geführt. Und zumindest war Uhlig sehr lange, nämlich sieben Jahre, sein Mitarbeiter.«

»Aber seit 2007 war er doch paritätisch an der GmbH beteiligt?«

»Solche Interna sollten Sie mit meinem Mann persönlich besprechen. Ich verstehe auch nicht ganz, was Sie mit dieser Fragerei bezwecken. Das hat doch mit dem Mord an Uhlig nichts zu tun.«

Bevor sie Frau Wolff darauf hinweisen konnte, dass diese das doch bitte ihr überlassen solle, was womit zu tun habe, hatte diese allerdings schon eingehängt. So abrupt wie grußlos.

Hans-Jürgen musste seiner Frau von ihr erzählt haben, von ihrem Auftreten am Dienstag wie auch von dem heutigen Termin. Und von dem fehlgeschlagenen Versuch, über Julius auf sie einzuwirken. Anders konnte sie sich dieses patzige Verhalten von Frau Wolff ihr gegenüber nicht erklären. Und trotzdem … deren Empörung, ja Wut geradezu, stand doch in keinem Verhältnis zu einer solch harmlosen Frage wie die nach Wolffs Alibi. Was steckte hinter diesem offen zur Schau getragenen Groll?

Paula wählte Dennerleins Nummer in der KT. Nach dem ersten Läuten nahm er ab.

»Gut, dass du dich meldest. Ich wollte dich nämlich auch soeben anrufen«, sagte er statt einer Begrüßung.

»Dann habt ihr was für mich?«

»Eigentlich nein. Also nichts, was dir weiterhilft. Aber Klaus ist doch heute zu Uhligs Wohnung gefahren. Er hat festgestellt, dass das Siegel an der Wohnungstür beschädigt war. Zunächst sah es für ihn so aus, dass nichts fehlt. Alles schien noch an seinem Platz zu sein. Fast alles. Bis auf die Champagnerflasche, die war gestern noch da. Klaus Zwo hatte die doch im Abstellraum gefunden und dann im Flur auf die vergoldete Ablagekonsole gestellt. Genau wie diese speziellen Nüsse, du weißt schon …«

»Ja, die Macadamianüsse«, ergänzte sie. »Und sonst wirklich nichts, ist sich Klaus Zwo da sicher?«

»Hundertprozentig sicher. Er hat die Wohnungstür daraufhin nochmals nach Spuren untersucht, aber nur Anhaftungen von diesen Gummihandschuhen gefunden.«

»Keine Fingerabdrücke?«

»Nein, keine Fingerabdrücke«, wiederholte Dennerlein. »Das Einzige, was Klaus sicherstellen konnte, waren textile Mikrospuren an der Kommode im Wohnzimmer, kannst du dich an die erinnern?«

Nein, konnte sie nicht. Dann fiel es ihr ein. »Ach, du meinst den Barocksekretär?«

»Das ist doch wurst, ob Kommode oder Sekretär. Du weißt jedenfalls, was ich meine.« Pause.

»Also, manchmal bist du schon ein richtiger Klugscheißer, Paula«, eiferte er sich. Zweite Pause.

»Und an dem Barocksekretär waren unten, vor allem an den Füßen, diese Textilfasern.« Dritte Pause.

»Woher willst du überhaupt so genau wissen, dass dieser Sekretär aus der Barockzeit stammt?« Vierte Pause.

»Und ich bleibe dabei: Das ist eine Kommode«, beharrte er. »Die hat ja Schubladen. Wenn überhaupt, dann ist das eine Kommode mit einer Schreibplatte. Aber auf jeden Fall mehr Kommode als Sekretär. Und ob die tatsächlich aus dem Barock stammt, ist genauso fraglich. Die kann ja auch ein nachgemachtes Antikmöbelstück sein.«

»Wenn ich ein Klugscheißer bin, lieber Klaus, dann bist du eine beleidigte Leberwurst. Zurück zum Thema: Was hat es mit diesen Textilfasern auf sich?«

»Klaus hat die eindeutig zuordnen können – die stammen von Uhligs Anzug. Das war irgend so ein Wollmischgewebe.«

»Ich muss dich leider schon wieder korrigieren. Das war nicht irgend so ein Wollmischgewebe, das war allerfeinste Kammgarnqualität«, sagte sie. »Und, willst du wissen, warum sich der Klugscheißer auch auf diesem Gebiet so hervorragend auskennt?«

»Nein«, konterte Dennerlein umgehend, »will ich nicht. Du wirst schon recht haben, Paula.«

»Hat Klaus Zwo eigentlich sonst noch Spuren von diesem Wollmischgewebe«, zitierte sie ihn, »in der Wohnung gefunden?«

»Nein, nur an dieser Kommode.«

»Es spricht also viel dafür, dass der Täter Uhlig direkt vor dem Sekretär erdrosselt hat. Anschließend ist er zu Boden gesunken und dabei mit dem Anzug dort unten entlanggeschrammt. Und nachdem sonstige Textilspuren fehlen, wird ihn der Mörder gleich dort, an Ort und Stelle, in einen Plastiksack gelegt oder in einen Teppich eingerollt und dann abtransportiert haben.«

»In einen Teppich auf keinen Fall«, widersprach Dennerlein. »Dann hätten wir ja Spuren auf dem Fußboden finden müssen. Haben wir aber nicht.«

Nachdem beide aufgelegt hatten, saß Paula noch eine Weile grübelnd an ihrem Schreibtisch. Warum besaß Uhlig einen Elektroschocker? Wen wollte er damit angreifen beziehungsweise gegen wen glaubte er sich damit zur Wehr setzen zu müssen? Sie sollte seinen Lebensgefährten danach fragen. Wenn davon jemand Kenntnis hatte, dann doch dieser Eberhard Ernst. Das war leicht zu klären.

Was aber hatte es mit dem Diebstahl dieser geringwertigen Sachen auf sich? Jemand war das Risiko eingegangen, beim Brechen eines polizeilichen Siegels von einem der Nachbarn beobachtet zu werden, nur wegen des Champagners und ein paar Nüssen. Ein hoher Wiederverkaufswert oder Habsucht konnten wohl nicht die Motive sein, dafür standen in Uhligs Wohnung genügend andere Gegenstände herum, die man schnell zu ziemlich viel Geld machen konnte. Wie zum Beispiel die alte Leica auf der Glasplatte in der Küche.

Paula kam beim Herumrätseln zu keinem anderen Ergebnis als dem, dass es dem Dieb ausschließlich darum ging, Spuren zu beseitigen. Spuren, die die Polizei zu demjenigen führen würden, für den die Nüsse und der Schampus gedacht waren. Und das dritte Gedeck. Zu dem Biertrinker. War das ihr Mörder? Wahrscheinlich.

Sie musste unbedingt mit Eberhard Ernst sprechen, jetzt gleich. Er, der bei diesen gelegentlichen Dreiertreffen in Uhligs Wohnung dabei gewesen zu sein schien, konnte ihr schon mal den Namen dazu liefern. Ha, triumphierte sie innerlich, manchmal fallen einem die Lösungen wie von selbst in den Schoß. Wenn sie erst einmal den Namen hatte, dann wäre alles andere ein Kinderspiel. Endlich einmal ein Fall, der schnell und leicht zu klären war. Und, ha!, jetzt konnte sie sich und Eva Brunner ja auch die aufwendige Fahrt nach Chemnitz sparen ...

Während sie nach Ernsts Dienstnummer suchte, betrat Heinrich das Büro. Forsch, siegesgewiss, mit einem hintergründigen Lächeln auf den Lippen. »Der Antrag auf Konteneinsicht ist durch, Paula«, verkündete er voller Freude. »Morgen früh machen wir dort klar Schiff.«

»Wer ist ›wir‹?«, fragte Paula.

»Ich und die Eva«, antwortete er. »Und natürlich zwei Kollegen vom K 20. Die müssen auch mit ran, ob sie wollen oder nicht. Aber die wollen, ich komme nämlich gerade von da.« So viel pralle Fröhlichkeit, die nah an der Grenze zum Unerträglichen schrammte, hatte sie bei ihm schon seit Jahren nicht mehr erlebt.

»Ich glaube, das kannst du dir komplett sparen, Heinrich«, sagte sie, »das mit dem Klar-Schiff-Machen. Ich bin nämlich in der Zwischenzeit auf etwas gestoßen, das sehr vielversprechend klingt. Hör mal zu, worum es da –«

»Nein«, unterbrach er sie, noch immer mit dieser maßlos blendenden Laune, »jetzt wirst du mir mal zuhören. Und anschließend wirst du dich bei mir bedanken. Und mich für meine enorme Weitsicht, meine außergewöhnliche Intelligenz und meine verblüffende Kombinationsfähigkeit in höchsten Tönen loben.«

Da gute Laune, vor allem wenn sie so selten und mit einer solchen Maßlosigkeit auftrat wie in diesem Moment bei Heinrich, ansteckend wirkt, gab sie schließlich nach.

»Gut, du darfst anfangen. Dann aber bin ich dran. Und anschließend möchte ich von dir für meine Kombinationsfähigkeit und meine Intelligenz, die deine bei Weitem übertreffen, gelobt werden, und zwar ebenfalls in höchsten Tönen. Aber jetzt verrat mir doch erst mal, was Wolff gesagt oder getan hat, dass du dich von jetzt auf gleich so«, Paula suchte nach dem richtigen Wort ohne jede Verletzungsgefahr, »engagiert zeigst?«

»Nichts hat er getan beziehungsweise gesagt, das ist es ja eben. Kannst du dich erinnern, wie Eva ihn fragte, worum es in diesen drei Telefonaten ging, die Wolff mit Uhlig am Sonntag geführt hat?«

Sie nickte.

»Und wie dann dieser Kutschenreuther vorpreschte und meinte, das sei vertraulich, dazu müsse sein Klient keine Aussagen machen?«

Abermaliges Nicken und die verständnislose Frage: »Ja, und?«

»Ja, Paula, bist du da nicht hellhörig geworden?«

»Eigentlich nicht. Das ist doch naheliegend, ja gang und gäbe eigentlich, dass ein Anwalt in einer solchen Situation –«

»Nein, das ist es nicht, da muss ich dir widersprechen. Naheliegend ist das nur, wenn Wolff etwas zu verbergen hat, womit er sich selbst belastet. Weißt du noch, wie ich ihn nach Uhligs Provisionen oder anderen zusätzlichen Zuwendungen gefragt habe und er antwortete: Nein, die habe Uhlig nicht erhalten, das sei alles mit seinem Gehalt abgedeckt gewesen?«

Sie ahnte, worauf Heinrich hinauswollte. »Ja. Und kurz darauf hat Wolff dann doch zugegeben, dass er genau wie Uhlig jeden Monat gewinnabhängige Tantiemen eingestrichen hat. In Höhe von tausendeinhundert Euro.«

»So«, die Genugtuung in Heinrichs Stimme war nicht zu überhören, »dann weißt du ja Bescheid.« Er schwieg und sah sie komplizenhaft an, als wäre damit alles gesagt, was von seiner Seite aus zu sagen wäre.

»Ich fürchte, du überschätzt mich, Heinrich. Ich weiß wirklich nicht, worauf du hinauswillst. Wolffs Irreführung der Behörden? Meinst du das? Das ist in seiner Situation aber nichts –«

»Ach«, winkte er ab, »Irreführung der Behörden, das ist doch Pipifax, das ist läppisch. Damit kriegst du heutzutage keinen Durchsuchungsbeschluss mehr. Also, dass du nicht von selbst drauf kommst! Ihr habt doch in eurem Haus auch eine Hausverwaltung, die für euch den ganzen Kram erledigt. Das müsstest du als Quasi-Betroffene doch wissen. Ist dir denn wenigstens der Ölpfennig-Rabatt ein Begriff?«

»Ehrlich gesagt, nein«, antwortete sie wahrheitsgemäß.

»Hm, da muss ich ja ganz vorn ansetzen«, sagte Heinrich mit einem befremdeten Kopfschütteln. »Also, in der Regel gehört auch das Ordern von Heizöl zu dem Aufgabengebiet einer Hausverwaltung, die zudem die Lieferung organisiert und sich mit ihren Hausmeistern darum kümmert, dass das alles planmäßig abläuft.«

»Das stimmt«, gab sie ihm recht. »Unsere Verwaltung erledigt das für uns. Da brauchen wir gar nichts zu tun.«

»Eben, eben«, sagte Heinrich etwas schulmeisterlich. »Und da liegt gerade die Gefahr. Viele, ich betone: viele Hausverwaltungen vergeben ihre Aufträge an Heizöllieferanten nur gegen Geld. Nämlich gegen diesen Rabatt in Höhe von derzeit einem halben

Cent pro Liter Heizöl, den sie dann natürlich für sich behalten und nicht an die Wohnungseigentümer weitergeben.«

Und deswegen machte er so ein Bohei? Sie hatte sich von Heinrichs »sehr vielversprechenden« Enthüllungen mehr erhofft.

»Na ja, ein halber Cent pro Liter Heizöl ist als Schmiergeld jetzt nicht gerade der Brüller, oder?«

»Du kapierst heute aber schon gar nichts, Paula. Ein halber Cent, das läppert sich. Die HV Noris hat wie viele Kunden? Na?«

»Gut vierhundert, glaube ich.«

»Exakt. Und jeder braucht mindestens einmal im Jahr Heizöl, wenn er nicht gerade eine Gasheizung hat. Was aber die Minderheit ist. Dann rechne mal hoch, was da zusammenkommt. Na?«

Sie überlegte. »Unsere letzte Öllieferung belief sich auf zehntausend Liter. Das wären fünfzig Euro. Macht pro Jahr hundert Euro, weil wir immer zwei Lieferungen bekommen.«

»Und wie viele Parteien seid ihr?«

»Sechs.«

»So. Dann sind wir bei … hundert durch sechs ist … na, knapp siebzehn Euro. Siebzehn Euro mal vierhundert sind, ja, da sind wir schon bei sechstausendachthundert Euro im Jahr. Sagen wir siebentausend, weil ja auch Gewerbeobjekte dabei sind.«

»Trotzdem. Das ist jetzt nicht die große Summe, für die man —«

»Ja, glaubst denn du«, brauste Heinrich auf, »dass es dabei bleibt? Der Ölpfennig ist doch bloß was für die Portokasse. Das große Geld, das holen sich diese Hausverwaltungen woanders. Nämlich bei«, kleine Pause, um sich der ungeteilten Aufmerksamkeit seines Gegenübers zu vergewissern, »der Auftragsvergabe an Handwerker. Und solche Praktiken sind, ich hab mich inzwischen erkundigt, sehr weit verbreitet. Als Hausverwalter kannst du heutzutage ziemlich leicht in die eigene Tasche wirtschaften, ohne dass es auffliegt.«

»Ach, das ist ja interessant«, sagte Paula nachdenklich, mehr zu sich als zu Heinrich. In diesem Moment fasste sie den Entschluss, sich gleich heute Abend die Heizkostenabrechnung vom vergangenen Jahr, die sie erst vor einer Woche aus ihrem Briefkasten

113

gezogen hatte, nochmals durchzusehen. Plus den Wirtschaftsplan für das laufende Jahr. Plus den Verwaltervertrag, den die Wohnungseigentümer im Vestnertorgraben mit ihrer Hausverwaltung damals geschlossen hatten. Sie war sich ziemlich sicher, dass sie bei diesen Recherchen auf etwas stoßen würde, womit man ihren Hausverwalter gehörig unter Druck setzen konnte.

»Und woher weißt du das alles?«, fragte sie nach einer gedankenvollen Pause.

»Bevor ich zu Kauper marschiert bin, hab ich mich natürlich erst im Dezernat 2 schlaugemacht. Leistner vom K 26 hat mir von einem ziemlich aktuellen Fall erzählt.« Hier sah Heinrich zu seiner Chefin auf. »Interessiert dich das überhaupt im Detail?«

»Sehr.« Das tat es wirklich. Allerdings nicht aus beruflichen, sondern ausschließlich aus privaten Gründen. Je mehr sie von Heinrich erfahren würde, war sie überzeugt, desto größer schien die Chance, ihre Hausverwaltung endlich loszuwerden.

»In diesem aktuellen Fall hat der Mitarbeiter einer Hausverwaltung über Jahre hinweg mindestens zweihunderttausend Euro in die eigene Tasche gewirtschaftet. Als Prokurist hatte er bei seinem Arbeitgeber ja weitgehende Vollmachten für die Auftragsvergabe. Angefangen hat er mit relativ bescheidenen Aufträgen an Handwerker. Die meist kleinen Firmen haben sich mit der Zeit dann auf eine regelmäßige Zusammenarbeit eingestellt. Sprich die haben auch ihre Betriebe vergrößert, also mehr Leute eingestellt, Maschinen gekauft und so weiter. Alles im Hinblick darauf, dass ihnen auch in Zukunft die Aufträge erhalten bleiben. Sie haben sich also ohne Not in Abhängigkeit von diesem Prokuristen begeben, worauf es dieser ja abgesehen hatte. Und das Weitere kannst du dir ja selbst ausrechnen.«

»Nur in etwa«, antwortete Paula. »Das möchte ich jetzt schon ganz genau wissen.«

»Wirklich?«

»Freilich. Ich als Kommissionsleiterin muss doch in unserem Fall in allen Punkten auf dem Laufenden sein«, sagte sie so überzeugend wie möglich.

»Na gut. Diese Abhängigkeit hat der Prokurist schließlich

ausgenützt. Er forderte zehn Prozent der Auftragssumme als Provision für sich. Immer denselben Anteil, immer zehn Prozent. In der Branche hieß er deswegen auch ›Mister zehn Prozent‹. Die Alternative war: keine Aufträge mehr. Da war der knallhart und rigoros. Natürlich haben die meisten Firmen bezahlt. Sonst hätten sie ihren Betrieb ja verkleinern müssen.« Heinrich überflog seine Notizen. »Achtzehn Firmen haben dieses Schmiergeld bezahlt. Achtzehn!«

»Also Erpressung in Tateinheit mit Korruption. Über Jahre hinweg. Und die Geschäftsführung dieser Hausverwaltung will das nicht mitbekommen haben?«

»Nein. Die war tatsächlich ahnungslos. Und zwar aus einem guten Grund: Mister zehn Prozent hat das Geld bar kassiert.«

»Hm. Und wie ist die Geschichte ausgegangen?«, fragte Paula.

»Die Handwerker, die das Schmiergeld bezahlt haben, sind mit einer Geldstrafe davongekommen. Weil sie, wie es in der Urteilsbegründung hieß, ›dem System kaum entrinnen konnten‹.«

»Und der Prokurist?«

»Wurde wegen Bestechlichkeit zu eineinhalb Jahren auf Bewährung verurteilt. Weißt du, was Leistner mir auch noch gesagt hat?« Heinrich beantwortete seine rhetorische Frage stante pede. »Dass solche Schmiergeldzahlungen von Handwerkern an Hausverwaltungen durchaus an der Tagesordnung seien. Dass es da etliche weitere Fälle von Korruption gebe, von denen bis heute kein Mensch weiß.«

»Hochinteressant ist das«, resümierte Paula seine Ausführungen, »wirklich hochinteressant.« In diesem Moment war sie sich absolut sicher, dass auch die Hausverwaltung für ihr Haus im Vestnertorgraben zu dieser Spezies gehörte, die sich ihre Aufträge einiges kosten ließ. In den nächsten Tagen würde sie mit diesem Leistner ein ausführliches Gespräch führen, und dann auf Nimmerwiedersehen, ihr Schlaumeier von Hausverwaltern. Das war jetzt einmal einer der seltenen Fälle, bei denen man von einem Nutzen ihres Berufs für ihr Privatleben sprechen konnte. Und den würde sie bis zur Neige auskosten …

Schließlich fiel ihr der Ausgangspunkt von Heinrichs Bericht ein, der mit ihrem privaten Kleinkrieg nichts zu tun hatte. »Und du glaubst also, Wolff ist einer von diesen korrupten Hausverwaltern?«

»Ja, aber Uhlig natürlich genauso.«

»Ach, ich weiß nicht ...« Dieser herzensgute Mensch, korrekt, diszipliniert, ausgezeichnete Manieren? Es fiel ihr schwer, nach allem, was sie bisher über den Ermordeten gehört hatte, sich ihn als knallharten, skrupellosen Erpresser vorzustellen, den die Gier zu einem so raffiniert-kalkulierten Verbrecher hatte werden lassen. Die Gier nach Geld.

»Warum sollte der für ein paar Euro mehr alles aufs Spiel setzen, was er sich hier über Jahre hinweg so mühsam erarbeitet hat?«

»Für ein paar Euro mehr? Da kann man richtig gut Kohle machen, da geht es nicht bloß um ein paar Euro. Außerdem hast du mir selbst erzählt, dass Uhlig Wert auf Luxus legte. Die Wohnung, dann der sauteure Audi, obwohl, das war ja ein Firmenwagen. Aber die Fernreisen, seine Garderobe. Da kann man schon von erhöhter Anspruchsprogression reden.«

Sie musste ihm in allem recht geben. Trotzdem, sie blieb skeptisch.

»Außerdem gibt es da einen interessanten Hinweis in seinen Kontounterlagen«, fuhr Heinrich fort. »Seit einem halben Jahr taucht das Kürzel ›SZ‹ ein paarmal auf. Immer im Zusammenhang mit Einzahlungen, die sich nicht zurückverfolgen lassen.«

»Und was bedeutet das deiner Meinung nach, dieses Kürzel?«, fragte sie verwundert.

»Ich denke«, sagte Heinrich, und es war ihm anzumerken, dass er selbst noch im Zweifel war, »das steht für Sonderzahlung. Uhlig hat, vermute ich, Geld dafür bekommen, dass er bei der Auftragsvergabe bestimmte Handwerksbetriebe bevorzugt hat.«

»Um welche Summen ging es da, und wie oft ist das vorgekommen?«

An der Art, wie Heinrich lange mit der Antwort zögerte, wusste Paula, dass sein Verdacht auf sehr wackligen Füßen stand.

»Welche Summen, welche Summen«, echauffierte er sich.
»Das spielt doch keine Rolle. Tatsache ist, da ist Geld geflossen,
und zwar −«

Ungeduldig wiederholte sie ihre Frage, jetzt wesentlich schärfer im Ton.

»Um nicht so wahnsinnig viel«, gab er schließlich zu. »Einmal
waren es zweihundertfünfzig und das andere Mal hundertfünfzig
Euro.«

»Also summa summarum vierhundert Euro, verteilt auf zwei
Einzahlungen. Das ist jetzt nicht eine so exorbitant hohe Summe,
dass man gleich an Wirtschaftskriminalität denken muss. Oder?
Außerdem hast du erzählt, diese korrupten Hausverwalter kas-
sieren ihr Schmiergeld in der Regel in bar und nicht per Über-
weisung. Und dabei sind ganz andere Summen im Spiel.«

Nachdem er nicht darauf reagierte, sie nur bockig anschaute,
fügte sie noch an: »Aber bitte, möglich ist natürlich alles. Da hast
du schon recht. Ich bin auch dafür, dass du dir Wolffs Konten
gründlich vornimmst. Und wenn das jemand von uns dreien
richtig gut kann, dann du.«

Es war offensichtlich, dass sich Heinrich über dieses Vertrauen
und das Lob freute. Stumm strahlte er sie an.

Der passende Moment, um ihm die bittere Pille gleich mit
zu verabreichen. »Doch auf die Frau Brunner musst du bei deinem Einsatz verzichten. Die wird mich morgen nach Chemnitz
begleiten. Allein mag ich nicht fahren. Irgendwie merke ich
nämlich schon, dass ich derzeit nicht so hundertprozentig fit bin.
Und das sind immerhin sechs Stunden Fahrt hin und zurück,
wenn es langt. Es ist ja Freitag. Da fühle ich mich in Begleitung
einfach sicherer. Verstehst du das?«

»Freilich, Paula«, beeilte er sich, ihr zu versichern, »das verstehe ich voll und ganz. Von mir aus könnt ihr schon in der Früh
fahren. Dann habt ihr auch noch Zeit für einen Museumsbesuch.
Oder ihr esst was zu Mittag oder setzt euch in ein nettes Café.
Macht euch dort drüben nur einen richtig schönen Tag!«

Einen richtig schönen Tag? Ein dermaßen wohlwollender
Appell aus seinem Mund? Doch seinem immer noch freude-

strahlenden Gesichtsausdruck nach zu schließen, schien die Aufforderung ernst gemeint und frei von jeder Ironie zu sein.

»Du wolltest mir doch auch etwas erzählen, Paula. Auch so etwas Sensationelles?«

Sie berichtete ihm von dem aufgebrochenen Siegel, dem Diebstahl und dem ominösen dritten Gedeck.

»Das hört sich auch gut an. Da fahren wir eben zweigleisig. Oder was meinst du?«

»Genauso machen wir es«, sagte sie und griff zum Hörer. Vielleicht konnte Eberhard Ernst ihr und Frau Brunner diese Dienstfahrt in den Osten doch noch ersparen.

SECHS

Ernst schien nicht an seinem Arbeitsplatz zu sein. Sie ließ es zehnmal klingeln. Vielleicht war er gerade im Haus unterwegs oder in der Mittagspause. Oder daheim. Um sicherzugehen, suchte Paula nach seiner privaten Telefonnummer, da läutete ihr Telefon. Der Anrufer: »Unbekannt«. Trotzdem nahm sie ab. Es war ihre Mutter.

»Ist dir was passiert, Mama? Geht es dir schlecht? Brauchst du Hilfe? Soll ich kommen?« Fragen im Stakkato. Johanna Steiner versagte sich in der Regel Anrufe im Präsidium. Da störe man doch nur.

»Nein«, antwortete Frau Steiner mit einem kleinen Lacher, »mir ist nichts passiert. Mir geht es gut. Ich wollte bloß mal wissen, ob sich der Julius zwischenzeitlich bei dir gemeldet hat. Er hat nämlich von mir deine Telefonnummer haben wollen.«

»Ach, du warst das«, sagte Paula.

»Das klingt ja so, als sei dir das nicht recht gewesen?«

»War es auch nicht. Mit dem möchte ich in meinem ganzen Leben nichts mehr zu tun haben. Aber eigentlich weißt du das auch, oder?«

»Ach, Paulchen, dass du da immer noch so nachtragend bist. Ich bin es doch auch nicht. Man muss auch mal verzeihen oder zumindest vergessen können. Habt ihr euch denn zumindest ein wenig ausgesprochen?«

»Ausgesprochen? Nein, das gewiss nicht. Ich bin noch am Überlegen, ob ich ihn wegen versuchter Einflussnahme auf polizeiliche Ermittlungsarbeit verklagen soll, was im Übrigen eine Straftat ist, die nicht unter –«

»Paula!«, rief ihre Mutter entgeistert aus. »Du wirst doch deinen eigenen Bruder nicht vor Gericht zerren, nur weil er sich bemüht, wieder mit dir in Kontakt zu kommen. Das kannst du nicht machen!«

»Das kann ich sehr wohl. Und von wegen in Kontakt kommen! Der hat von dir meine private Nummer nur zu dem Zweck haben wollen, um mir Vorschriften zu machen, wie ich meine Arbeit zu erledigen habe. Du kannst dich doch noch an diesen Hans-Jürgen erinnern, Hans-Jürgen Wolff? Ausschließlich um den ging es ihm. Ich solle ihn aus meinen Ermittlungen heraushalten, das war das Einzige, weswegen er mich sprechen wollte. Hans-Jürgen war zu dem Zeitpunkt der Hauptverdächtige in meinem aktuellen Fall. Und ist es eigentlich immer noch.«

Nachdem sie vom anderen Ende der Leitung lange Zeit nichts gehört hatte, setzte sie noch, vorwurfsvoll und voller Bitterkeit, hinzu: »Das brauchst du nicht zu glauben, dass sich dein Sohn irgendwie um mich kümmert. Das hat er bislang ja auch nicht gemacht. Warum also sollte er sich da auf einmal ändern?«

Es dauerte eine Weile, bis Frau Steiner antwortete. Leise und bedrückt. »Ich dachte halt, er meint es diesmal ernst. Den Eindruck hatte ich schon, dass er sich mit dir einmal in Ruhe aussprechen will. Nur deswegen habe ich ihm ja auch deine Nummer gegeben. Was anscheinend ein Fehler war. Es tut mir leid, Paula.«

Kleine Pause, dann die noch leisere Frage: »Und du bist dir da ganz sicher, dass er nur über den Hans-Jürgen mit dir reden wollte?«

»Hundertprozentig sicher.«

»Weißt du, Paula, für mich ist das auch nicht leicht. Dass meine zwei einzigen Kinder, die ich habe, im Streit miteinander liegen. Und das schon seit Jahrzehnten.«

»Ich weiß, Mama«, sagte Paula lakonisch.

»Was soll bloß aus euch werden, wenn ich mal nicht mehr bin?«

Paula Steiner zog sich bei diesem Satz das Herz zusammen. »Halt, stopp! So ein Zeug will ich gar nicht hören.«

Schließlich, nach dem Austausch von ein paar bemühten Belanglosigkeiten und der ebenso trivialen Abschiedsformel »Auf Wiederhören« beendete Paula das Gespräch.

Sie starrte aus dem Fenster und war in diesem Augenblick tieftraurig. Sie wusste, dass sich ihre Mutter Vorwürfe machte.

Und enttäuscht war. Sie, die die Hoffnung auf ein gedeihliches Miteinander unter ihren Kindern nie aufgegeben hatte.

Irgendwann verflog diese Niedergeschlagenheit und machte einer rasenden Wut Platz. Wieder einmal war es diesem Menschen gelungen, sie beide in Aufruhr zu versetzen und Unfrieden zu stiften! Sie sah zu Heinrichs Schreibtisch, der leer war.

Sie kramte in ihrer Handtasche, fischte die zwei wichtigsten Utensilien für Situationen wie diese heraus – ihre Zigaretten und das Feuerzeug – und ging in die Teeküche.

Dort empfing Heinrich sie mit einem verlegenen Lächeln. »Ich ahne, worum es in dem Telefonat mit deiner Mutter ging. Ich hab ja leider wider Willen den Anfang mitbekommen. Es ging um Wolff und deinen Bruder, gell?«

Sie nickte, während sie das Fenster sperrangelweit öffnete.

»Er hat ihr was vorgespielt, nur damit er an deine Telefonnummer kommt?«

Erneutes Nicken. Sie zündete sich eine HB an.

»Und jetzt macht sich deine Mutter Vorwürfe, dass sie auf dieses Täuschungsmanöver hereingefallen ist.« Er überlegte, nur einen Moment. »Nimm dir das nicht so zu Herzen«, sagte er dann. »Die kriegen beide ihre Strafe. Wolff und dein Bruder auch. Schneller, als ihnen lieb ist.«

Bevor er ging, klopfte er ihr noch leicht auf den Oberarm. »Verlass dich da auf mich. Dafür werde ich morgen sorgen.«

Paula versuchte es nochmals bei Ernst in seinem Amt. Diesmal sprang der Anrufbeantworter sofort an: Das Büro von Eberhard Ernst sei vorübergehend nicht besetzt. Man könne ihm aber in dringenden Fällen eine Nachricht nach dem Pfeifton hinterlassen. Er werde dann umgehend zurückrufen. Sie hinterließ ihm keine Nachricht nach dem Pfeifton, sie griff nach ihrer Tasche, sagte zu Heinrich, dass sie jetzt auf Außendienst sei, und verließ das Büro.

Eine halbe Stunde später stand sie vor dem alten Baumeisterhaus. Als sie in den zweiten Stock hinaufstieg, hörte sie hinter sich ein gedämpftes Keuchen. Es war Ernst, der, das Rennrad auf der rechten Schulter gesattelt, an ihr vorbeieilte, ohne sie zu beachten und ohne sie zu erkennen. Sie rief seinen Namen. Er drehte sich um und sah sie mit einer Mischung aus Verwunderung und Verunsicherung an.

»Ich müsste nochmals mit Ihnen reden, Herr Ernst.«

»Heute passt es schlecht. Mir wäre es lieber, wenn wir für nächste Woche einen Termin ausmachen könnten.«

»Besser wäre jetzt. Es wird auch nicht lange dauern.«

Nachdem er sein Zimmer aufgesperrt hatte, nahm sie, ohne von ihm dazu aufgefordert worden zu sein, auf dem Besucherstuhl vor seinem Schreibtisch Platz und legte Block und Stift demonstrativ auf die Tischplatte. Ernst stellte sein Rad vor das Fenster, nahm den Helm ab, setzte sich und schaltete sein Telefon wieder frei. Dabei ließ er sich aufreizend viel Zeit. Er schien auf der Hut zu sein.

»Herr Uhlig besaß einen Elektroschocker. Wussten Sie davon?«

»Selbstverständlich wusste ich das. Schließlich war ich es, der ihm den geschenkt hat.«

»Ach.« Sie merkte, wie er sich entspannte. »Darf ich fragen, was der Grund für dieses doch sehr ungewöhnliche Geschenk war?«

»Können Sie sich das nicht denken?«

Sie ahnte, worauf er hinauswollte, sagte aber: »Nein, kann ich nicht.«

»Nicht? Dann sage ich es Ihnen gern.« Das klang selbstsicher mit einer Spur Überheblichkeit. »Weil Homophobie in unserer Gesellschaft durchaus noch an der Tagesordnung ist. Als Schwuler wird man heutzutage noch immer angefeindet. Und das beschränkt sich nicht auf verbale Angriffe, das dürfen Sie mir glauben.«

»Tatsächlich? Ist das so? Da haben Sie wohl schon entsprechend schlechte Erfahrungen auf diesem Gebiet gemacht?« Drei Fragen, die man mit viel Wohlwollen als naiv und unbedarft bezeichnen würde, wenn man Paula Steiner nicht kennen und sie unterschätzen würde.

»Ja freilich. Mehrfach sogar. Vor gut zwei Jahren waren Torsten und ich im ›Coming Out‹. Sagt Ihnen das was?«

Sie nickte. Sie kannte die Schwulenbar in der Johannesgasse.

»Als wir das ›Coming Out‹ verlassen wollten, hat uns ein junger Mann, auf keinen Fall älter als fünfundzwanzig Jahre, erst beleidigt, auf niedrigstem Niveau im Übrigen, richtig ordinär, und uns dann mit einer Schere sogar tätlich angegriffen. Mit dem Griff der Schere schlug er zunächst Torsten gegen den Kopf, danach fuchtelte er mit der Schneide in meine Richtung. Ich konnte diesen tätlichen Angriff zwar abwehren, aber wurde dabei am Finger verletzt. Leicht verletzt.« Herausfordernd blickte er Paula an.

»Sie haben die Beleidigungen und die versuchte Körperverletzung bestimmt zur Anzeige gebracht?«

Als Antwort erhielt sie lediglich eine geringschätzige Handbewegung.

»Und warum nicht?«

»Ah. Da hat man doch bloß einen Haufen Ärger und Lauferei, und letztendlich ist alles für die Katz. Aber am nächsten Tag habe ich Torsten diesen Elektroschocker gekauft. Er hat mir versprechen müssen, ihn immer bei sich zu tragen, wenn er nachts irgendwo allein unterwegs ist, wo es gefährlich werden könnte.«

»Und Sie selbst haben keinen?«, fragte sie irritiert. »Sie waren ja immerhin derjenige, der vor dem ›Coming Out‹ verletzt wurde.«

»Das war doch nichts. Erstens kann ich mich gut selbst zur Wehr setzen. Ich mache regelmäßiges Taekwondo-Training und bin in der Gefahrenabwehr ziemlich fit«, sagte er nicht ohne Stolz. »Und zweitens fahre ich nicht wie Torsten ab und an nach Sachsen, wo es noch mehr tätliche Angriffe auf Schwule gibt als hier.«

»So? Etwas anderes: In Herrn Uhligs Wohnung wurde letzte Nacht eingebrochen. Dabei hat man auch das polizeiliche Siegel entfernt. Haben Sie eine Vorstellung, wer das gewesen sein könnte?«

»Nein, keine Ahnung.« Die Antwort kam schnell. Für Paula zu schnell.

»Überlegen Sie doch bitte in Ruhe. Ich habe viel Zeit. Vielleicht fällt Ihnen doch noch jemand ein, der dafür in Frage –«

»Nein«, wurde sie ungeduldig unterbrochen, »mir fällt da beim besten Willen niemand ein. Eingebrochen, sagen Sie? Das ist ja allerhand! Was hat denn der Dieb gestohlen? Etwas Wertvolles?« Ernst gab sich Mühe, diese Fragen so aufgebracht wie interessiert klingen zu lassen. Er war ein schlechter Schauspieler.

»Das darf ich Ihnen beim derzeitigen Stand der Ermittlungen leider nicht sagen, Herr Ernst. Dafür werden Sie sicher Verständnis haben.« Auch sie konnte einen auf unbedarft machen, und zwar besser als er.

»Aber wir arbeiten daran, den Einbrecher zu identifizieren. Gott sei Dank haben wir Fingerprints auf dem Siegel gefunden, die wir derzeit untersuchen. Vielleicht haben wir ja Glück, und die DNA des Einbrechers ist in einer unserer Datenbanken registriert.« Zum Abschluss dieser Flunkerei schenkte sie ihm noch ein durch und durch falsches Lächeln.

Für den Bruchteil einer Sekunde schien er verdutzt. »Ja, hoffentlich«, sagte er und wandte den Blick ostentativ auf seine Armbanduhr.

Ein Wink mit dem Zaunpfahl, den Paula geflissentlich ignorierte. »Sie haben doch sicher einen Schlüssel für Herrn Uhligs Wohnung?«

»Ja, natürlich. Warum fragen Sie?«

»Den brauche ich. Sie bekommen ihn alsbald zurück, wenn die Ermittlungen abgeschlossen sind und die Rechtsnachfolge geklärt ist, sprich die Besitzansprüche.«

»Das verstehe ich, aber im Moment kann ich Ihnen den nicht geben – ich habe ihn daheim gelassen. Oder eilt es, dann müsste ich …?«

»Nein, nein, das hat Zeit. Nur noch eine letzte Frage an Sie, Herr Ernst, dann sind Sie mich auch schon los. Es ist eine einfache Frage, bei der Sie uns sicher helfen können. Wir haben

Informationen, wonach Herr Uhlig seit circa einem halben Jahr neben Ihnen gelegentlich noch einen weiteren Gast empfangen und bewirtet hat. Dazu brauche ich von Ihnen den Namen.«

Ernst sah sie überrascht an. »Ich weiß von keinem zweiten Gast, den Torsten gelegentlich bewirtet haben soll. Woher haben Sie denn diese Information? Aus einer zuverlässigen Quelle kann die nicht stammen. So etwas müsste ich ja am besten wissen. Ich fürchte, da sind Sie einer Fehlinformation aufgesessen. Ich würde jetzt schon gerne wissen wollen, wer Ihnen so eine Lüge aufgetischt hat. Und uns, also Torsten und mich, damit bewusst in Misskredit bringen wollte. Das liegt ja auf der Hand, dass uns unterstellt wird, wir –«

»Aber Herr Ernst«, fiel sie ihm ins Wort, »ich bitte Sie, die Identität unserer Zeugen darf ich natürlich nicht preisgeben! Das wäre ja gegen jede Datenschutzbestimmung. Das müssten Sie als Angestellter im öffentlichen Dienst doch wissen. Aber warum Misskredit? Was soll daran entehrend sein, wenn man bei sich daheim einen Gast empf–«

Jetzt war es an ihm, sie zu unterbrechen. Unbeeindruckt von dem Appell an seinen Beamtenstatus sagte er: »Es könnte ja sein, dass irgendjemand sogenannte Tatsachen in die Welt setzt, die erweislich nicht wahr sind. Und das fällt in den Bereich der üblen Nachrede, verstehen Sie mich? Dagegen muss ich mich doch zur Wehr setzen können.«

»Ich verstehe Sie, kann Ihnen aber versichern, dass der Tatbestand der üblen Nachrede in diesem Fall nicht vorliegt.«

»Da wäre ich mir an Ihrer Stelle nicht so sicher. Ich habe Ihnen ja bereits gesagt, als Sie das erste Mal hier waren, dass Torsten und ich die Wochenenden fast immer zu zweit verbracht haben. Und einige Abende unter der Woche. Es sei denn, wir waren bei Bekannten eingeladen oder wir haben selbst Bekannte und Freunde eingeladen, aber nie eine einzelne Person, sondern immer zwei bis vier. Können Sie sich daran erinnern?«

»Ja, schon. Aber das war in einer besonderen Situation. Das war ja der Moment, in dem Sie erstmalig von dem Mord an Ihrem Lebensgefährten erfahren haben. Da kann einen das Gedächtnis schon mal im Stich lassen. Das wäre doch auch denkbar, oder?«

»Nein, das ist nicht denkbar, es ist schon so, wie ich gesagt habe. Es gab in Torstens Wohnung keine Treffen mit einem dritten Mann.«

»Von einem Mann«, betonte sie das Nomen, »war bis jetzt auch nicht die Rede. Es könnte ja genauso eine Frau gewesen sein.«

»Das war genauso wenig der Fall.«

Das klang glaubhaft. Und dennoch ... log Ernst sie an, oder sagte er die Wahrheit? Paula war hin- und hergerissen.

In Gedanken fasste sie zusammen: Für die Lüge sprach die eindeutige Aussage jener Putzfrau, für die Wahrheit aber, dass Katharina Hermann nicht besonders gut Deutsch sprach. Aber wenn sie sich doch so sicher war, wie Frau Brunner ihr erzählt hatte? Konnte eine solche sachliche, unzweideutige Information wie die mit dem dritten Gedeck beim Kommunikationstransfer zwischen Absender und Empfänger überhaupt verfälscht werden? Wohl kaum.

Aber was, wenn Ernst bei diesen gelegentlichen Treffen zu dritt gar nicht dabei gewesen war, wenn also auch das zweite Gedeck nicht für ihn, sondern für einen weiteren Unbekannten bestimmt war? Dann wiederum würde Ernst die Wahrheit sprechen, und zwar seine subjektive Wahrheit, weil er die objektive nicht kannte.

Eberhard Ernst hatte Paula Steiner, die bis vor wenigen Minuten noch darauf gehofft hatte, sie könne sich diese leidige Fahrt nach Chemnitz sparen, soeben einen empfindlichen Dämpfer versetzt. Außerdem musste sie sich erneut auf die Suche begeben. Das hieß: Der Zähler ihrer Ermittlungen stand wieder auf null. Beides nahm sie ihm übel.

In ihren kleinen Notizblock kritzelte sie den Namen und die Abteilung von Klaus Dennerlein, riss das Blatt heraus, überreichte es Ernst und herrschte ihn an: »Bis morgen früh spätestens neun Uhr geben Sie den Zweitschlüssel zu Uhligs Wohnung bei diesem Kollegen von mir ab! Und zwar persönlich! Nicht auf dem Postweg!«

Drei ziemlich grobmotorisch formulierte imperativische Hauptsätze, die ihr und ihrer Übellaunigkeit guttaten. So brachte sie zum Abschied sogar noch relativ verbindlich hervor: »Das wär's im Augenblick. Fürs Erste brauche ich Sie nicht mehr. Auf Wiederschauen.«

Als Paula wieder unten auf der Straße stand, rief sie Eva Brunner an. »Wir werden morgen um zwölf Uhr starten. Aber wahrscheinlich sehen wir uns schon so um acht Uhr. Oder müssen Sie morgen Vormittag noch etwas erledigen?«

Nein, antwortete ihre Kollegin, sie sei mit dem Wastl bereits so gut wie durch. »Und dieser Einsatz hier im Altersheim hat sich wirklich gelohnt, Frau Steiner. Gut, dass Sie mir heute Nachmittag dafür freigegeben haben. Von wegen Menschen mit Demenzerkrankung sind in ihrer geistigen Leistungsfähigkeit vollkommen unzuverlässig. Man muss sich nur lang genug mit ihnen beschäftigen. Das macht zwar Mühe und kann mitunter dauern, aber es lohnt sich. Man muss aber wollen und auch ein feines Gefühl entwickeln. So habe ich zum Beispiel herausgefunden, dass —«

»Ach, Frau Brunner, das erzählen Sie mir alles morgen während der Fahrt, da haben wir mehr Zeit«, bremste Paula ihre Mitarbeiterin aus.

Nachdem sie ihr Handy wieder in der Tasche verstaut hatte, machte sie sich nicht etwa auf den Weg Richtung Präsidium, wie sie ursprünglich vorgehabt hatte – sie blieb einfach stehen. Dachte nach. Was sollte sie jetzt von dieser Sache mit dem dritten Gedeck halten?

Nein, sie blieb dabei, kam sie nach langem Grübeln zu dem Schluss: Die Putzfrau von Uhlig hatte richtig beobachtet. Es gab in seiner Wohnung gelegentlich einen dritten Gast, eben diesen Biertrinker.

Und Eberhard Ernst, was war mit dem? Log er? Wenn ja, warum? Hatte er etwas zu verbergen? Und was sollte das sein? Außer dass er in diesen Mord verwickelt war … Das war doch möglich. Warum war sie nicht früher darauf gekommen? Statistisch gesehen, waren Beziehungstaten in homosexuellen Partnerschaften genauso häufig wie in heterosexuellen. Auch da gab es schließlich Eifersüchteleien, Betrug, Verrat, Hass in Hülle und Fülle. Lediglich für das Motiv Geld fehlte in der Regel die rechtliche Grundlage.

Bei diesem letzten Abschnitt ihrer Gedankenkette bedauerte sie, keinen Schwulen näher zu kennen – weder in ihrem kleinen Freundes- noch in ihrem ebenso überschaubaren Bekanntenkreis. Den hätte sie jetzt fragen können.

Es gab einen Kollegen, dem man das nachsagte, hinter vorgehaltener Hand. Oliver Lotter vom Kommissariat 45 »Sonderfahndung/Zeugenschutz«. Öffentlich gemacht hatte er es bislang nicht. Das eben war der Haken dabei. Wie sollte sie mit ihm ein Gespräch über ein Thema beginnen, das ihn womöglich persönlich gar nicht betraf? Oder das er, falls es ihn doch beträfe, strikt leugnen würde? Ach, ihr würde da schon etwas einfallen. Mit diesem Vertrauen auf ihre Geistesgegenwart und Wendigkeit in solch heikler Zwiesprache setzte sie sich schließlich in Bewegung.

Sie hatte Glück. Lotter saß an seinem Schreibtisch – und er hatte Zeit für sie. Als sie sich setzte, musterte sie ihn skeptisch. Er trug ein hellblaues Baumwollhemd, darüber eine graue Fleece-Jacke, nicht gebügelte schwarze Jeans, ziemlich derbe Schuhe und keinen Gürtel. Wirre braune Locken mit etlichen Silberstreifen darin. Sah so jemand aus, der …? Egal. Beherzt nahm sie Anlauf.

»Oliver, ich bräuchte mal deinen unschätzbaren fachlichen Rat und deine langjährige Erfahrung auf diesem Gebiet. Ich habe da einen Fall, bei dem ich in manchen Punkten einfach überfordert bin. Und falls du etwas nicht verstehst, frag bitte sofort nach.«

Dann erzählte sie ihm von dem Mord an Uhlig, ausführlich und reich an Worten. Alles, was sie bisher wusste, und einiges von dem, was sie glaubte. So kamen in ihrem Bericht vor: die Pergola in »dieser exponierten Lage«, die Mullbinde, der Einkaufszettel, Uhligs Wohnung mit dem »einmaligen, ja grandiosen Ausblick«, die Deutschrussin Katharina Hermann und deren »feine Beobachtungsgabe«, die HV Noris, dessen sperriger Geschäftsführer »mit seinem fragwürdigen Familienalibi«, das dritte Gedeck, der Antialkoholiker Eberhard Ernst und sein Zweitschlüssel, der sächsische Feingeist Stefan Uhlig, die »zwei doch sehr auffälligen Kürzel« SZ in Uhligs Kontoauszügen, sogar der nächtliche Anruf ihres Bruders. Was nicht vorkam, waren die Worte schwul oder homosexuell.

Lotter hatte ihr die ganze Zeit stumm und interessiert zugehört. Nachdem sie ihren Vortrag beendet hatte, sah er sie mit einem klitzekleinen ironischen Lächeln an. »Was ich nicht ganz verstehe, Paula, ist, wofür du meinen ›unschätzbaren fachlichen Rat‹«, zitierte er sie mit offensichtlichem Vergnügen, »genau brauchst? Hast du vor, jemanden von deinen Verdächtigen in das Zeugenschutzprogramm zu nehmen?«

Damit hatte sie nicht gerechnet – dass er es ihr schwer machen, absichtlich schwer machen würde. Sie antwortete so leichthin wie möglich: »Ja, auch, vielleicht. Am Rande. Aber daneben interessiert mich vor allem, wie du diesen Fall einschätzt, also generell, meine ich.« Was Besseres fiel ihr leider im Moment nicht ein; sie hatte ihre Geistesgegenwart und ihre Wendigkeit überschätzt.

»Wie, generell? Was meinst du damit, meine Liebe?«, fragte er. Dabei vertiefte sich sein immer noch spöttisches Lächeln.

Herrschaftszeiten, er wusste doch genau, was sie meinte. Warum tat er denn so ahnungslos? Was wollte er denn von ihr hören?

Während sie noch überlegte, sagte er, jetzt ohne jedes Lächeln: »So geht es nicht. Du musst mich schon fragen, und zwar ganz konkret.«

Tiefes Durchatmen, dann setzte sie an. »Ich hab mir halt gedacht, dass du wegen deiner ... Und weil ich niemanden kenne, außer dir, der ... Ich habe keine Ahnung, wie solche Männer wie Ernst und Uhlig ...«, und weil der Wortschatz gerade dann unauffindbar ist, wenn man in Verlegenheit ist, griff sie zu einer Worthülse: »ticken«.

»Ja, und?«

»Ich dachte eben, du könntest mir helfen.«

»Wobei denn?« Noch immer ließ er sie zappeln, das war offenkundig. Und er empfand immer noch Vergnügen daran. Das war genauso offensichtlich.

»Ach, nicht so wichtig. Ich glaube, ich habe mich da in etwas verrannt. Ich habe mich wohl geirrt«, sagte sie, stand auf und ging zur Tür.

»Du willst also wissen, ob ich schwul bin?«, fragte er, da hatte sie die Türklinke bereits in der Hand.

Langsam drehte sie sich um. »Ja.«

»Dann frag mich doch! Frag mich doch endlich! Einer von euch muss mich doch mal fragen!«

»Bist du schwul, Oliver?«

»Ja«, antwortete er, »das bin ich. Seit knapp vierzig Jahren. So, und jetzt tu mir den Gefallen und setz dich wieder hin. Bitte. Jetzt gehen wir deinen Fall gemeinsam und in Ruhe durch.«

Bevor sie mit dem Beruflichen begann, wollte sie noch etwas rein Privates von ihm wissen. »Du hast doch von Anfang an geahnt, worauf ich hinauswill. Warum war es dir denn so wichtig, dass ich dir diese eine bestimmte Frage stelle? Du hättest dich doch schon längst öffentlich erklären können, zumindest hier im Präsidium vor den Kollegen.«

»Bist du schon einmal in der ganzen Zeit, in der du hier arbeitest, durchs Haus gegangen und hast – wie hast du es genannt? – dich öffentlich erklärt, so nach dem Motto: Hört mal zu, Leute, dass das ein für alle Mal klar ist, ich bin heterosexuell?«, stellte Lotter die Gegenfrage.

»Nein.«

»Eben«, sagte er, »und ich genauso wenig. Beantwortet das deine Frage?«

Sie nickte. Ab da ging es nur mehr um Uhlig, Ernst, Wolff und die Kontobewegungen.

Als Paula sich eine gute Stunde später das zweite Mal erhob, diesmal endgültig, war es nicht viel, was sie von ihm erfahren hatte. Lotter teilte ihre Ansicht, dass dieses dritte Gedeck suspekt genug sei, um als ihre derzeit wichtigste Spur zu gelten. Und er gab Heinrich recht, was das verdächtige SZ-Kürzel anging.

»Da würde ich an deiner Stelle auf jeden Fall dranbleiben. Oder Heinrich damit beauftragen. Selbst wenn es in diesen beiden Fällen nur um läppische Beträge ging. Interessant wäre, herauszubekommen, was Uhlig darüber hinaus so eingesteckt hat, also das, worüber seine Kontobewegungen euch nichts verraten werden. Denn dass da auch Korruption im Spiel ist, davon bin ich, nach dem, was du mir erzählt hast, überzeugt. Der Audi, die Wohnung, die Fernreisen – das überstieg doch sein Gehalt bei Weitem.«

Doch den wertvollsten Tipp sparte er sich für den Schluss auf. »Und mach bloß nicht den Fehler und fass diesen Eberhard Ernst weiterhin mit Samthandschuhen an, nur weil er schwul ist.«

»Ich habe den nicht –«, protestierte sie.

»Doch«, fiel er ihr ins Wort, »das hast du. Warum sonst hast du ihn nicht gleich am nächsten Tag danach gefragt, wohin er es nach deiner ersten Befragung mit dem Rad so eilig hatte? Warum hast du bei seinem Alibi nicht nachgefragt, womit er diesen Abend so verbracht, was er konkret gemacht hat? Und warum hast du ihn dann nicht mit deiner Überlegung konfrontiert, dass diese Dreiertreffen ja auch, wenn es stimmt, dass er nicht dabei war, ohne ihn stattgefunden haben können? Hm?«

»Und das sagst ausgerechnet du«, wunderte sie sich. »Ich dachte, ihr haltet alle –«

»Obacht, Paula, Obacht, ganz dünnes Eis. Mach nicht gleich deinen nächsten Fehler.«

Nach einer gedankenverlorenen Weile schließlich das Zugeständnis: »Ja, stimmt schon, irgendwie hast du recht. Ich habe mich wahrscheinlich nicht recht getraut.«

Sie überlegte. Schließlich hellte sich ihre Miene auf. »Aber das wird jetzt anders. Ich werde das alles nachholen, in der gebotenen Schärfe. Und ich werde ins ›Coming Out‹ fahren. Zur Umfeldbefragung. Auch auf die Gefahr hin, dass man mir blöd kommt.«

»Nimm halt jemanden vom Sittendezernat mit. Und deinen

Polizeiausweis und die Dienstwaffe natürlich, dann wird dir schon keiner blöd kommen.«

Ein Kollege vom K 13? Plus die Dienstwaffe? »Warum, ist das wirklich notwendig?«

»Ja«, sagte er. »Sonst würde ich es dir nicht raten. Tatsache ist, es gibt die einigermaßen seriösen Bars und dann die unseriösen, wo man auch schon mal ausgenommen werden kann. Und wo auch der Begriff Wohnungsprostitution kein Fremdwort ist.«

»Und das ›Coming Out‹ gehört zur letzteren Sorte?«

»Mit Abstrichen, ja.«

»Woher weißt du das alles?«

»Nicht aus eigener Erfahrung, wenn du das meinst«, lachte er sie an. »Ich lese eben unsere Rundschreiben aufmerksam und du anscheinend nicht. Sonst wüsstest du das auch.«

»Da hast du recht, Oliver. Da bin ich etwas nachlässig. Etwas sehr nachlässig.«

Lange kramte er in seinen Schreibtischladen, bis er anscheinend gefunden hatte, wonach er suchte. Aus einem Ordner zog er ein zusammengetackertes, dünnes Papierbündel heraus, überflog es flüchtig und reichte es ihr dann über den Schreibtisch.

»Da, schau. Vor zwei Wochen erst hat im ›Coming Out‹ ein Tscheche aus Pilsen einem US-Amerikaner hundertfünfzig Dollar aus der Hosentasche entwendet, während sie tanzten. Und der Beschädigte hat sogar Anzeige bei uns erstattet, das ist die Ausnahme. Meist versucht man in diesen Etablissements, solche geringfügigen Diebstahlsdelikte unter sich auszumachen. Die Wirte haben nämlich kein Interesse, dass sie mit ihren Bars in die Schlagzeilen geraten.«

Während sie den Bericht studierte, fragte Lotter: »Erscheint dir jetzt mein Rat, einen Kollegen von der Sitte und die Dienstwaffe mitzunehmen, immer noch überflüssig?«

Erst als sie mit dem Lesen fertig war, antwortete sie. »Ha, dem Tschechen droht jetzt sogar eine Zurückschiebeverfügung, der war ja illegal eingereist. Und nein, dein Rat ist Gold wert. Die Waffe nehme ich auf jeden Fall mit. Und eine Kollegin auch. Aber keine von der Sitte, sondern meine Frau Brunner.«

Lotter war skeptisch. »Ich halte das für keine gute Idee, Paula, dass ihr das allein durchziehen wollt. Ihr habt doch auf diesem Gebiet keinerlei Erfahrung.«

»Ach«, winkte sie ab, »das Wichtigste, worauf es bei diesem Einsatz ankommt, hast du mir ja soeben beigebracht. Vielen Dank im Übrigen dafür, Oliver. Ich war da schon etwas blauäugig, das gebe ich zu.« Nach einer kurzen Verbeugung in Richtung Fleece-Jacke fügte sie noch hinzu: »Und den Rest? Den schaffen wir locker alleine.«

Auf dem Weg in ihr Büro war Paula in Gedanken bei ihrer vordringlichsten Entscheidung – bei der Wahl ihrer Garderobe für diesen Abend im »Coming Out«. Jeans und Pullover schieden von vornherein aus. Sie musste sich nicht kleiner machen, als sie war. Rock, Bluse, Nylons und Pumps, das volle Programm der businessorientierten Weiblichkeit? Ach, man musste auch nicht übertreiben und die Pferde scheuer machen als notwendig, fand sie. Blieb nur mehr das Paradestück ihres Kleiderschranks: der taubenblaue Hosenanzug aus Wollmusselin. Dieser hatte zudem den Vorteil, dass man Holster und Waffe gut darunter verstecken konnte. Jawohl, das war eine gute Wahl. Die einzig passende Begleitung für diesen exotischen Abendtermin. Neben ihrer Heckler & Koch – und neben Frau Brunner natürlich.

Bevor sie ihr Büro betrat, ging sie in Gedanken nochmals kurz die einzelnen Punkte durch, wie sie ihrer Kollegin diesen abendlichen Außendienst so schmackhaft machen wollte, dass dieser gar nichts anderes übrig blieb, als Ja zu sagen.

»So, meine liebe Frau Brunner, hier bin ich wieder. Ich habe heute Abend noch was vor, einen Termin im ›Coming Out‹. Und in dem Zusammenhang wäre ich Ihnen sehr dankbar, wenn Sie da vielleicht mitkommen könnten, wenn es Ihnen zeitlich ausgeht. Freilich könnte ich diesen Termin auch allein wahrnehmen, aber gerade in diesem speziellen Fall wären mir Ihre unschätzbare Erfahrung und Ihre enormen Fähigkeiten von großer Hilfe. Wenn Sie also nichts anderes vorhaben …?«

Eva Brunner hatte ihre Vorgesetzte während deren Flötentöne

verunsichert angestarrt und sich gefragt, was sich hinter diesen ungewohnt freundlichen Worten wohl verbergen mochte.

Nachdem Paula also keine Antwort erhielt, hakte sie vorsichtig nach. »Oder ist Ihnen das zuwider? Dafür hätten Sie mein vollstes Verständnis.«

»Warum?«

»Na ja, dieses Etablissement«, bediente sie sich Lotters Wortwahl, »ist schon einschlägig bekannt dafür, dass –«

»Das ist halt eine Schwulenbar. Die kenn ich. Aus der Zeit, als ich noch bei der Schupo war.«

»Ach, schön. Dann macht es Ihnen also nichts aus, mich dahin zu begleiten?«

Eva Brunner schüttelte den Kopf. »Nein, warum?«

»Und dürfte ich Sie in diesem Zusammenhang noch um etwas bitten? Sie haben doch noch Ihre Polizeiuniform. Wenn Sie die also heute Abend anziehen könnten, da hätten wir doch gleich ein anderes Standing dort vor Ort.«

»Das kann ich schon machen. Aber –«

»Ja, wunderbar, wunderbar. So machen wir es. Sie kommen in Uniform. Und ich werde meine Waffe im Holster tragen, dann schaffen wir das schon, gell?«

»Freilich, Frau Steiner«, sagte Eva Brunner mit leicht gekräuselten Lippen. Und für diesen kurzen Augenblick sah es ganz so aus, als ob sie sich über ihre Chefin lustig machte.

Eine Viertelstunde vor dem vereinbarten Termin stand Paula Steiner in der Johannesgasse und las die Speise- und Getränkekarte des »Coming Out«, um sich die Zeit zu vertreiben. Als sie damit fertig war, waren gerade mal zwei Minuten vergangen. Und jetzt hatte sie auch den letzten verbleibenden Rest an professionellem Interesse für diesen Außentermin verloren.

Gut, auf der Weinkarte fanden sich so sprachlich neutrale Angebote wie fränkischer Riesling oder ein badischer Müller-Thurgau, aber dafür hatte es die Cocktailkarte in sich. Hier hatte der Gast die Qual der Wahl zwischen den beiden neckisch-frivolen Alternativen Ge-Shaked und Ge-Schüttelt; darunter waren ein »Schwuler Hirsch«, »Sperma« und »Orgasmus« aufgelistet. Ziemlich derbes Holz, mit dem hier bereits auf der Getränkekarte gezimmert wurde. Musste das denn sein, dieses Plump-Übertriebene, dieses bewusst Prollig-Obszöne? Was wollte man sich damit beweisen? Und vor allem – was würde dann erst hinter der Eingangstür auf sie zukommen, die verspiegelt war wie eine Skilehrer-Sonnenbrille?

Sie knöpfte ihre Jacke auf, sodass das Holster und ihre Heckler & Koch gut sichtbar waren, und hielt Ausschau nach Eva Brunner. Als sie ihre Kollegin in der wie auf den Leib gebügelten Uniform auf sich zuschnüren sah, fühlte sie sich schon wesentlich sicherer. Demensprechend herzlich fiel ihre Begrüßung aus.

»Schön, dass Sie so pünktlich kommen. Also, das muss ich schon sagen: Ihre Uniform steht Ihnen wirklich ausgezeichnet. Die macht was her. Und ich fürchte, die brauchen wir auch, um da drinnen Eindruck zu machen. Da, schauen Sie sich mal die Cocktailkarte an.«

Doch Eva Brunner warf nicht einmal einen Blick auf das Zoten-Sammelsurium, sie zeigte sich von etwas ganz anderem beeindruckt. »Wissen Sie, Frau Steiner, dass ich Sie schon seit Ewigkeiten nicht mehr mit der Dienstwaffe gesehen habe? Die steht Ihnen übrigens auch sehr gut. So, dann wollen wir mal.« Beherzt stieß sie die Tür auf und ging zielsicher zum Tresen.

Paula folgte ihr. Mit wachen Sinnen, so aufmerksam, so intensiv, so beinahe krankhaft geschärft wie bei Tieren im nächtlichen Wald. So erfasste ihre Wahrnehmung in diesem ersten Augenblick alles gleichzeitig – die abgestandene Luft, den kittgrauen Beton am Boden und an den Wänden, das zusammengewürfelte, stellenweise abgenutzte Wohnzimmermobiliar, die jugendlichen Gesichter, die Eva Brunner erstaunt hinterhersahen, die Enge. Wo hatten der Amerikaner und der Tscheche hier überhaupt Platz gefunden zum Tanzen?

Was sie nicht sah, waren High Heels, grell geschminkte Gesichter, Perücken, schreiend bunte Rüschen-und-Volant-Fummel, martialische Ledermonturen oder Lederwesten. Dafür ausschließlich kurze, gepflegte Haarschnitte. Und um jeden dieser dreißig-, maximal fünfunddreißigjährigen Hälse baumelte ein Gold- oder Silberkettchen. Das irritierte sie; nach dem Blick auf die Cocktailkarte hatte sie sich auf mehr Maskerade, mehr Chichi gefasst gemacht.

Eva Brunner stellte sie beide soeben bei dem blonden Jüngling hinter dem Tresen vor, der sich am rückwärtigen Ende des Raumes befand, als Paula zu ihnen trat.

Der Mann mit den gefärbten Haaren und dem roten Muskelshirt zeigte sich unbeeindruckt. »Und, was wollen Sie diesmal von uns?«

»Mit Ihnen reden«, sagte Paula. »Sind Sie der Wirt hier? Sascha Haindl?«

Er nickte, während er den Schaum von einem gefüllten Weißbierglas abstrich. *»Yes, the very same.«*

Sie hielt ihm ein Polizeifoto von dem toten Uhlig hin. »Dieser Mann war ein Gast von Ihnen. Können Sie sich an ihn erinnern?«

Von der Eingangstür rief ein pummeliger Mann, der auf einem Zweiersofa mit hellbraunem Cord-Bezug saß: »Was ist jetzt mit meinem Weißbier, Sascha?«

Haindl stellte das Glas auf einem runden Tablett ab, auf dem acht Schnapsgläser standen, trat vor den Tresen und warf, während er nach dem Tablett griff, einen flüchtigen Blick auf das Foto. »Ich glaube nicht.«

Sie zog ein zweites Foto von dem Ermordeten, diesmal eins ohne die Baseballkappe, aus ihrer Tasche und reichte es ihm. »Vielleicht jetzt?«

»Kann sein, kann auch nicht sein«, sagte er, ohne daraufzuschauen, und eilte Richtung Eingangstür.

Eva Brunner griff in ihre Jackentasche und legte ein grob gerastertes Foto von Eberhard Ernst neben Uhligs Bild. »Zeigen Sie ihm das auch noch, Frau Steiner, das wird seinem Gedächtnis auf die Sprünge helfen.«

»Woher haben Sie das?«

»Ach, das war ganz einfach. Das hab ich aus dem Internet, die vom Baureferat sind dort alle mit Namen, Telefonnummer und Foto vorgestellt.«

Nach einer Weile des Wartens, die ihr wie eine Ewigkeit vorkam, gab Paula sich einen Ruck. Mit durchgedrücktem Rücken drehte sie sich langsam um die eigene Achse. Haindl und der Weißbiertrinker sahen zu ihr herüber und kicherten albern. Für sie sah es ganz danach aus, als ob sich beide über sie lustig machten. Sie spürte, wie ihr Gesicht flammend rot anlief. Vor Scham und Wut gleichzeitig. Selten hatte sie sich so machtlos gefühlt wie in diesem Augenblick, so ausgeliefert und vor aller Augen bloßgestellt.

Als der Wirt endlich wieder seinen Platz hinter dem Tresen einnahm, fragte er: »Vielleicht möchten die Damen etwas trinken? Geht aufs Haus.«

»So, Herr Haindl, Sie schauen sich jetzt diese beiden Abzüge«, sie deutete auf die Fotos, »mal in aller Ruhe an und sagen uns dann, ob Sie sich an einen der beiden Herren erinnern können. In diesem Zusammenhang ein kleiner Tipp von mir: Es wäre besser, Sie könnten sich zumindest an einen der beiden Herren erinnern. Auch in Hinblick auf das noch ausstehende Strafverfahren gegen Ihren tschechischen Gast und die damit anhängige Gerichtsverhandlung, bei der Sie ja werden aussagen müssen. Es erscheint mir doch sehr unglaubwürdig, genau wie übrigens dem Geschädigten selbst, dass Sie von diesem Diebstahl so rein gar nichts mitbekommen zu haben scheinen, wie Sie den Kollegen gegenüber zu Protokoll gegeben haben. Das hier«, sie machte eine vage Handbewegung in den Raum hinein, »ist doch alles recht überschaubar, zumal von Ihrem Platz hinter der Theke aus.«

Nachdem er noch immer keine Anstalten machte, sich die Fotos anzusehen, legte sie nach. Mit einer ziemlich offenen Warnung.

»Zweiter Tipp von mir: Wir sind heute nicht wegen eines Diebstahldelikts hier, wir sind von der Mordkommission. Und wir sind deswegen hier, weil das Mordopfer vor einiger Zeit eben bei Ihnen tätlich angegriffen wurde und es dabei auch zu einer Körperverletzung kam. Das sind immerhin zwei Straftaten im beziehungsweise vor dem ›Coming Out‹ innerhalb eines relativ kurzen Zeitrahmens. Manche Wirte verlieren ihre Konzession schon wegen weniger Delikten. Eine Kooperation von Ihrer Seite erscheint mir persönlich also im Moment sehr naheliegend. Ihnen sicher auch, oder?«

Das wirkte. Haindl griff nach den Fotos. Nach einer Weile gab er zu, »die beiden Jungs zu kennen«. Doch oft seien sie nicht bei ihm in seiner Bar gewesen. »Wenn es hochkommt, vielleicht zwei- oder dreimal.«

»Schön, dass Sie sich doch noch erinnern können. Was ist Ihnen denn sonst noch an ihnen aufgefallen?«

Haindl schüttelte erst entschieden den Kopf, räumte dann aber ein, dass »der eine, also der Ältere, ein Sachse war«. Und dass der Jüngere einen komischen Namen gehabt habe.

»Und darüber hinaus, welchen Eindruck haben die beiden auf Sie gemacht? Schienen sie glücklich miteinander zu sein, oder waren sie auf der Suche? Haben sie den Kontakt zu anderen Gästen gesucht?«, fragte Paula.

Diesmal kam die Antwort prompt und ein wenig empört. »Freilich haben die sich ein paarmal mit den anderen Jungs hier unterhalten, so wie man das halt so macht, wenn man zur Community gehört. Aber das hielt sich im Rahmen. Ich glaube schon, dass die zwei ein gut eingespieltes Team, ein richtiges Paar waren.«

»Jetzt, nachdem Ihr Erinnerungsvermögen erfreulicherweise wieder zurückgekehrt ist, können Sie mir auch sicher sagen, ob —«

Weiter kam sie nicht. »Gibt's Ärger, Sascha?«, fragte jener pummelige Mann, der noch bis vor Kurzem auf dem Sofa gesessen und sich gemeinsam mit dem Wirt über sie lustig gemacht hatte. Er stand nun bedrohlich nah neben ihr. Sie hatte ihn nicht kommen hören.

»Nein, passt schon, Noah. Alles in Ordnung.«

Paula rückte einen Schritt von ihm weg. »Sind Sie hier Stammgast?«

»Stammgast wäre zu wenig gesagt. Noah, also Herr Adler ist mein Partner, wir führen die Bar gemeinsam«, antwortete Haindl statt seiner.

»Auch gut. Dann können Sie sich vielleicht an diese beiden Männer erinnern, die hier ein paarmal verkehrten, wie mir Ihr Kompagnon bestätigt hat.« Sie deutete auf die Fotos, die immer noch vor ihr auf dem Tresen lagen.

»Um was geht es denn diesmal?«, lautete Adlers Gegenfrage.

»Um Mord. Und jetzt beantworten Sie bitte meine Frage.«

»Um Mord? Das ist ja furchtbar, entsetzlich.« Seine Bestürzung war gespielt und wurde untermalt von einigen affektiert-effeminierten Gesten. »Und was hat das ›Coming Out‹ damit zu tun?«

»Hören Sie, Herr Adler, für die Fragen bin ich zuständig. Kannten Sie diese beiden Männer nun oder nicht?«

Nachdem er die Fotos eine Weile betrachtet hatte, gab er zu, beide schon mal hier gesehen zu haben. Vielleicht vier- oder fünfmal. Aber Stammgäste seien das nicht gewesen. »Und wer von den Jungs ist nun ermordet worden?«

Sie überhörte seine Frage. »Und die beiden Herrn sind immer zu zweit gekommen und zu zweit gegangen?«

Die Geschäftsführer antworteten zeitgleich und – widersprüchlich. Haindl behauptete forsch: »Ja, immer!«, während Adler »Nein« sagte.

»Was jetzt? Ja oder nein?«

»Sascha, kannst du dich denn nicht erinnern? Einmal hatten die doch so einen hübschen Jungen dabei. Der war auffällig jünger als die beiden.«

»Wie alt, und wie sah der aus?«, fragte Paula und zog Stift und Notizblock aus der Handtasche.

Wieder war es Adler, der seinem Kompagnon zuvorkam und bereitwillig antwortete. »Höchstens fünfundzwanzig, allerhöchstens. Rundes Gesicht. Braunes Haar, das viel zu lang war. Auch sein Äußeres war ziemlich trashig.«

»Und das heißt konkret?«, wollte Paula wissen.

»Einfaches T-Shirt und speckige Jeans. Er machte einen ungepflegten, ziemlichen trashigen Eindruck eben. Aber er war bullig«, sagte Adler voller Respekt, »nicht übermäßig groß. Er hatte breite Schultern, überall Muskeln und kein Gramm Fett am Körper.«

»Vielleicht können Sie sich ja auch an seinen Namen erinnern?«

»Nein, natürlich können wir das nicht«, antwortete Haindl schnell. »Nicht bei unserer Laufkundschaft.«

Sie war sich im Zweifel, ob er die Wahrheit sprach. Möglich war es. Darum hakte sie nicht nach, sondern verabschiedete sich. Mit einem stummen, angedeuteten Kopfnicken.

Als sie die Fotos wieder in ihrer Jackentasche verstaut hatte, fragte Haindl noch: »Jetzt, nachdem Sie von uns alles erfahren haben, was Sie wissen wollten, wir mit Ihnen doch uneingeschränkt kooperiert haben, könnten Sie da nicht ein gutes Wort bei Ihren Kollegen vom Diebstahldezernat einlegen? Sie haben jetzt selbst gesehen, dass bei uns alles mit rechten Dingen zugeht. Und wie soll ich hier, wenn ich an der Bar stehe und die Getränke ausschenke, beobachten können, ob ein Gast einem anderen das Geld aus der Tasche —«

»Nein«, fiel sie ihm ins Wort, »das geht natürlich nicht. Anders könnte es aussehen, wenn Ihnen der Name dieses hübschen, ungepflegten, bulligen Laufkunden doch noch einfällt …«

Dann hatte sie es sehr eilig, nach draußen zu kommen. Nur weg von dieser Bar, die für sie zwischen Zufluchtsort und Kultstätte angesiedelt war. Und in der sie, wie man sie hatte spüren lassen, nichts verloren hatte.

Als Frau Brunner neben sie trat, hatte Paula Zigarettenschachtel und Feuerzeug bereits in der Hand und zündete sich hastig eine HB an. Es war ihr vollkommen egal, dass soeben ein Regenschauer über den ungeschützten Vorplatz des »Coming Out« herniederging. Und dass sie ihren Regenschirm wieder einmal daheim vergessen hatte.

»Das muss uns erst einmal einer nachmachen, Frau Brunner«, rief sie hochzufrieden aus, während sie schützend die hohle Hand über die glimmende Zigarette hielt, »bei einer Befragung mit derart verstockten Zeugen so cool zu bleiben, das Heft in der Hand zu behalten und gleichzeitig so viel zu erfahren.«

Nach einem tiefen Zug an der HB folgte der verbale Nachschlag, so triumphierend wie fröhlich. »Ha, dieser bullige Begleiter von Ernst und Uhlig, das ist unser drittes Gedeck. Das ist der Biertrinker, für den auch der Champagner reserviert war. Sobald ich aus Chemnitz wieder zurück bin, werde ich mir diesen Eberhard Ernst noch mal eingehend vornehmen. Denn wer so dreist lügt, hat doch etwas zu verbergen. Ich ahne auch schon, was das sein könnte.«

Noch immer sagte Eva Brunner zu alldem nichts. Was außergewöhnlich war. Und in Paula Steiners Augen suspekt. Darum fragte sie: »Was meinen Sie eigentlich zu alldem?«

»Möglich ist es, das schon. Es kann sich aber auch etwas ganz Harmloses dahinter verbergen.«

Etwas ganz Harmloses? Da war Paula anderer Ansicht. Und es ärgerte sie auch ein wenig, dass ihre Kollegin ihre Meinung, die doch auf der Hand lag, nicht teilte. Genauso wie es ihr sauer aufstieß, dass Eva Brunner diesen ihren grandiosen Ermittlungserfolg kleinzureden versuchte. »Und an was denken Sie dabei?«

»Dass das ja auch eine reine Zufallsbekanntschaft der beiden Männer sein könnte, eine von mehreren, die mit dem dritten Gedeck nicht das Geringste zu tun hat.«

Sicher, da hatte sie schon recht. Und trotzdem … sie blieb dabei. Das war ihre vielversprechendste Spur. Auch deswegen, weil es momentan ihre einzige Spur war.

Sie begleitete Eva Brunner trotz deren Widerrede – »Das braucht es doch nicht, Frau Steiner!« – zur U-Bahn-Station Lorenzkirche und machte sich dann auf den Heimweg. Mittlerweile hatte es auch aufgehört zu regnen, sodass sie bester Dinge war und den Spaziergang durch das nächtliche Nürnberg genoss.

Schön war das. Hier der weitläufige, fast menschenleere Hauptmarkt mit seinem alten Kopfsteinpflaster und dem generalsanierten Brunnen, der wie eine gotische goldene Kirchturmspitze den Platz überstrahlte; da der steile Burgberg mit seinen Kneipenbesuchern und dem herrlichen, einmaligen Panoramablick auf die Kaiserburg. Dass ihr exakt dieselben Örtlichkeiten noch vor wenigen Tagen summa summarum erbärmlich erschienen waren, war vergessen. Oder verdrängt.

Eine halbe Stunde später stand sie in ihrem Zufluchtsort und in ihrer Kultstätte, in ihrem Kellerabteil vor dem Weinregal, noch immer bester Laune. Genau die Stimmung für ein großes Wagnis. Für einen Öko-Wein.

Sie griff nach dem Sauvignon aus dem italienischen Weingut Montalbano, von dem ihr Paul schon vor Längerem sechs Flaschen geschenkt und die Gabe damals mit dem Hinweis überreicht hatte: »Den kannst du bedenkenlos trinken, da sind keine chemischen Rückstände drin, null. Ich möcht nämlich nicht wissen, was bei dem konventionellen Scheiß, den du sonst trinkst, alles an Chemie drin ist.«

Natürlich hatte sie sich bei ihm für dieses Danaergeschenk bedankt. Aber sehr maßvoll. Nicht so überschwänglich, dass sie demnächst wieder mit einer derartig unliebsamen Überraschung rechnen musste. Paula Steiner war nämlich alles andere als begeistert von Bio-Weinen. Für sie schmeckten die samt und sonders entweder fad oder sauer und im schlimmsten Fall beides. In der Hinsicht war sie eben, und das wusste sie auch, ein wenig altmodisch.

In ihrer Wohnung angekommen, schlüpfte sie aus den Schuhen, deponierte die Weinflasche auf dem Küchentisch, zog sich aus und stellte sich lange unter die heiße Dusche. Ausgerüstet mit Schlafanzug und Bademantel machte sie sich an die Vorbereitung des Abendessens.

Sie gab Öl und acht Nürnberger Bratwürste, die seit gestern im Kühlschrank lagen, in eine Pfanne, erhitzte diese und zog den Deckel von der Schale des Kartoffelsalats aus dem Supermarkt ab. Fertig.

Jetzt das Testtrinken. Sie hielt das Glas gegen die Küchenlampe, eine schöne goldgelbe Farbe hatte er ja, und nahm vorsichtig den ersten Schluck. Na ja. Dann der zweite, und zur Sicherheit noch ein dritter. Das genügte für ein ausgewogenes Urteil, das verheerend ausfiel: Dieser Italiener war eine Zumutung! Staubig, Fruchtkörper diffus bis nicht vorhanden, extrem kurzer Abgang. Da konnte sie ja gleich einen Almdudler trinken. Das hatte sie nicht verdient. Nicht nach diesem anstrengenden

Tag. Sie schüttete das fast noch volle Glas in die Spüle, schaltete den Ofen aus und ging erneut in den Keller.

Nach diesem Desaster musste es jetzt ein Wein sein, der über jeden Zweifel erhaben war. Nur keine Experimente mehr. Und so hatte sie, als sie die Stufen wieder hinaufstieg, einen trockenen Spätlese-Riesling im Bocksbeutel in der Hand, einen Randersackerer Marsberg vom Bürgerspital in Würzburg, ziemlich teuer, aber ohne Bedenken genießbar.

Nach dem Essen schnappte sie sich ihr Glas, schlurfte in das Wohnzimmer und ließ sich auf das Sofa fallen. Nach dem zweiten Glas war ihr Kopf frei, noch nüchtern genug, um scharf zu denken, aber mit eben jener Dosis Alkohol ausstaffiert, dass auch die Phantasie zu ihrem Recht kam.

Auf jeden Fall hatte sich heute eine wichtige Spur aufgetan. Doch war sie wirklich so vielversprechend, wovon sie noch vor der Lorenzkirche überzeugt gewesen war? Dann würde ja alles auf eine Beziehungstat hindeuten. Hatten Ernst und Uhlig mit diesem bulligen Typen eine Dreiecksbeziehung geführt, vielleicht eine nur vorübergehende? Das konnte sie sich nicht vorstellen. Nicht nach dem, wie Adler diesen Mann beschrieben hatte. Lange Haare, speckige Jeans, ungepflegt. Schwule achteten doch immer penibel auf ihr Äußeres. Sie hatte im »Coming Out« keinen einzigen Mann mit Haaren, die im Nacken aufsprangen, gesehen. Nur Kurzhaarschnitte. Und alle wie aus dem Ei gepellt.

Oder war das auch nur ein weiteres Vorurteil, wenn auch ein positives, dass Homosexuelle viel Wert auf ihre Kleidung legten, wie überhaupt auf ihr Äußeres? Und dann – warum sollte ein Heterosexueller zwei bekennende Schwule ausgerechnet in diese Schwulenbar begleiten?

Was war die Gemeinsamkeit, die diese drei Männer verband? Freundschaftliche Bande? Ja, das war durchaus möglich, warum eigentlich nicht? Familiäre Beziehungen? Das würde sie morgen Uhligs Bruder fragen. Oder berufliche Interessen? Vielleicht arbeitete dieser dritte Mann ja auch im Baureferat oder bei der HV Noris. Als Hausmeister, dazu würde Adlers Beschreibung passen. Und doch, das war für sie alles unwahrscheinlich. Sie war sich ganz sicher, dieses Trio hatte etwas gemein, was abseits der Legalität lag. Was das Licht der Öffentlichkeit scheute. Warum sonst hatte Ernst bei der Sache mit dem dritten Gedeck so geheimnisvoll und so entrüstet zugleich getan?

Steckten da die finanziellen Machenschaften dahinter, von denen Heinrich gesprochen hatte? Korruption, Bestechung, Absprachen, irgendetwas in der Richtung? Das wäre das Naheliegendste. Und auch das, was sie am einfachsten herausbekommen könnten. Denn Geld hinterließ immer eine Spur. Außerdem schaffte solche Art schmutziges Geld Abhängigkeiten, und sei es nur in Form von stillem Wohlwollen. Wenn da etwas in dieser Richtung war, Heinrich würde es finden. In dem Moment war sie froh, dass er diese undankbare Aufgabe an sich gerissen hatte, mit einer Ungeduld und rigiden Verbissenheit, die sonst gar nicht zu ihm passten.

Immerhin, zwei Spuren. Das dritte Gedeck und die beiden SZ-Kürzel. Woran ihre Phantasie aber scheiterte, und zwar auf ganzer Linie, war der an einer Mullbinde aufgeknüpfte Uhlig mit der Baseballkappe. Was hatte das zu bedeuten? Denn es musste etwas zu bedeuten haben. Hinter der Anstrengung, die es den Mörder gekostet hatte, und dem Risiko, das er damit eingegangen war, verbarg sich eine Botschaft. Eine Warnung? Aber wer sollte wovor gewarnt werden?

Nachdem das Glas leer war, stand sie auf und ging in die Küche. Dabei streifte ihr Blick zufällig die angestrahlte Burg. Schön. Beruhigend und irritierend schön zugleich. Minutenlang starrte sie aus dem Fenster. Dann endlich riss sie sich von der Aussicht los und stellte das Glas in die Spülmaschine.

Ja, das war eine Botschaft, da war sie sich jetzt sicher. Eine Botschaft, die als Lynchjustiz daherkam. Der an der Pergola baumelnde Uhlig war regelrecht exekutiert worden. Die Pergola als Galgen, Uhlig ein vermeintlicher Verbrecher, der diese Strafe verdient hatte, und der Mörder ein Henker, der in eigenem Auftrag handelte. Mühe und Risiko hatte der Täter nur deswegen auf sich genommen, um ein Fanal zu setzen. Hier, schaut alle her, dieser Mann hat schwere Schuld auf sich geladen, und dafür musste er sühnen. Mit seinem Tod habe ich, sein Henker, die Gerechtigkeit wiederhergestellt. Die Welt ist wieder im Gleichgewicht.

Was aber hatte der Gehenkte in den Augen des Täters verbrochen? Es musste etwas Schwerwiegendes sein, die Sonderzahlungen von ein paar läppischen Hundert Euro schieden damit aus. Blieb nur mehr die verletzte Ehre. Also doch eine Beziehungstat?

Sie schaltete die Küchenlampe aus und ging zu Bett. Doch den erhofften Schlaf fand sie lange nicht. Wenn schon alles auf einen Beziehungsmord hindeutete, sollte sie da nicht besser auf die Fahrt morgen nach Chemnitz verzichten und stattdessen Eberhard Ernst gleich in der Früh vorladen lassen? Was auch ginge, wäre, sie würde allein nach Chemnitz fahren und Frau Brunner mit der Vernehmung beauftragen. Oder umgekehrt, sie selbst nähme sich Ernst vor, und Frau Brunner …

Nein, zog sie schließlich den Schlussstrich, sie würde das genau so durchziehen wie geplant. Dieser Ernst lief ihnen schließlich ja nicht davon. Da endlich fand sie den ersehnten Schlaf.

SIEBEN

Am nächsten Morgen um neun Uhr, Paula Steiner hatte daheim ausgiebig gefrühstückt und fühlte sich nach einem strammen Spaziergang zum Jakobsplatz erfrischt, rief sie Heinrich auf dem Handy an. Ohne Erfolg.

»Wissen Sie, Frau Brunner, ob Heinrich schon bei der HV Noris ist? Ich kann ihn nämlich auf seinem Handy nicht erreichen.«

»Der war schon weg, als ich gekommen bin. Aber hier ist eine Nachricht von ihm«, sagte Eva Brunner und reichte ihr einen handbeschriebenen Zettel.

»Freitag, 6.58 Uhr: Gehe jetzt. Wir sind zu 4t. Dir und der Eva eine gute Fahrt, Gruß Heinrich. PS: Plus einen wunderschönen Tag im schönen Sachsen!«

»Haben Sie seine Notiz gelesen?«

»Ja«, sagte Eva Brunner. »Einen wunderschönen Tag im schönen Sachsen‹ – so ein Krampf! Ganz normal tickt der auch nicht mehr.«

»Warum?«, fragte Paula erstaunt nach. »Wir können doch das Angenehme mit dem Nützlichen verbinden und es uns dort auch mal gutgehen lassen. Ich finde das von Heinrich richtig nett.«

»Pah, gutgehen lassen«, wiederholte Brunner verächtlich. »Mich halten dort keine zehn Pferde länger als notwendig, in diesem Neonaziland.«

»Aha. Neonazis gibt es auch bei uns, und das nicht zu knapp. Das wissen Sie aber schon.«

»Aber nicht so viele wie in den neuen Bundesländern. Die sind da der absolute Spitzenreiter.«

»Da muss ich Sie leider korrigieren. Ich habe erst vor Kurzem gelesen, dass es deutschlandweit zahlenmäßig die meisten Nazis in Sachsen und in«, betonte Paula, »Bayern gibt. Wenn Sie möchten, suche ich Ihnen das Schreiben von … ich weiß nicht mehr, von wem, ich glaube, das war das Statistische Bundesamt, ist ja auch egal … Auf jeden Fall suche ich Ihnen diese Info gerne heraus, wenn Sie möchten.«

»Das braucht es nicht. Dieses Rundschreiben habe ich auch gelesen.«

»Und?«

»Man weiß doch, wie solche Daten aufbereitet beziehungsweise verfälscht werden, bloß damit sie in ein vorgefertigtes Schema passen.«

Bevor Paula konterte, fiel ihr ein, gerade noch rechtzeitig, dass sie ja mit Frau Brunner heute viele Stunden verbringen würde, und das auf ganz kurzer körperlicher Distanz. Da wollte sie nicht schon vor Beginn der Fahrt auf Konfrontationskurs gehen. Also schwieg sie.

In diesem Moment bedauerte sie, dass Heinrich bei diesem Ausflug in den Osten nicht dabei war. Mit ihm wäre das ein Vergnügen gewesen, mit Eva Brunner samt ihrer in Beton gegossenen Anschauung würde es das fade Abarbeiten einer Pflicht werden.

Zehn Uhr dreißig. Paula hatte alles erledigt, was zu erledigen war. Jetzt war ihr langweilig. Heinrich fehlte ihr – und sein Vermögen, auch Routinearbeiten etwas Erfreuliches abzugewinnen.

»Wegen mir«, sagte sie, »können wir jetzt schon starten. Und wie schaut es bei Ihnen aus?«

»Gut. Gut schaut es aus. Wegen mir hätten wir übrigens schon vor einer Stunde fahren können«, lautete die ein wenig schnippische Antwort.

Bevor sie das Büro gemeinsam verließen, legte Eva Brunner noch ihr Holster um und holte sich ihre Heckler & Koch aus dem Waffenschrank. Und dabei ließ sie sich viel Zeit. Paula sagte nichts dazu.

Kaum hatten sie sich beim Autobahnkreuz Nürnberg auf die A 9 eingefädelt, fing es zu schneien an. Von einer Minute auf die andere hatte sich der Himmel in ein finsteres Einheitsgrau verwandelt. Es war schlagartig so dunkel geworden, dass alle Autofahrer vom Gas gingen, auch die auf der linken Spur, die es vorhin noch so eilig gehabt hatten.

Paula fluchte, und das, obwohl sie auf dem Beifahrersitz saß. Sie hatte Frau Brunner das Steuer überlassen, weil sie wusste, dass diese gern Auto fuhr. Ab Hof würde sie dann fahren, hatte sie noch hinzugefügt. Dichte Flocken legten sich auf die Karosserien, die Seitenstreifen, die Bäume, Auen und die Höhen der Fränkischen Alb.

Vor der Steigung am Hienberg ging es noch mal einen Gang herunter. Das Schneetreiben war stärker geworden. Von den Bergen des Veldensteiner Forsts war nichts zu sehen. Das jungfräuliche Weiß des Schnees zusammen mit dem Grau dieses Freitagvormittags hatte das gefällige Auf und Ab in ein Niemandsland, in eine menschenleere Ödnis verwandelt. Beim Überholen sah Paula in erschrockene, angestrengte Gesichter. Die Angst vor dem, was noch vor einem lag, war mit Händen greifbar. Genauso wie die Erleichterung über jeden unfallfrei hinter sich gebrachten Kilometer. Jetzt nur keinen Fehler machen.

»Möchten Sie jetzt die Ergebnisse meiner Recherchen im Wastl hören, Frau Steiner?«, fragte Eva Brunner.

Bevor Paula ihre Zustimmung signalisieren konnte, hatte ihre Mitarbeiterin auch schon losgelegt. Es folgte ein viertelstündiger Monolog mit sehr vielen Konjunktiven und noch mehr medizinischen Fachbegriffen. Inhaltlich kaprizierte sich das Referat auf die Aussage, dass ein »Heimbewohner in dieser Nacht eine Person, eventuell einen Mann, es kann aber auch genauso gut eine Frau gewesen sein, beobachtet hat, die auf diesen Hügel zuging; es ist zumindest nicht ausgeschlossen«.

»Und wie hat dieser Mann oder die Frau ausgesehen, die Ihr Zeuge beobachtet haben will?«, fragte Paula.

»Na, so genau konnte der sich daran nicht erinnern. Wie denn auch?«, lautete die erstaunlich selbstbewusste Antwort. »Sie müssen ja bedenken, der ist fortgeschritten dement. Da kann man doch nicht erwarten, dass –«

»Eben, eben, Frau Brunner«, fiel Paula ihr grimmig ins Wort. »Insofern ist diese Aussage für uns wertlos, vollkommen wertlos. Das sehen Sie doch ein, oder? Diese Recherche war so nötig wie ein Kropf.«

Eva Brunner hatte den Mund schon zum Widerspruch aufgeklappt, da kam ihr Paula Steiner erneut zuvor. »Und ich will zu dieser ganzen Angelegenheit auch nichts mehr hören, kein einziges Wort.«

Als sie an Bayreuth vorbeifuhren, war es bereits zwölf Uhr dreißig. Eine weitere Stunde brauchten sie, bis sie beim Dreieck Vogtland endlich auf die A 72 wechseln konnten. Paula bat Eva Brunner, beim nächsten Parkplatz rauszufahren. Keine Reaktion von der Fahrerseite. Sie wiederholte ihre Bitte. Erst höflich, schließlich, nachdem auch die sanfte Erinnerung nicht fruchtete, ziemlich ungehalten.

»Ach, die Parkplätze bisher haben alle sehr schäbig und verwahrlost ausgesehen. Da wollte ich nicht halten.«

»Frau Brunner, wir werden hier kein Picknick veranstalten, wir machen lediglich einen Fahrerwechsel.«

»Jetzt bin ich aber gerade so schön drin im Fahren, da fände ich es –«

»So, da vorne in fünfzehnhundert Metern ist ein Parkplatz. Und den nehmen wir, egal, ob man sich dort wohlfühlen kann oder nicht.«

Frau Brunner hatte ja recht: Auch diese Raststätte war ungepflegt, baumlos und ohne Sanitäranlagen. Sie verströmte den Charme eines jener militärischen Sperrgebiete entlang der einstigen deutsch-deutschen Grenze, die jetzt für den Fremdenverkehr freigegeben waren. Sogar ein Maschendrahtzaun war da.

Paula Steiner ging um den Wagen, setzte sich, justierte Sitz und Rückspiegel. Dann wartete sie. Endlich nahm auch Eva Brunner auf der Beifahrerseite Platz, legte den Gurt an und verschränkte die Arme vor der Brust. Dabei sah sie stur nach vorn. So viel stummer Unmut über einen so langen Zeitraum war bei ihrer Mitarbeiterin neu.

Erst wollte Paula nach den Gründen dieser Oppositionshaltung fragen, ließ es dann aber bleiben. Aus Furcht, das Klima im Wageninnern noch weiter zu vergiften. Glaubte Frau Brunner wegen ihres Sondereinsatzes gestern Abend, sie hätte jetzt etwas gut bei ihr? Meinte sie gar, ihr stünde das Recht zu, auf sie herabzusehen, sie wegen ihrer allzu offensichtlichen Angst vor der Befragung im »Coming Out« geringzuschätzen? Sprach Hochmut aus dieser Verweigerungshaltung? Oder Ärger wegen der Sache vorhin mit dem Wastl? Oder gar beides?

Als sie bei Chemnitz-Süd die Autobahn verließen, hatten die beiden Kommissarinnen seit dem Parkplatz kein Wort miteinander gewechselt. Eine angestrengte, belastende Stille herrschte im Wagen.

Sie waren ein paar hundert Meter auf der Neefestraße entlanggefahren, da schrie Eva Brunner: »Da, da schauen Sie!« Kurz darauf fügte sie noch hinzu, leise: »Genau so hab ich mir das vorgestellt, genau so.«

Paula war bei dem erregten Ausruf ihrer Kollegin automatisch auf die Bremse getreten, scharf auf die Bremse getreten. Hinter ihr hupte ein BMW-Fahrer aufgeregt. Sie schaltete die Warnblinkanlage ein, zog den Zündschlüssel ab und sah nach rechts, wohin Eva Brunner mit dem Zeigefinger deutete, konnte aber nichts Auffälliges entdecken. »Was ist denn da?«

»Ja, sehen Sie denn nicht diesen Mann mit dem Button im linken Ohr?«

»Ich sehe keinen Mann, nur einen Milchbubi mit einem mehr als mickerigen Oberlippenflaum. Und was soll mit dem sein?«

»Das ist einer von diesen Neonazis. Die marschieren hier umeinander, als wäre es das Normalste von der Welt. Und kein Mensch regt sich auf oder sagt was. Also wirklich, das ist doch die Höhe!«, stöhnte Eva Brunner auf.

»Woher wissen Sie denn, dass das ein Nazi ist?«

»Wegen des Ohrclips. Der ist doch in den Farben Schwarz-Weiß-Rot. Nachdem solche eindeutigen Symbole wie Hakenkreuz und Hitlergruß verboten sind, greift man in diesen Kreisen jetzt halt auf unverfänglichere Symbole zurück. Wie zum Beispiel auf diese Farbenkombination in einem Ohrclip. Wussten Sie das nicht?«

»Dass die bei ihren Aufmärschen Fahnen in diesen Farben tragen, das ist mir bekannt. Aber als Ohrclip? Sind Sie sich da sicher?«

Eine Frage, der für Eva Brunner zu viel Skepsis beigemischt war. »Freilich. Das stimmt. Hundertprozentig. Schauen Sie nur, wie frech der uns angrinst. Ich glaub, ich mach jetzt mal eine präventive Personenkontrolle. Dann wird dem das Grinsen schon vergehen.«

Sie löste den Gurt und hatte bereits den Griff in der Hand, als sie von Paula zurückgepfiffen wurde. »Halt. Das lassen Sie schön bleiben. Sie tragen keine Uniform. Und wenn das einer von diesen ist, die Sie meinen, dann kennt sich der in seinen Rechten sehr gut aus. Dann wird Ihr Polizeiausweis nicht genügen. Und dann wird er noch mehr grinsen.« Sie startete den Wagen und gab Gas.

Es dauerte nicht lange, dann standen sie vor dem Haus, in dem Uhligs Bruder wohnte. Ein hübscher viergeschossiger sanierter Altbau aus den zwanziger Jahren, zwei Bäume davor, ausgebautes Dach.

Als sie zum Eingang liefen, fragte Eva Brunner: »Und wenn Uhlig auch einer von diesen ist? Was ist dann?«

Paula Steiner musste nicht nachfragen, wer mit den ominösen »diesen« gemeint war. »Ich glaube, da kann ich Sie beruhigen. So wie der sich am Telefon benommen hat, ist der alles Mögliche, aber mit Sicherheit keiner von diesen.«

Kurz nachdem Paula bei »S. Uhlig« geklingelt hatte, sprang die Haustür auf. Anscheinend wurden sie schon erwartet. Sie stiegen in den dritten Stock hoch. Dort schauten sie in das strukturierte Gesicht eines Intellektuellen. Müde sah es aus, dieses schöne Gesicht, faltig und verbraucht. Bis auf das schmale Gesicht und den spärlichen Haarkranz glich er auch sonst seinem Bruder wenig. Mit einem Lächeln bat Stefan Uhlig sie in das heimelige Wohnzimmer.

Die Holzdielen knarrten, ein uralter grüner Kachelofen strahlte mehr Behaglichkeit als Wärme aus, und zwischen den zwei Sprossenfenstern stand ein mächtiges Bücherregal, bis unter die Decke gefüllt mit Gesamtausgaben der Klassiker und ziemlich zerlesenen Taschenbüchern. Eine alte Standuhr aus der Gründerzeit, eine schwere Truhe. Der lange Couchtisch war schon eingedeckt, mit einer weißen Tischdecke aus Damast, einer dicken Kerze und Meißner Porzellan: weiß-blau und bauchig geschwungen.

Jetzt erschien auch Frau Uhlig, sehr schlank, sehr elegant mit ihrem schwarzen Etuikleid und sehr blond, und begrüßte ihre Gäste, anfangs etwas zögernd, etwas misstrauisch. Doch das legte sich rasch. Sie zündete die Kerze an und verschwand dann wieder, »um uns erst mal eine gute Tasse Kaffee zu kochen«.

Paula hätte es als unschicklich empfunden, schon jetzt mit der Befragung zu beginnen. Also zeigte sie Interesse und Bewunderung für die Antiquitäten – und freute sich insgeheim auf die Kaffeetafel. Ganz anders Eva Brunner. Diese stand verloren mitten im Raum, starr und schweigsam.

Als Frau Uhlig den duftenden Kaffee ausschenkte und Marmorkuchen und Eierschecke auf den Tellern verteilte – »Die Eierschecke müssen Sie probieren, das gibt es doch nicht bei Ihnen in Franken, oder?« –, nahmen die beiden Kommissarinnen auf einem müden Sofa Platz. Und wieder geizte Paula Steiner nicht mit Lob für den »Eins-a-Kaffee« und den »wirklich ausgezeichneten Kuchen«. Zwei Anerkennungen, die ehrlich gemeint waren.

Nachdem das Service abgeräumt war, zog Eva Brunner ihren Notizblock aus der Tasche und sah auffordernd zu ihrer Chefin. Doch bevor diese mit den Fragen einsetzen konnte, wurde sie ihrerseits von Stefan Uhlig nach den »eigentlichen Umständen von Torstens Tod« gefragt. Was könne sie ihm denn darüber berichten? Wie sei das nun genau gewesen?

Paula erzählte ihm alles, was sie wusste. Von Herrn Mausner, der Pergola, der Mullbinde, der Baseballkappe, den Würgemalen am Hals und den Geweberesten unter den Fingernägeln, den Spuren an dem Barocksekretär. Sie schloss mit den Worten: »Einen natürlichen Tod können wir damit ausschließen.«

Uhlig reagierte, wie sie befürchtet hatte – gar nicht. Er sah sie nur mit traurigen Augen an und schwieg. Hinter seinen Lidern stachen Tränen hervor. Er blinzelte, um sie zurückzuhalten.

Frau Uhlig aber fragte: »Haben Sie denn schon eine Spur, Frau Steiner? Also irgendetwas, was auf den Mörder Torstens deutet?«

»Ja, sogar mehrere, die wir natürlich jetzt eine nach der anderen abarbeiten werden. Insofern ist es für uns notwendig, mehr über Ihren Bruder beziehungsweise Schwager zu erfahren. Vor allem über seine Vergangenheit. Warum ist er eigentlich nach Bayern gezogen? Die Ausbildung als Immobilienkaufmann hat er ja noch in Chemnitz absolviert. Hat er hier denn keine Möglichkeiten gesehen, sich beruflich zu verwirklichen oder weiterzuentwickeln?«

Nach einer längeren kontemplativen Pause antwortete Uhlig schließlich, bedächtig und langsam. »Das auch, ja. Für Torsten war das Geld schon immer wichtig. Sehr wichtig. Mehr als die berufliche Selbstverwirklichung. Ich bin da anders. Bei mir ist es umgekehrt. Ich brauche eine Beschäftigung, die mir Spaß macht, zumindest manchmal. Einmal habe ich ihn gefragt, warum er sein Leben so ganz und gar nach dem Verdienst ausrichtet. Das Risiko, der Umzug, das neue Umfeld, er hat ja alles dafür aufgegeben. Sämtliche Freundschaften und zu einem großen Teil auch uns, seine Familie.« Er verstummte. Wieder dieses tränennasse, angestrengte Blinzeln.

»Und wissen Sie, was er geantwortet hat? ›Es gibt einfach zu viele schöne Dinge, an die du nur mit Geld rankommst.‹ In der Hinsicht war er wirklich ein Getriebener. Dieser Wille, finanziell ganz oben mitzuspielen, hat ihn angefeuert wie ein …«, nach längerer Suche fand Uhlig das passende Wort, »wie ein innerer Vulkan. Eine Art leidenschaftlicher Ehrgeiz, den er über Jahre gepflegt hat und in dem er hier – auch nach der Wende – immer wieder enttäuscht worden ist. Entwicklungsmöglichkeiten in dieser Hinsicht hat er im Osten eben nicht gesehen.«

Uhligs Erklärung mitsamt der darin versteckten moralischen Rechtfertigung für die Geldgier seines Bruders nahm Paula bewusst als einen jener seltenen Momente wahr, die sie noch mitten im Geschehen als bedeutsam erkannte. Diese Unersättlichkeit Torsten Uhligs spielte bei ihrem Fall, davon war sie überzeugt, eine entscheidende Rolle.

»Letztendlich ist er ja für sein Risiko belohnt worden«, sagte sie. »Er hat bei der HV Noris sehr anständig verdient, wie wir erfahren haben. Und sich damit das leisten können, was ihm anscheinend so wichtig war – den teuren Audi, die Reisen in ferne Länder und die Wohnung mit diesem einmaligen Ausblick. Sie haben ihn sicher in Nürnberg öfters besucht?«

»Öfters nun nicht gerade, aber immerhin dreimal waren wir dort.« Die Enttäuschung war ihm anzuhören. »Immer wenn der Christmarkt, Sie nennen das Christkindlesmarkt, nicht wahr?, in Nürnberg war, also in der Adventszeit.«

Dreimal in sechzehn Jahren? Das klang selbst für Paula, deren Kontaktquote mit ihrem Bruder noch dürftiger ausfiel, sehr wenig. »Und umgekehrt? Ist er denn ab und an nach Chemnitz gekommen und hat Sie besucht?«

»Kein einziges Mal.« In der Enttäuschung schwang nun auch eine Prise Bitterkeit mit.

»Darf ich Sie fragen, warum nicht? Waren Sie zerstritten? Vielleicht haben Sie es ihm ja übel genommen, dass er seine Familie, sprich Sie verlassen hat? Das wäre nachvollziehbar.«

»Nein«, antwortete Uhlig, »das war es nicht. Im Gegenteil. Wir hätten uns sehr gefreut, wenn er gekommen wäre. Meine Frau genauso wie ich. Er war immer willkommen bei uns. Und das ist nicht einfach so dahergesagt. Aber er wollte nicht. Er wollte einfach nicht mehr zurück in seine Heimat. Mit dem Thema Chemnitz sei er endgültig durch, sagte er. Ja, so hat er sich ausgedrückt. Er fühlte sich massiv benachteiligt im Leben. Und den Traum vom großen Glück glaubte er eben nur im Westen verwirklichen zu können.«

Gedankenvolle Pause. »Und ein wenig kann ich ihn sogar verstehen. Wissen Sie, er hatte es hier nicht leicht. Das fing schon in der Jugend an. Sie werden sich sicher denken können, warum.«

Ja, konnte sie. Aber sie wollte es von ihm hören. »Warum denn?«, fragte sie etwas scheinheilig.

Uhlig räusperte sich kurz, dann antwortete er. »In erster Linie wegen seiner Homosexualität. Schon zu DDR-Zeiten wurde

Torsten viel gehänselt deswegen. Da hat er viel einstecken müssen, in der Schule, von den Bekannten, auch von den Nachbarn. Man sollte es nicht meinen, aber für die DDR, die sich so viel zugutehielt auf ihre Liberalität eben in dieser Hinsicht, war das eine Abweichung von der Norm, die zwar geduldet, aber nicht gebilligt wurde. Akzeptiert wurden Homosexuelle weder vom Staat noch von der Gesellschaft. Wer sich geoutet hat, musste Benachteiligungen erfahren, versteckt, nicht offen. Auch deswegen hat Torsten seine Homosexualität nie öffentlich gemacht.«

»Und nach der Wende, denke ich, sah es auch nicht viel besser für Ihren Bruder aus, oder?«

»Doch, zumindest kurz nach dem Mauerfall«, widersprach Uhlig. »Da hatte Torsten dann auch sein Coming-out. Aber dann kam der ganze braune Mob peu à peu aus seinen Löchern, gerade hier in Sachsen, und hat den Schwulen das Leben schwer gemacht. Homosexuelle gehören noch immer zum beliebtesten Feindbild von Neonazis.«

Paula merkte, wie ein Ruck durch Eva Brunner ging. Bevor diese ihr ins Wort fallen konnte, fragte sie rasch: »Wie hat sich das bei Ihrem Bruder bemerkbar gemacht?«

»Durch Pöbeleien auf offener Straße. Zudem hat Torsten etliche anonyme Anrufe bekommen, wo ihm Gewalt angedroht wurde. Immer wieder. Das müssen immer dieselben Leute gewesen sein.«

Jetzt aber war es so weit – Frau Brunner preschte mit einer Frage vor. »Vielleicht hat er ja einen von diesen Anrufern identifizieren können, Herr Uhlig? Das wäre für uns immens wichtig.«

Doch ihr Gastgeber schüttelte verneinend und bedauernd den Kopf. »Nein, zumindest hat er mir gegenüber nie etwas in der Richtung erwähnt.«

»Ach, das ist aber schade. Wirklich schade. Aber einen Verdacht wird er doch gehabt haben?«

Wieder dieses bedauernde Kopfschütteln. »Mag sein. Mir hat er nichts davon erzählt. Dir auch nicht, Erika?«

Ohne ihre Antwort abzuwarten, sprach Uhlig weiter. Und es war ihm anzumerken, wie schwer ihm das fiel.

»Silvester 1999 hat Torsten mit uns verbracht, hier in der Ulmenstraße. Es war schon weit nach Mitternacht, da lungerten unten vor dem Haus immer noch ein paar junge Männer herum. Torsten sagte damals, er würde gern heute bei uns übernachten. Mir war das recht, aber es kam überraschend. Sonst ist er nämlich immer, egal, wie spät es geworden ist, heimgefahren beziehungsweise meistens heimgegangen. Er hatte es ja nicht weit, er wohnte damals noch in der Theodor-Lessing-Straße, also auch am Kaßberg.«

Während Uhlig noch nach den Worten suchte, um diese Geschichte zu einem dramaturgisch befriedigenden Ende zu bringen, nutzte seine Frau diese gedankenvolle Pause.

»Torsten hat mir dann erzählt, die jungen Männer da unten würden auf ihn warten. Und einer von ihnen hatte ihm, als er um Mitternacht kurz nach unten ging, gedroht, er werde ihm auf dem Heimweg den Hals durchschneiden. Ich wollte ja damals die Polizei rufen, aber Torsten hat gesagt, ach lass mal. Das bringe doch auch nichts. Bis die Polizei komme, seien die alle auf und davon. Außerdem seien die alle sturzbetrunken, und er würde das heute an diesem Tag nicht so eng sehen.«

»Das heißt, Sie haben nichts unternommen?«, fragte Eva Brunner mit einem deutlichen Tadel in der Stimme. »Sie haben nicht einmal Strafanzeige gegen unbekannt gestellt?«

»Ich?«, lautete Frau Uhligs pikierte Gegenfrage. »Ich war ja nicht die Betroffene. Was hätte ich denn unternehmen sollen? Das hätte schon Torsten machen müssen. Mir waren da die Hände gebunden.«

Doch so schnell gab Eva Brunner nicht auf. »Aber bei so einer Silvester-Party auf der Straße stehen doch fast immer nur Leute vom Viertel zusammen. Wenn Sie die vier Männer schon nicht gekannt haben, vielleicht haben Sie ja eine Ahnung, mit welchem Ihrer Nachbarn die gefeiert haben, hm?«

Frau Uhlig sah die Kommissarin lange an, dann sagte sie zu ihrem Mann: »Stefan, du möchtest doch sicher jetzt eine qualmen. Ich hole uns mal einen Aschenbecher. Und Wasser und Gläser. Wenn Sie mir da bitte behilflich sein könnten, Frau Brunner?«

Nachdem die beiden in der Küche verschwunden waren, fragte Paula: »Bei unserem ersten Telefonat sprachen Sie von seltsamen Anrufen, die Sie hin und wieder bekommen. Gehe ich recht in der Annahme, dass diese weniger Ihnen galten als vielmehr Ihrem Bruder?«

»Ja, das ist richtig. Man will uns, denke ich, damit Angst einjagen. Torsten bekam solche Anrufe nicht, ich hab ihn mal danach gefragt. Aber von ihm haben sie ja auch keine Adresse und keine Telefonnummer. Da halten sie sich, feige wie sie sind, an uns.«

»Wie reagieren Sie in solchen Fällen?«

»Früher habe ich wortlos aufgelegt«, antwortete Uhlig. »Aber seit ein paar Monaten sage ich nur: ›Reden Sie nur weiter. Das kommt uns sehr gelegen. Die Polizei hört mit, mein Telefon wird nämlich rund um die Uhr überwacht.‹ Seitdem ist es weniger geworden, wesentlich weniger.«

»Aber es beunruhigte Sie nicht so sehr, dass Sie sich deswegen Sorgen um Ihren Bruder gemacht haben? Sie haben das nicht ernst genommen?«

»Nein«, winkte Uhlig mit einem bitteren Lächeln ab, »das nicht. Das waren Versuche, uns ins Bockshorn zu jagen, uns«, betonte er das Pronomen, »zu schikanieren, meine Frau und mich. Mehr nicht.«

Paula wunderte sich, dass er das dermaßen auf die leichte Schulter nahm. Aber vielleicht gewöhnte man sich ja an solche Übergriffe aus dem Hinterhalt, wenn man oft genug damit konfrontiert worden war? Seine legere Haltung dazu legte diese Vermutung nahe.

Da Frau Uhlig und Frau Brunner noch auf sich warten ließen, fragte Paula, weniger aus Interesse als vielmehr, um die bedrückende Stille in dem Raum zu übertönen: »Im Jahr 2000 ist Ihr Bruder nach Nürnberg gezogen. Da hatte er schon die Einstellungszusage von der HV Noris, oder?«

»Nein. Er hat ja Chemnitz Knall auf Fall verlassen. Gar nichts hatte er, keine Arbeit, keine Wohnung, lediglich das Angebot eines entfernten Bekannten, er könne bei ihm die ersten Wochen übernachten. Erst ein halbes Jahr später fing er dann bei dieser Immobilienverwaltung an.«

»Ach. Dann hat er dieses halbe Jahr wohl mit seinen Ersparnissen überbrückt?«

»Nicht mit seinen«, korrigierte Uhlig sie lächelnd, »mit unseren Ersparnissen. Ich habe ihm damals fünfzehntausend Euro für den Anfang gegeben.«

Jetzt aber war ihr Interesse geweckt. »Die er aber sicher schon im ersten Jahr zurückbezahlt hat?«

»Nein. Ich habe auch nicht darauf gedrungen. Wie gesagt, Geld bedeutet mir nicht sehr viel. Und Torsten brauchte das Geld dringend, um sich in Nürnberg eine neue Existenz aufzubauen.«

Im Hinblick auf die Vermögensverhältnisse des Opfers kam Paula das dreist vor. Schäbig. Und – wohlvertraut aus ihrer eigenen Familie. Dann war Torsten Uhlig also derselbe Schmarotzer gewesen wie ihr Bruder. Sie schüttelte verständnislos den Kopf, sagte aber nichts.

Stefan Uhlig schien ihre Gedanken lesen zu können. »Nicht, dass Sie meinen, Frau Steiner, ich sei ein Krösus, der es üppig hat. Das nicht. Meine Frau arbeitet als Straßenbahnfahrerin, ich selbst bin Museumswärter im Gunzenhauser. Aber Torsten gehört zur Familie, gehörte zur Familie, da ist das etwas anderes. Da muss man in guten und schlechten Zeiten zueinanderstehen, denke ich. Man muss sich auf den anderen verlassen können, ihm vertrauen. Bedingungslos. Er hätte mir die fünfzehntausend Euro sicher zurückbezahlt, falls es ihm möglich gewesen wäre.«

Ob ihr Gegenüber immer noch so sympathisch vertrauensselig, aber im Grund doch bodenlos naiv denken würde, wenn er das Erbe antrat? Wenn er sah, wie viel Aktienpakete, Investmentfonds und Gold sein Bruder in den vergangenen Jahren zusammengerafft hatte? Denn dass Stefan Uhlig der Alleinerbe sein würde, das stand für Paula außer Zweifel.

Apropos Erbe. »Nur zur Vollständigkeit unserer Akten: Haben Sie oder Ihr Bruder irgendwann mal ein größeres Erbe angetreten? Vielleicht von Ihren leider schon verstorbenen Eltern?«

»Nein«, lachte Stefan Uhlig belustigt auf, »da war nichts, gar nichts. Weder von unseren Eltern noch von anderer Seite.« Nach einem abermaligen kleinen Lacher dann die ernste Frage: »Frau Steiner, wie schaut es denn jetzt mit Torstens Beerdigung aus? Kann ich das schon in die Wege leiten, oder muss ich damit noch warten?«

»Da muss ich Sie tatsächlich noch um etwas Geduld bitten. Dr. Müdsam von der Gerichtsmedizin oder ich geben Ihnen rechtzeitig Bescheid, sobald es so weit ist.«

Sie hatte den Satz noch nicht zu Ende gesprochen, da kehrten Frau Uhlig und Eva Brunner zurück. Frau Uhlig verteilte die Gläser auf dem Tisch und schenkte Mineralwasser ein. Herr Uhlig zündete sich genüsslich eine Zigarette an, Paula tat es ihm gleich, und Frau Brunner stellte ein stummes und hochzufriedenes Lächeln zur Schau. Was in dieser Kombination nur selten auftrat. Wahrscheinlich wird sie in der Küche ihrer Gastgeberin den einen oder anderen Namen entlockt haben, dachte Paula.

Eine Viertelstunde später brachen die beiden Kommissarinnen auf. Paula Steiner bedankte sich bei ihren Gastgebern »für die freundliche Aufnahme und auch für die gute Bewirtung, vor allem für die exquisite Eierschecke«.

Frau Uhlig bestand darauf, dass sie drei extragroße Kuchenstücke davon mitnahm. Halbherzig protestierte Paula gegen diese Aufmerksamkeit, hatte aber gottlob keine Chance gegen Frau Uhlig. »Ich freu mich doch, wenn mein Kuchen unseren Gästen schmeckt. Das dürfen Sie mir nicht abschlagen. Sie haben doch noch einen so weiten Weg zurück.«

Als sie vor das Haus traten, hatte es aufgehört zu schneien. Es dämmerte bereits, und die Luft schmeckte nach Staub. Es war kaum Verkehr auf den Straßen, sie kamen zügig aus der Stadt heraus.

Noch bevor Paula auf die A 72 fuhr, sagte sie: »Falls Sie dieser Silvester-Geschichte nachgehen wollen, müssen Sie mit den Chemnitzer Behörden zusammenarbeiten. Das geht nicht ohne Verbindungsmann. Aber das wissen Sie ja selbst. Oder?«

»Freilich.«

Immer wenn Eva Brunner so kurz angebunden antwortete, war Vorsicht geboten. »Hat Ihnen denn Frau Uhlig jetzt was sagen können, hat sie Ihnen einen oder gar mehrere Namen genannt?«

»Freilich.«

Sie waren kaum fünfzig Kilometer gefahren, da durchfuhr Paula ein so stechender höllischer Schmerz im linken Ohr, dass sie unvermittelt laut aufschrie. Sie schaltete die Warnblinkanlage ein und fuhr auf den Standstreifen. Das Stechen blieb, wenn auch ein wenig abgemildert.

»Was ist denn los, Frau Steiner?«

»Ich habe Ohrenschmerzen. Mit einem Schlag waren die da. Mensch, tut das weh! Ich fürchte, ich kann nicht mehr fahren, es geht einfach nicht.«

»Das ist doch kein Problem. Dann fahr ich halt. Oder soll ich Sie in Plauen, das wäre die nächste große Stadt, zu einem HNO-Arzt bringen? Sie müssen es mir nur sagen, was Ihnen lieber ist.«

»Nein, kein Arzt«, protestierte sie. »Das ist von selber gekommen, das vergeht auch von selbst wieder.«

Sie wechselten die Plätze. »Gut, wenn Sie das so möchten, Frau Steiner, dann fahre ich jetzt heim. Aber Sie müssen mir in die Hand versprechen, dass Sie sich die nächsten Tage richtig auskurieren.«

Die restliche Strecke versuchte Paula, sich auf die Landschaft zu konzentrieren, sich die vorbeifliegenden Wälder, Wiesen und Ortschaften einzuprägen, um sich von dem hämmernden Schmerz abzulenken. Es klappte nicht besonders gut: Das Land jenseits der Autofenster war für sie nicht mehr als immer dasselbe verwischte unansehnliche Braun und Grün mit irgendeinem mehr oder weniger hügeligen Hintergrund.

Kurz nach zwanzig Uhr erreichten sie den Vestnertorgraben. Mit einem besorgten Blick ließ Eva Brunner sie aussteigen. »Geht es, oder soll ich Sie nach oben begleiten?«

»Nein, das geht. Danke. Sie müssen mir aber auch etwas versprechen: Nehmen Sie den Wagen mit nach Hause, sparen Sie sich den Umweg über das Präsidium.«

Dann ging sie nach oben. Heute ohne Abstecher in den Keller. Ohne Abendessen. Ohne Dusche. Nur eine Zigarette in der Küche, die aber merkwürdig strohig und leer auf der Zunge blieb.

Bei der Inventur ihrer schlecht sortierten Hausapotheke vor ein paar Tagen hatte sie zu ihrer Überraschung festgestellt, dass sie im Besitz einer Gummiwärmflasche war, sonnengelb, mit einem Strickbezug im Rollkragenpullover-Look. Die füllte sie mit heißem Wasser, legte sie auf ihr Kopfkissen und schließlich ihr linkes Ohr darauf.

Ihre anfänglichen Zweifel, ob Wärme bei dieser Art Erkrankung angebracht sei, verflogen bald. In ihrem Ohr krachte und knallte es wie auf dem Schießstand einer Garnison. Sie deutete den Trommelwirbel in ihrem Kopf als Auftakt zu einer raschen Genesung. Was so einen Heidenlärm verursachte, konnte gar nicht anders als gesund sein. Oder? Doch, doch. Irgendwie auf jeden Fall.

Der nächste Morgen. Wach wurde Paula kurz vor neun Uhr. Fast zwölf Stunden hatte sie geschlafen. Aber was hieß geschlafen? Gedämmert traf es eher, einfach im Bett versackt, das Kopfkissen und die Zudecke verschwitzt. Als sie aufstand und in die Küche trottete, tat ihr der ganze Körper weh. Wie wenn sie zwölf Stunden lang auf lauter Brotkrümeln oder Kieselsteinen gelegen hätte.

Sie setzte Kaffee auf und nahm die Eierschecke von Frau Uhlig aus dem Kühlschrank. Doch der Kaffee schmeckte ihr heute nicht – zu säuerlich, zu seifig. Wie Natronlauge. Sie schüttete den Rest der schwarzen Brühe in die Spüle und griff nach der Zeitung von gestern.

Beim Durchblättern spürte sie, wie ihr Oberkörper kalt wurde, und über diese Kälte breitete sich zugleich eine feine Schicht Feuchtigkeit aus. Sie legte die Zeitung auf die Seite und stellte sich unter die Dusche, diesmal heißer als sonst. Danach schwitzte sie noch mehr. Aber sie schmeckte den Geschmack der Zahnpasta im Mund. Es war ein sauberer, frischer Geschmack, der sie zuversichtlich machte.

Dann wählte sie die Nummer von Paul Zankl. Nach dem sechsten Läuten sprang der Anrufbeantworter an. Sie sprach auf Band, dass es heute leider, sehr leider nichts mit ihrem obligatorischen Samstagabendtreffen werde. Es gehe ihr nicht gut. Außerdem wolle sie ihn nicht anstecken, und die Gefahr bestehe durchaus. Sie werde sich bei ihm rühren, sobald es ihr besser gehe. Danach schleppte sie sich zurück in ihr Schlafzimmer. Das Bett empfing sie wie eine Höhle, eine feuchte Bettengruft, ein warmer Sumpf, in den sie sich tief eingrub. Hier fühlte sie sich wohl und geborgen.

Das ganze Wochenende verbrachte sie so, im Liegen, schwitzend und frierend im Wechsel. Sie wälzte sich von einer Seite auf die andere. Zwischendurch versank sie immer wieder in einen flachen Schlaf. So schrumpften die zwei Tage, aber die Nächte dehnten sich endlos. Abends setzte sie sich auf das Wohnzimmersofa vor den Fernseher und zappte sich durch alle Programme, auch durch solche, die sie noch nie gesehen hatte. Jetzt interessierten sie sie. Auch dafür machte sie ihre Krankheit verantwortlich.

Am Montagmorgen, nach einem tiefen, traumlosen Schlaf, fühlte sie sich ausgeruht, kräftig und wohl. Auch der Kaffee schmeckte wieder wie sonst. Sie deutete das als gutes Zeichen. Sie war zwar immer noch nicht ganz gesund, ein wenig abgeschlagen eben, unpässlich, aber fit genug, um zur Arbeit zu gehen.

ACHT

Als sie vor das Haus trat, empfingen sie frische Kälte und ein klarer blauer Himmel. Die kalte Luft tat ihr gut. Das Gehen aber fiel ihr ungewohnt schwer; es fühlte sich so an, als wäre sie wochenlang ans Bett gefesselt gewesen und heute das erste Mal wieder auf den Beinen. Anscheinend hatte sie sich oben, in der vertrauten und überschaubaren Umgebung ihrer Wohnung, grob überschätzt. Mühsam setzte sie einen Fuß vor den anderen und gab sich Mühe, nicht gar zu wackelig zu erscheinen.

So brauchte sie für den Weg zum Präsidium eine Dreiviertelstunde – ein neuer Langsamkeitsrekord. Und sie war froh, sich endlich auf ihren Schreibtischstuhl niederlassen zu können, den sie die nächste Zeit auch nicht ohne Not aufgeben würde.

Eva Brunner sah nicht einmal auf, als sie das Büro betrat. So vertieft war sie in ihr Telefonat. Paula hörte zu. Ein paar Gesprächsfetzen genügten, dann war klar, worum es dabei ging. Frau Brunner hatte ihren neuen Verbindungsmann von der Chemnitzer Kriminalpolizei in der Leitung, den sie über sein bevorstehendes Arbeitspensum genauestens instruierte.

»... und fragen Sie die beiden, mit wem sie das Neujahr 2000 verbrachten, das ist für uns am allerwichtigsten, wir brauchen Namen, und das so schnell wie möglich ... Ja, genau, in der Ulmenstraße ... Na, so kurz nach Mitternacht, da wurde unser Mordopfer bedroht ... Nein, uns kommt es nicht auf die Namen dieser Nachbarn der Familie Uhlig an, wir suchen die Namen dieser vier jungen Männer ... Natürlich ist das dringend, was glauben Sie denn? Sonst würde ich Sie nicht anrufen ... Also, ich weiß noch genau, in welcher Begleitung ich welches Silvester verbracht habe ... Und lassen Sie sich nichts vormachen, bleiben Sie hart ... ja ... ja ... ja ...«

Paula Steiner trommelte mit den Fingern auf der Schreibtischplatte, erstens um sich bemerkbar zu machen, zweitens aus Ungeduld. Es wirkte. Frau Brunner sah kurz zu ihr herüber.

»… Ja, davon bin ich überzeugt, dass dieses Quartett bereits durch rechtsmotivierte Straftaten aufgefallen ist, das liegt ja auf der Hand, die gehören bestimmt zu der Chemnitzer Neonazi-Szene, vielleicht finden Sie da etwas in Ihren Unterlagen … Ach, das ist so außerordentlich schade, dass ich nicht dabei sein … Nein, aber ich vermute, meine Chefin hätte etwas dagegen, wenn ich jetzt schon wieder nach Chemnitz fahren würde, nachdem wir erst letzten Freitag dort waren.« Trotzdem sah Eva Brunner sie fragend an.

Paula nickte bestätigend. »Da vermuten Sie sehr richtig.«

Irgendwann war auch dieses Gespräch zu Ende. »Ich hoffe bloß, der hat kapiert, um was es mir dabei geht – und dass das alles sehr dringend ist«, sagte Eva Brunner mehr zu sich als zu Paula.

»Davon bin ich überzeugt. So wie Sie den bis ins letzte Detail gebrieft haben«, merkte diese etwas süffisant an. »Wo ist eigentlich Heinrich?«

»Der prüft doch noch mit den zwei Kollegen vom K 20 die Konten der HV Noris.«

»Stimmt, das hatte ich ganz vergessen.«

»Der hat sich übrigens schon das ganze Wochenende damit beschäftigt. Stellen Sie sich mal vor, Frau Steiner: Der hat seinen kompletten Bereitschaftsdienst hier im Präsidium verbracht«, sagte Eva Brunner mit hochgezogenen Augenbrauen. »Der war bloß zum Schlafen daheim.«

Das war in der Tat ungewöhnlich. Sie wählte die Durchwahl der »Sonderformen des Betrugs«. Doch da ging keiner ran. Widerwillig stand sie auf und begab sich eine Etage tiefer.

Im Büro des Kommissariats 20. Drei Schreibtische, überhäuft mit Papieren; zwei Rolltische voller Aktenordner; drei Männer bei der Arbeit.

Zwei sahen nur stumm und kurz zu ihr auf, doch einer schenkte ihr zur Begrüßung ein Lächeln. Ein Leuchten. Ein Strahlen, das von ganz innen kam.

»Einen wunderschönen guten Morgen, liebe Paula. Na, hattest du einen netten Tag in Chemnitz?«

Sie konnte sich nicht erinnern, wann sie Heinrich das letzte Mal so vergnügt bei der Arbeit erlebt hatte. Und das alles wegen dieser Papierstapel?

»Ja, geht schon. Habt ihr schon etwas Auffälliges gefunden?«

»Bis jetzt noch nicht. Aber wir stehen ja quasi erst am Anfang unserer Untersuchungen.«

»Heinrich, du irrst. Wir stehen kurz vor dem Prüfungsabschluss«, korrigierte ihn der Kollege Kerner. »Heute Abend sind wir damit durch, dann hast du die Ergebnisse auf deinem Tisch, Paula.«

Bevor Heinrich protestieren konnte, sagte sie schnell: »Dann will ich euch auch nicht weiter von der Arbeit abhalten.«

Als Paula wieder nach oben ging, hörte sie eine Stimme. Sie sprach im Konjunktiv. Ich sollte vielleicht. Ich hätte schon längst. Ich könnte doch eigentlich. Eberhard Ernst vernehmen, zweite Umfeldbefragung im ADAC-Haus, nach Uhligs Laptop fahnden, Uhligs Kollegen befragen, Paul anrufen. All das, was sie die letzten Tage verdrängt und auf die lange Bank geschoben hatte, kehrte mit diesen mahnenden Vokabeln unerledigt wieder. Die Frage war bloß, in welcher Reihenfolge sie ihre überfälligen Aufgaben abarbeiten sollte, und das vor allem ohne langwierige Fußmärsche. Sie beschleunigte ihren Schritt.

Sekunden später riss sie die Tür zu ihrem Büro auf und verkündete: »So, Frau Brunner, wir zwei fahren jetzt zum ADAC-Haus, dann zum Bauhof. Und wenn wir das hinter uns haben, sehen wir weiter.«

»Und zu Fuß wollen wir wohl nicht gehen? Es ist doch heute ganz schön draußen.«

»Nein, heute wird mit dem Dienstwagen gefahren. So viel Zeit haben wir nicht, dass wir den ganzen Tag mit Spaziergängen vertrödeln können.«

Sie hatten vereinbart, dass sich Eva Brunner das Architekturbüro sowie die Degussa GmbH im Erdgeschoss vornahm, während Paula die Mitarbeiter der Fürstlich Castell'schen Bank sowie der Anwaltskanzlei befragen würde. Danach würde man sich wieder

am Auto, das sie ohne zu zögern auf einem der Anwohnerparkplätze abgestellt hatte, treffen.

Die Ausbeute war ähnlich mager wie die vor einigen Tagen.
Zwar hatten sie nun mit allen Bewohnern sprechen können, doch
mit dem Namen Uhlig wusste keiner etwas anzufangen. Auch als
sie sein Foto herumgezeigt hatten, war der Wiedererkennungs-
wert gering. Manche glaubten, sich an ihn zu erinnern, aber nur
vage. Hundertprozentig sicher war sich niemand. Bei Eberhard
Ernsts Foto schüttelten alle Befragten bedauernd den Kopf. Man
konnte in diesem Mietshaus mutterseelenallein sein, ohne jede
Nähe zu seinem Nachbarn, ohne Kontakte, man musste es wohl
sogar. War es das, was Torsten Uhlig an seiner Wohnung gefallen
hatte, neben der Aussicht und dem großzügigen Zuschnitt? Dass
er sich vor jeder Kontrolle und Beobachtung sicher wähnte?

Paula wies Eva Brunner an, »beim Wagen zu bleiben, nicht,
dass wir noch einen Strafzettel bekommen«, während sie noch
schnell Dr. Meyer befragen wollte.

Der Rentner war daheim. Danach zu schließen, wie leise er
sprach, ja geradezu säuselte, trug er sein Hörgerät. Und nein,
auch er kannte nur die beiden Herren Uhlig und Ernst, einen
weiteren Gast seines Nachbarn hatte er nie gesehen.

»Ich bin auch überzeugt davon, dass Herr Uhlig mich mit
ihm bekannt gemacht hätte, wenn es sich dabei um einen engen
Freund gehandelt hätte. Da kann ich Ihnen so gar nicht weiterhelfen, Frau Steiner, leider.«

Wieder schlug Eva Brunner anschließend vor, doch von hier
aus zu Fuß zum Bauhof zu gehen. »Dort gibt es am Montag-
vormittag keine freien Parkplätze. Außerdem wird rund um den
Bauhof gnadenlos kontrolliert und aufgeschrieben. Hier ums
Prinzregentenufer geht es ziviler zu. Und die Kollegen sehen ja,
dass wir von der Polizei sind.«

Paula fügte sich diesem Argument. Unterwegs rief sie Dennerlein an. Nein, wies er ihre Frage entrüstet von sich, natürlich
habe er keinen Laptop in Uhligs Wohnung oder in seinem Keller
gefunden. Das hätte er ihr doch schon längst gesagt! Was sie denn
denke, wie er seine Arbeit erledigen würde! »Diesen Laptop wirst

du bei seinem Mörder finden, wenn überhaupt.« Betonung auf »du«.

Mit Dennerleins Anpfiff und den Misserfolgen im ADAC-Haus war Paulas Elan vollständig verpufft. Ihr schöner Plan hatte nichts gebracht. Gar nichts. Und jetzt noch dieser Marsch zum Bauhof, den sie doch unter allen Umständen hatte vermeiden wollen. Stumm trottete sie neben Frau Brunner den Laufertorgraben entlang. Vor Ernsts Büro schlug ihre aufkommende Gereiztheit in eine handfeste schlechte Laune um. Ernsts Büro war nämlich zu. Sein Zimmernachbar teilte ihr auf ihre Frage mit, Herr Ernst habe heute freigenommen und sei erst morgen wieder zu sprechen.

Sie überlegte kurz, dann war ihr Entschluss gefasst. »Das macht gar nichts, Frau Brunner. Dann werden wir ihn eben daheim aufsuchen.«

»Sollen wir nicht besser vorher anrufen, ob er auch wirklich daheim ist? Nicht, dass wir umsonst dahinfahren.«

Diese Möglichkeit hatte sie in ihrem Aktionismus gar nicht einkalkuliert.

»Der ist daheim. Da bin ich mir sicher.« Nach einer Weile setzte sie noch drohend hinzu: »Der muss einfach daheim sein.«

Eine knappe halbe Stunde später hatten sie die Dr.-Carlo-Schmid-Straße erreicht. Auch in diesem Neubauviertel waren Parkplätze Mangelware. Paula stellte den BMW kurzerhand in die Einfahrt der Montessori-Schule. Den Rest des Weges erledigten sie zu Fuß.

Ernst wohnte im Erdgeschoss. Scheibengardinen versperrten die Sicht in die Küche und in das rückwärtig gelegene Wohnzimmer. Paula klingelte. Zweimal lang, einmal kurz. Der Türöffner summte.

Erwartungsvoll sah Ernst ihnen entgegen. Sein Blick verfinsterte sich, als er gewahr wurde, wen er da so vorschnell hereingelassen hatte. »Sie schon wieder«, lautete die wenig herzliche Begrüßung.

»Ja, wir schon wieder. Grüß Gott, Herr Ernst.«

Der Beamte machte keine Anstalten, sie hereinzubitten. »Um was geht es denn diesmal?«

»Diesmal geht es um«, antwortete Paula, die ihm nun direkt gegenüberstand, »uneidliche Falschaussage Ihrerseits gegenüber der Polizei in einem laufenden Ermittlungsverfahren. Und um ein paar Fragen. Aber vielleicht sollten wir die Unterhaltung besser in Ihrer Wohnung weiterführen?«

»Ich habe Sie nicht angelogen. Das müssen Sie mir erst mal beweisen, das mit der Falschaussage.« Noch immer stand Ernst vor seiner Wohnungstür wie der Höllenhund Zerberus.

»Aber gerne. Wir waren vor Kurzem im ›Coming Out‹. Dort haben uns mehrere Zeugen bestätigt, dass Sie und Herr Uhlig zusammen in Gesellschaft eines weiteren Gasts gesehen worden sind. Moment«, sie zog ihren Notizblock umständlich aus der Handtasche, »ah ja, hier steht es: Und dieser dritte Mann hatte braunes Haar, war – ich zitiere – hübsch, höchstens fünfund-zwanzig, muskulös und offensichtlich etwas ungepflegt. Wobei ich die letzte Beschreibung an Ihrer Stelle nicht auf die Gold-waage legen würde. Die nämlich stammt von zwei Herren, die es meiner Meinung nach mit der Körperpflege etwas zu gut meinen.«

Und da sie gerade so schön in Fahrt war, gab sie noch eine Kostprobe ihres Erfindungsreichtums zum Besten. »Außerdem haben wir noch eine Zeugenaussage von einem Nachbarn Herrn Uhligs, dass Sie, ebenfalls wieder zusammen mit Herrn Uh-lig und eben diesem jungen, hübschen, muskulösen Mann, im Treppenhaus am Prinzregentenufer gesichtet worden sind. Zeit-punkt: später Abend. Das wären schon mal drei Zeugenaussagen, die Ihrer Behauptung, Sie würden diesen Herrn nicht kennen, widersprechen. Und jetzt raten Sie mal, wem ich eher geneigt bin zu glauben?«

Da endlich trat Ernst einen Schritt zur Seite und ließ die bei-den Frauen eintreten. Forsch marschierte Paula ins Wohnzimmer und sah sich neugierig um. Sie hatte sich getäuscht: Ernst setzte bei der Inneneinrichtung auf andere Akzente als sein Lebensge-fährte. Seine Wohnung war nicht auf Repräsentation angelegt, und exhibitionistisch oder gar feudal war sie erst recht nicht. Aber mit den alten, abgebeizten Bauernmöbeln, dem glänzenden Buchenparkett, den vielen üppig in die Höhe wachsenden Grünpflanzen, dem netten Schnickschnack auf dem Fensterbrett und an den Wänden behaglich, fast schon gemütlich.

Sie setzte sich unaufgefordert an den Bauerntisch mit den gedrechselten, schräg gestellten Beinen und dem umlaufenden Fußsteg. Ernst stellte sich hinter sie, sodass er sich außerhalb ihres Blickwinkels befand. Ob er dies aus Vorsatz oder aus Verlegenheit tat, konnte sie nicht einschätzen. Sie drehte sich zu ihm um.

»Sie werden sich jetzt auch hinsetzen, Herr Ernst, und nicht hinter mir stehen bleiben«, kommandierte sie.

Nachdem er zögernd ihrer Bitte nachgekommen war, legte sie los. »So, jetzt zurück zu dem Grund unseres Besuchs. Warum haben Sie uns angelogen? Warum sollte ich nicht erfahren, dass es noch einen dritten Mann in Ihrer Partnerschaft gab?«

»Es gab keinen dritten Mann zwischen Torsten und mir«, konterte Ernst.

»Und was ist dann mit diesem hübschen, jungen, muskulösen Mann«, zitierte sie Adlers Angaben mit einer gewissen Genugtuung, »gewesen, den Sie beide ja immerhin ins ›Coming Out‹ mitgenommen haben?«

»Das war nur ein Geschäftspartner von Torsten.«

»Ah, Sie erinnern sich, schön. Dann können Sie mir ja jetzt auch den Namen sagen.«

»Ich weiß bloß seinen Vornamen. Marcel.«

»Sie wollen mir doch nicht erzählen, dass Sie seinen Nachnamen nicht kennen. Herr Uhlig wird ihn Ihnen ja mit vollem Namen vorgestellt haben, allzumal wenn es sich, wie Sie behaupten, um einen Geschäftspartner von ihm handelte. So jemanden duzt man ja nicht so ohne Weiteres.«

»Nein, hat er eben nicht.« Danach herrschte bockiges Schweigen, auf beiden Seiten übrigens.

Paula überlegte. Bei dem Stand der Dinge – bewusste Falschaussage in mehreren Fällen, die auf eine Beziehungstat hindeutete – würde sie die sofortige Ladung zu einer Beschuldigtenvernehmung locker durchbringen. Ja, das würde dieses Hin- und Hergeziehe doch entscheidend abkürzen, dieses Hickhack zwischen ihr und diesem renitenten Nichttrinker und Nichtraucher ...

»Es war ganz anders, als Sie denken«, sagte Ernst leise.

In die anschließende Stille hinein hörte sie ihn mit der Zunge gegen den Gaumen schnalzen und schwer schlucken. »Vor einem halben Jahr habe ich auf Torstens Tablet, auf dem ich manchmal die elektronische Ausgabe der Zeitung gelesen habe, einen Mailwechsel zwischen ihm und eben diesem Marcel entdeckt. Es war belangloses Zeug, was die beiden da ausgetauscht haben, aber trotzdem habe ich mich halt furchtbar aufgeregt. Dass er hinter meinem Rücken mit einem anderen Mann ... Ohne mein Wissen. Ich habe ihn dann sofort, noch am selben Tag, zur Rede gestellt. ›Ich hätte es dir schon noch gesagt.‹ Das war alles, womit er sich rechtfertigte. Und ich solle mich beruhigen, das hätte mit mir und unserer Beziehung überhaupt nichts zu tun. Das sei rein geschäftlich. Eine wichtige geschäftliche Beziehung.«

Ihr lag schon die Frage nach diesem »belanglosen Zeug« auf der Zunge, da redete Ernst weiter. »Das hab ich ihm auch abgenommen. Anfangs. Aber dann hat Torsten noch gesagt: ›Und übrigens mag ich es nicht, dass du mir hinterherschnüffelst.‹ Also hat er doch etwas zu verbergen, dachte ich. Denn umgekehrt hätte er alle meine Mails jederzeit lesen können. Ich hatte keine Geheimnisse vor ihm. Und wenn es wirklich eine so wichtige Geschäftsbeziehung ist, dachte ich damals, dann hätte er mir doch sicher schon längst davon erzählt. Hat er aber nicht. An dem Abend war ich drauf und dran, Schluss zu machen.«

»Aber so weit ist es nicht gekommen?«, fragte Paula.

»Nein. Er hat dann schon gemerkt, wie sehr mich das verletzt hat. Er hat mir vorgeschlagen, wir beide sollten diesen Marcel einmal treffen, mit ihm ausgehen. Oder er würde ihn bei sich zum Essen einladen, dann würde ich sofort merken, dass da nichts sei zwischen ihm und Torsten. Darauf habe ich mich auch eingelassen. Ich wollte ihm und mir noch eine Chance geben. Einmal sind wir zu dritt ins ›Coming Out‹ gegangen, und ein paar Mal hat Torsten für uns gekocht. Das war alles.«

»Und damit waren Ihre Bedenken gänzlich ausgeräumt?«

»Ja. Das waren sie. Mit dem hatte Torsten wirklich keine Liebesbeziehung. Das hätte ich gemerkt.«

»Worüber haben Sie denn bei diesen Treffen gesprochen?«

»Über dies und das. Belangloses Zeug eben.«

»Geht das vielleicht etwas präziser?«, fragte Paula mit einer gewissen Schärfe in der Stimme.

»Das waren mehr private Sachen. Über das Essen haben wir geredet, daran kann ich mich erinnern, was wir in unserer Freizeit unternehmen, über Torstens Audi.«

»Und Sie haben diesen Marcel wirklich nur so wenig gesehen?«

»Ja. Einmal, wie gesagt, im ›Coming Out‹ und drei- oder viermal bei Torsten in seiner Wohnung.«

Paula hätte ihn jetzt gern gefragt, ob dieser Marcel schwul war, traute sich aber nicht so recht. Doch dann erinnerte sie sich an Olivers Worte, streifte ihre Samthandschuhe ab und stellte diese Frage.

Ernst sah sie irritiert an, bevor er antwortete. »Meines Wissens nicht.«

»Hm. Wenn das alles so harmlos war, wie Sie behaupten, dann würde mich schon interessieren, warum Sie mich angelogen haben. Warum haben Sie nicht gleich von Anfang an zugegeben, diesen Mann zu kennen?«

»Ich weiß es nicht.« Das klang ehrlich. »Vielleicht hatte ich Angst, Sie würden mich dann ins Visier nehmen. Oder ich wollte nicht, dass Sie meine Beziehung zu Torsten in den Schmutz ziehen, jetzt wo er nicht mehr lebt. Dass Sie sich in Ihrer Phantasie irgendetwas zusammenreimen, was überhaupt nicht so war.«

»Wenn das wirklich Ihre Absicht gewesen sein sollte, dann ist Ihnen das ja hervorragend gelungen«, lautete Paulas ironisches Urteil. »Aber lassen wir das vorerst auf sich beruhen. Doch dass Sie den vollen Namen von Herrn Uhligs Geschäftspartner nicht kennen, das nehme ich Ihnen nicht ab. Wen oder was wollen Sie diesmal damit schützen?«

»Doch, das stimmt wirklich. Ich will niemanden schützen. Ich weiß seinen Nachnamen einfach nicht. Sonst würde ich Ihnen den ja sagen, jetzt wo ich alles andere auch offengelegt habe.«

»Dann haben sich Herr Uhlig und dieser Marcel also geduzt?«

»Ja. Er war halt ein besonders enger Geschäftsfreund von ihm. Torsten hat die meisten Menschen geduzt, vor allem die jüngeren unter seinen Kollegen oder, wie in diesem Fall, seine Handwerker, mit denen er viel zu tun hatte. Er nannte das ›eine emotionale Ebene aufbauen‹.«

»Aha.« Paula war im Zweifel, ob sie ihm glauben sollte. Doch sie hakte nicht nach. Sie würde diesen Namen mit Leichtigkeit herausfinden; da müsste sie sich lediglich von der HV Noris die Liste mit all den Handwerkern, mit denen diese regelmäßig zusammenarbeitete, geben lassen. So viele Marcels waren da sicher nicht dabei …

Dann schoss ihr ein anderer Gedanke in den Kopf: War hier in dieser Wohnung mit ihren alten Bauernmöbeln und den ganzen Rumsteherchen irgendwo Uhligs Laptop versteckt? Möglich war es. Und einen Hausdurchsuchungsbeschluss dafür würde sie von der Staatsanwaltschaft mit Kusshand erhalten. Aber war Ernst wirklich so dumm? Nein, das glaubte sie nicht. Sie entschied, die Suche nach dem Laptop auf sich beruhen zu lassen. Vorerst.

»Zwei Fragen habe ich noch. Erstens: Wohin sind Sie denn mit dem Rad so rasant vom Bauhof gefahren, als wir uns das erste Mal getroffen haben, also am Mittwoch vergangener Woche?«

Eine Weile starrte Ernst in die Weite des Raumes, so als gäbe es da einen klugen Gedanken. Doch alle seine Blicke kamen ohne jede Beute zurück. Da könne er sich nicht erinnern, antwortete er, als er Paula wieder direkt ins Gesicht sah, dass er nach dem Gespräch nochmals das Amt verlassen habe. Ob sie sich denn da auch sicher sei? Vielleicht habe sie ihn ja mit einem Kollegen verwechselt?

Doch, doch, da sei sie sich zu hundert Prozent sicher, beharrte sie. »Sie haben keinen Helm getragen. Das ist mir aufgefallen.«

»Mag sein, dass es so war, aber erinnern kann ich mich beim besten Willen nicht daran.«

Sie glaubte ihm nicht und wechselte das Thema. »Sie sagten damals, als ich Sie nach Ihrem Alibi fragte, Sie seien daheim gewesen und hätten keine Zeugen dafür. Was haben Sie denn an diesem Sonntagabend gemacht?«

Diesmal kam die Erwiderung prompt. »Das weiß ich doch nicht mehr. Das ist schon über eine Woche her. Torsten hatte geschäftlich zu tun. Und ich? Vielleicht hab ich gelesen, geputzt oder ferngesehen. Suchen Sie sich halt etwas aus.«

Diese Nonchalance, mit der er seine angebliche Ahnungslosigkeit vortrug, brachte Paula noch mehr in Rage als sein rotziges Angebot. »Das nehme ich Ihnen genauso wenig ab wie das andere, das mit dem Rennrad. Sie werden mir doch nicht weismachen wollen, Sie wüssten nicht mehr, was Sie an dem Abend, an dem Ihr Lebensgefährte umgebracht wurde, gemacht haben.«

Ernst hatte den Mund schon zu einer widerspenstigen Retourkutsche geöffnet. Doch als er Paulas versteinerten Blick sah, schloss er ihn schnell wieder. Er zog es vor, beleidigt zu sein und zu schweigen. Da legte sie nach.

»Wissen Sie, Herr Ernst, Sie sind nach wie vor unser Hauptverdächtiger. Jetzt, nachdem wir die Geschichte mit diesem Mann ohne Nachnamen kennen, mehr denn je. Eifersucht ist ein prima Mordmotiv. Und vielleicht war das mit diesem Marcel ja ganz anders, als Sie behaupten. Vielleicht plante Herr Uhlig ja doch, Sie zu verlassen. Eben wegen dieses hübschen, jungen, muskulösen Mannes.«

Dann stand sie auf, nickte Frau Brunner zu und eilte ohne Gruß aus dem Zimmer. Als sie nach der Klinke der Wohnungstür griff, fiel ihr Blick auf eine kniehohe Bodenvase im Landhausstil. Da musste sie lächeln. Es war ein amüsiertes Lächeln. In der Vase standen neben einer Fahrradpumpe zwei Stockschirme, ein transparenter und ein knallroter.

Sie saß bereits hinter dem Steuer, als ihre Mitarbeiterin die Beifahrertür öffnete.

»Was haben Sie jetzt vor, Frau Steiner? Soll ich uns eine Vorladung zur Beschuldigtenvernehmung für ihn holen? Oder einen Durchsuchungsbeschluss für seine Wohnung?«

»Nein«, sagte sie. »Das bringt uns auch nicht weiter. Ich kann im Augenblick nicht abschätzen, wann er lügt und wann er die Wahrheit spricht. Ich versuche erst mal etwas anderes.«

Sie rief Heinrich auf dem Handy an. Diesmal meldete er sich sofort. »Sag mal, Heinrich, habt ihr inzwischen schon etwas gefunden, etwas, das Wolff belastet?«

»Bis jetzt noch nicht«, lautete die kleinlaute Antwort. »Also nichts Weltbewegendes.«

»Und das nicht so Weltbewegende wäre?«

»Die HV Noris hat den Ölpfennig an einige Eigentümer nicht weitergegeben. Aber die Summe, die sie sich dadurch einsparten, ist lächerlich gering. Das sind nicht mal tausend Euro.«

»Das macht doch nichts. Straftat bleibt Straftat. Danke. Das reicht mir im Moment schon«, sagte sie und drückte die Aus-Taste.

Bei der Hausverwaltungsgesellschaft meldete sich Fräulein Fritzi schon nach dem ersten Klingeln. Paula nannte ihren Namen und verlangte in herrischem Ton, »augenblicklich mit Herrn Wolff verbunden zu werden«.

Es funktionierte. Bevor er auf dumme Gedanken kommen und sie anblaffen konnte – aus welchem Grund auch immer –, berichtete sie ihm als Erstes von Heinrichs Ergebnis bei seiner detektivischen Recherche.

»Wir haben herausgefunden, dass die HV Noris stellenweise den Ölpfennig-Rabatt nicht an die Wohnungseigentümer weitergereicht, sondern für sich einbehalten hat. Das erfüllt den Straftatbestand der Korruption. Noch sind die Untersuchungen nicht abgeschlossen. Es liegt also im Bereich des Möglichen, dass wir noch mehr entdecken.«

Sie gewährte ihm eine kleine Pause, um ihre versteckte Drohung wirken zu lassen. Dann fuhr sie fort. »Jetzt zu etwas anderem: Ich brauche eine Liste, in der alle Handwerker, mit denen die HV Noris regelmäßig zusammenarbeitete, aufgeführt sind. Mit Vor- und Nachnamen, Anschrift und der genauen gewerblichen Tätigkeit. In einer halben Stunde circa hole ich sie mir ab. Als Datei oder auf Papier, das ist mir egal. Das ist doch zu schaffen, oder?«

Nachdem er nicht reagierte, sagte sie: »Hallo! War meine Frage semantisch zu schwierig formuliert, oder gab es akustische Probleme bei der Informationsübertragung?« Im Nachhinein merkte sie, wie penibel sie es vermieden hatte, ihn zu duzen oder zu siezen.

Solche Art Hemmungen kannte Wolff nicht. »Nein«, brummte er missmutig ins Telefon, »du kriegst deine Liste.«

»Sie hoffen, mit dieser Handwerker-Liste den Nachnamen von diesem Marcel herauszufinden, gell?«, kommentierte Eva Brunner das Telefonat.

»Genau. Macht es Ihnen etwas aus, mich in der Nähe der Kaiserstraße abzusetzen? Am besten irgendwo am Hauptmarkt.«

»Nein, überhaupt nicht.«

Und so geschah es. Frau Brunner ließ sie vor dem herausgeputzten und aufgehübschten Eckhaus der IHK Nürnberg aussteigen. Und Paula Steiner, die noch eine Viertelstunde Zeit hatte, setzte sich in das Café an der Fleischbrücke, bestellte eine Tasse Kaffee und ein Stück Torte.

Als sie anschließend zur Kaiserstraße ging, fragte sie sich, wer ihr die Daten denn nun überreichen würde. Wolff selbst? Sie glaubte nicht. Das war ein Dienst, für den nur eine in Frage käme: Fräulein Fritzi.

Sie hatte richtig vermutet. Das blonde, engelsgleiche Wesen – heute mit einem ausgesprochen miesepetrigen Gesichtsausdruck – händigte ihr stumm und mit spitzen Fingern einen Umschlag aus. Paula griff zu. Betont herzlich sagte sie: »Na, das hat ja wunderbar geklappt. Vielen Dank. Ich wünsche Ihnen noch einen zauberhaften Tag.«

Natürlich blieb auch diese geballte Ladung falscher Freundlichkeit ohne Erwiderung.

Als Paula mit ihrer Trophäe das Büro betrat, saß Heinrich bereits an seinem Schreibtisch. Er machte einen ernüchterten, geknickten Eindruck.

»Darf ich deinen frustrierten Gesichtsausdruck so deuten, dass ihr bei Wolff außer dieser Geschichte mit dem Ölpfennig nichts gefunden habt?«

»Ja, so ist es. Leider. Und dabei hatte ich mir so viel davon versprochen. Und verstehen kann ich es bis jetzt nicht.«

»Das macht doch nichts, Heinrich. Aber ich habe etwas«, sagte sie und tippte auf die in durchsichtige Luftpolsterfolie verpackte CD, »was uns mit Sicherheit weiterbringt. Das sind die Namen all der —«

»Ich weiß schon, Eva hat es mir erzählt«, unterbrach er sie.

»Diese Namen schau ich mir jetzt in aller Ruhe an. Hast du denn heute schon zu Mittag gegessen?«

Er schüttelte den Kopf.

»Und Sie, Frau Brunner?«

Ebenfalls verneinendes Kopfschütteln.

»Na, dann würde ich doch vorschlagen, Sie und du, Heinrich, ihr stärkt euch erst mal in der Kantine. Bis dahin bin ich bestimmt schlauer.«

Nachdem die beiden endlich verschwunden waren, griff sie zum Hörer und rief Paul an.

Erleichtert plärrte er ins Telefon: »Ich warte schon die ganze Zeit auf deinen Anruf. Dir muss es ja wirklich dreckig gegangen sein. Was hattest du denn?«

»Na ja, eine kleine Erkältung, und dann am Samstag taten mir die Ohren saumäßig weh.«

»Warst du denn beim Arzt? Ist es jetzt weg?«

»Bah«, brummte sie, »ich gehe doch wegen so was nicht zum Arzt. Und ja, die Schmerzen sind quasi weg.«

»Weißt du, Paula, da koche ich dir heute Abend eine gesunde Hühnernudelsuppe. Die hilft dir bestimmt, wenn du schon nicht bereit bist, Tabletten zu nehmen.«

Sie wollte erst Einspruch einlegen, aber dann gefiel ihr die Vorstellung, heute an einem gedeckten Tisch mit einem fix und fertigen Essen Platz nehmen zu können, und zwar so sehr, dass sie begeistert zustimmte: »Ja gern, wenn du dir diese Mühe machen willst.«

Sie schob die CD in das Laufwerk und starrte gebannt auf den Bildschirm. Es folgten Tabellen über Tabellen, seiten- und ellenlang. Das würde ja Stunden dauern, bis sie die alle durchgelesen hätte. Sie gab als Suchbegriff Marcel ein. Und wartete. Doch die Datei enthielt kein Suchobjekt mit diesem Namen. Sie versuchte es erneut, wieder das gleiche Ergebnis.

Hatte Wolff ihr eine unvollständige Datei übergeben lassen? Nein, das glaubte sie nicht. Oder hatte Ernst sie wieder mal angelogen? Das war zwar wahrscheinlicher, aber auch da hatte sie ihre Zweifel. Sie entschied, Frau Brunner mit der Suche nach diesem Marcel zu beauftragen, sobald diese aus ihrer Mittagspause zurückgekehrt war. Die war von ihnen dreien diejenige, die am schnellsten etwas finden würde, wenn es etwas zu finden gab.

Doch auch die Top-ITlerin der Kommission 4 war, wie sie verhalten zugab, erfolglos.

Während Eva Brunner immer verbissener auf ihre Tastatur einhackte, merkte Heinrich lapidar an: »Ihr wisst aber schon, dass es Handwerksbetriebe gibt, die noch unter dem Namen ihres schon längst verstorbenen Gründers firmieren. Da kommt der jetzige Inhaber namentlich gar nicht vor. Wie zum Beispiel Gerhard Müller und Söhne GmbH. Zusätzlich gibt es die Möglichkeit, dass so ein Betrieb einen Phantasienamen hat. Das ist bei allen OHGs, KGs und GmbHs zulässig.«

»Stimmt, da hast du recht«, sagte Paula. »Frau Brunner, Sie brauchen nicht weiter zu suchen. Um diesen Marcel zu finden, müssen wir anders vorgehen. Und ich fürchte, das wird jetzt eine richtige Fleißarbeit für uns alle hier. Okay, ich nehme mir die Buchstaben A bis H vor, Sie, Frau Brunner, I bis P, und du überprüfst Q bis Z.«

»Und wie stellst du dir das Überprüfen genau vor?«, fragte Heinrich.

»Das liegt doch auf der Hand. Über den Abgleich mit dem Handelsregister.«

»Wie, über den Abgleich mit dem Handelsregister?«

Sie wurde langsam ungeduldig. Sie wollte nicht dauernd erklären müssen, sondern intuitiv verstanden werden. »Im Handelsregister steht ja immer ein Vermerk, wer der Eigentümer ist. Also der Name der natürlichen Person. Und es steht auch drin, falls der Betrieb zwischenzeitlich von einem Nachfolger übernommen worden ist. Also, auf geht's.«

Doch so schnell gab sich Heinrich nicht geschlagen. »Das ist in dem Fall schon richtig. Aber gerade auf dem Handwerkssektor gibt es ja etliche Firmen, die eben nicht im Handelsregister eingetragen sind. Die ganzen Einzelunternehmer. Die Gesellschaften bürgerlichen Rechts. Und das sind nicht eben wenige.«

»Die nehmen wir uns anschließend vor, falls«, betonte sie, »wir beim ersten Durchgang nichts finden.«

Heinrich schoss einen weiteren Versuchsballon ab. »Das kann aber lange dauern, bis wir da fündig werden. Ob wir da heute noch mit durchkommen? Ich glaube kaum.«

»Ja, natürlich schaffen wir das. Je früher wir damit anfangen, desto eher sind wir damit durch. Umgekehrt: Je mehr unnötige Gegenfragen gestellt werden, desto länger dauert es.«

Die nächsten zwei Stunden war es in dem Zimmer still. Nur das Klicken auf drei Tastaturen war zu hören. Es dämmerte bereits, als Frau Brunner ausrief: »Ich hab jetzt einen Marcel. Marcel Orthmann. Er ist der Inhaber der Orthmann Baumpflege GmbH hier in Nürnberg, in der Passauer Straße. Das liegt in Zabo.«

Verwundert sah Paula zu Heinrich, der seinen Computer stante pede ausgeschaltet hatte. »Ja, bist du denn mit deinem Anteil schon fertig?«

»Nee. Aber jetzt haben wir ja den, den wir gesucht haben. Und außerdem habe ich mich seit drei Tagen, eigentlich sind es ja schon dreieinhalb, nur mit Tabellen beschäftigt und eng beschriebene Seiten gelesen. Erst die Kontoüberprüfung von der HV Noris, dann dies hier mit dem Namensabgleich. Ich kann einfach nicht mehr. Ich gehe jetzt heim.«

Sprach's, stand auf, zog seine Jacke über und verließ ohne ein weiteres Wort das Zimmer.

»Und Sie, Frau Brunner, wie weit sind Sie?«

»Fast fertig. Ich habe nur noch den Buchstaben P.«

»Gut. Dann schlage ich vor, wir zwei machen für heute auch

Schluss. Der Rest ist ja schnell erledigt. Jetzt haben wir zumindest schon einen Namen. Vielleicht findet sich morgen mehr.«

»Gerne. Meinen Sie, Frau Steiner, ich kann meinen Verbindungsmann in Chemnitz mal anrufen, ob seine Recherche schon was ergeben hat?«

»Ich würde damit an Ihrer Stelle noch warten. Er hat doch gesagt, er meldet sich bei Ihnen, sobald er etwas hat, oder? Geben Sie ihm halt noch ein wenig Zeit.«

Das war zwar sicher nicht die Antwort, die sich Eva Brunner erhofft hatte. Aber sie fügte sich diesem Rat. Zusammen mit ihrer Chefin verließ sie das Büro.

Paula Steiner wählte für den Heimweg die kürzeste Strecke, nicht die reizvollste. Als sie über den Präsidiumsparkplatz lief, zwickte es wieder in ihrem linken Ohr. Sie ignorierte das lästige Pochen und Ziehen, so gut es eben ging. In der Vorderen Ledergasse donnerte ein Laster an ihr vorbei und bespritzte sie von Kopf bis Fuß mit Schnee und Matsch. Sie rief ihm einen Fluch hinterher. Den restlichen Weg setzte sie mit hängendem Kopf fort.

Achtzehn Uhr fünf. Endlich daheim. Paula vernahm aus der Küche Geschirrgeklapper. Ach ja, Paul und seine Hühnernudelsuppe. Auch das hatte sie an diesem trüben, vollständig misslungenen Tag vergessen. Jetzt aber freute sie sich über die Gesellschaft und auf das Essen, so sehr, dass sie noch in Straßenschuhen und mit Jacke in die Küche lief, um dort Paul für einen kurzen Moment fest an sich zu drücken.

»Mensch, ist das schön, dass du da bist!«

»Öha. Da hat aber jemand heute einen richtigen Dreckstag erwischt. Du, Paula, bevor ich es vergesse: Deine Mutter hat vor einer halben Stunde angerufen. Du sollst sie doch bitte zurückrufen.«

»Ist denn noch so viel Zeit?«

»Massig. Ich hab ja noch nicht einmal die Nudeln aufgesetzt.«

Das Telefonat währte nur kurz. Es beschränkte sich auf die Information, dass Johanna Steiner ihren Sohn am Wochenende angerufen und »ihm dabei auch Vorwürfe, mir in dieser Angelegenheit etwas vorgegaukelt zu haben, nicht erspart« habe.

»Ich bin mir sicher, er wird dich in Zukunft nicht mehr mit solchen rein beruflichen Sachen belästigen. Es sei denn, er hat wirklich den aufrichtigen Willen, sich mit dir auszusöhnen.«

Da kann er warten, bis er schwarz wird, dachte Paula, sagte aber: »Das hätte es zwar nicht gebraucht, Mama, aber ich danke dir trotzdem.« Schließlich lenkte sie das Gespräch auf ein unverfängliches Terrain. Auf das Thema Autokauf.

»Ich glaube, ich verkaufe meinen BMW, wenn mir jemand für den alten Gurken überhaupt noch was bezahlt. Im nächsten Monat habe ich TÜV, und da müsste ich so viel reinstecken, dass ich mir gleich einen neuen Wagen kaufen kann. Was hältst du denn mal zur Abwechslung von einem Volvo?«

Ihre Mutter lachte kurz auf, bevor sie antwortete. »Ja, viel, der ist zwar teuer, soviel ich weiß, aber ein sicheres Auto. Da kannst du nichts verkehrt machen. Dein Bruder hat auch einen, so einen silbergrauen SUV, du weißt schon. Eine riesige Kiste. Es fährt sich sehr angenehm darin.«

Damit war das Projekt Volvo für Paula vom Tisch, ein für allemal. In den nächsten Tagen würde sie sich nach einem anderen Modell umsehen.

Nach dem Essen wankte sie zufrieden und satt ins Wohnzimmer. Paul bestand darauf, dass sie sich auf dem Sofa langlegte. Auch bei dem Wollplaid, mit dem er sie anschließend zudeckte, duldete er keinen Widerspruch.

»Du musst mehr auf dich schauen, Paula. Sonst kriegst du deine Erkältung gar nicht mehr los.«

Solcherart behütet und umsorgt schlief sie bald ein, vor dem laufenden Fernseher.

Als sie kurz vor drei Uhr in der Nacht aufwachte, war der Fernseher ausgeschaltet. Sie ging in das Schlafzimmer und beugte sich über das Bett, in dem Paul wie immer auf dem Rücken lag und leise schnarchte. Ihren Schlafanzug hatte er sorgfältig über einen Bügel gefaltet und diesen am Fenstergriff deponiert. Sie griff danach und machte sich auf Zehenspitzen wieder davon.

Als sie sich, nun im bequemen Schlafanzug, unter der noch bettwarmen Wolldecke eingrub, kamen ihr Heinrichs Worte in den Sinn. Wie recht er doch hatte! Ein Volvo, dieser »brave Familienschlitten«, kam für sie, die ohne Familie und ohne Hund durchs Leben ging, wirklich nicht in Frage. Diesmal musste es etwas Extravagantes sein, beschloss sie, etwas, das aus dem Rahmen fiel. Etwas, das man ihr nicht zutrauen würde, und vor allem etwas, womit sie sich von ihrem Bruder mit seiner langweiligen, spießig silbergrauen Familienkutsche in jeder Hinsicht absetzen konnte.

Schon allein die Vorstellung stimmte sie fröhlich. Mit diesem vergnüglichen Gedanken schlief sie, ein breites Lächeln im Gesicht, bald darauf wieder ein.

NEUN

Dienstagmorgen, fünf Uhr. Paula hielt es nicht mehr auf ihrem Sofa. Bei der Zubereitung des Frühstücks gab sie sich Mühe, leise zu sein. Zwei Tassen Kaffee, eine Honigsemmel, die frische Zeitung – nebenan der schlummernde Paul. In dieser Stunde erschien ihr das Sein wunderbar und mühelos.

Um sechs Uhr verließ sie die Wohnung. Nach einer Katzenwäsche und in exakt der Kleidung, die sie schon gestern getragen hatte. Paul sollte sich auch mal so richtig ausschlafen dürfen. Als sie vor das Haus trat, war es noch stockfinster. Über ihr zogen sich anthrazitfarbene Wolkenformationen unheilvoll zusammen. Doch vor dem Schönen Brunnen rissen die Wolken auf und legten tief über dem Horizont einen schmalen Lichtstreifen aus poliertem Silber frei. Es gab diese Momente, in denen Romantik auf Realität traf und alles zum Leuchten brachte. Auch dieses Naturschauspiel empfand sie als ein weiteres Geschenk dieses frühen Tages.

Die ersten zwei Stunden hatte sie ihr Büro für sich. Sie machte sich über den Abgleich mit dem Handelsregister her. Und tatsächlich, auch sie wurde auf der Suche nach einem Marcel fündig. Ihr Marcel hieß Hölzl, war einunddreißig, Dachdecker und Geschäftsführer der »Bedachungen Peter Hölzl GmbH & Co. KG«. Und da sie noch immer blendender Laune war, nahm sie sich anschließend Frau Brunners Buchstaben P vor. Das aber ohne Ergebnis.

Sie sah auf die Wanduhr. Noch eine halbe Stunde, bis ihre Kollegen eintreffen würden. Sie holte sich einen Becher Wasser aus dem gluckernden Wasserautomaten, der bei ihnen seit zwei Monaten auf dem Gang stand, legte die Beine auf den kleinen Beistellschrank und schickte ihre Gedanken auf Wanderschaft.

Stefan Uhlig hatte seinen Bruder als einen Getriebenen mit leidenschaftlichem Ehrgeiz charakterisiert, den ein – wie er es formulierte – innerer Vulkan befeuert habe. Sie destillierte aus

diesem Euphemismus die Aussage, dass das Mordopfer unersätt-
lich geldgierig war. Diese Gier schien Torsten Uhligs Hauptziel
gewesen zu sein, das bei ihm ganz von innen kam und dem
er alles unterordnete. Rücksichts- und erbarmungslos, wie die
Anleihe der fünfzehntausend Euro zeigte. Erschnorrt von jemandem, der selbst in finanziell durchaus bescheidenen Verhältnissen
lebte. Damals hatte Torsten Uhlig diese Leihgabe vielleicht nötig
gehabt, sinnierte sie, für seine Existenzgründung, für den Neu-
anfang in Nürnberg. Das schloss sie nicht aus. Doch warum hat
er seine Schulden dann nicht längst zurückbezahlt? Uhlig hatte
sich ja hier schnell ein dickes finanzielles Polster zulegen können.

Für Paula sah es so aus, als sei ihm sein älterer Bruder herzlich
egal gewesen. Torsten Uhlig hatte bei dieser Sache von Anfang an
auf Stefan Uhligs Ehrgefühl spekuliert, dessen schwärmerischen,
fast schon naiven Glauben an einen gottgegebenen familiären
Zusammenhalt, an die Verlässlichkeit, und das bedingungslose
Vertrauen unter Geschwistern ins Kalkül gezogen. Im Grunde
hatte er diese Gefühle kalten Herzens zu seinem Vorteil genutzt.
Das war taktisch clever von ihm gewesen, diesem angeblich doch
so guten Menschen.

Ehrgeiz konnte etwas Positives sein, weil es half, einen nach
vorn zu bringen. Man konnte damit auch scheinbar unerreich-
bare Ziele erreichen. Er konnte aber auch, egal, mit welcher
Zielsetzung, eine Krankheit werden, wenn man das Maß aus den
Augen verlor – etwas, das Geist und Psyche mit Giften über-
schwemmte. Dann nämlich verkehrte sich die aufputschende,
positive Wirkung des Ehrgeizes in ihr Gegenteil und wirkte nur
noch zersetzend. Das wusste sie aus eigener Erfahrung.

Was, wenn Torsten Uhlig in seinem Beruf ebenfalls ein so
kluger, erbarmungsloser Taktiker gewesen war? Ein Machia-
vellist, der mit den Gefühlen, den Sorgen und Existenzängsten
seiner Geschäftspartner spielte, sie raffiniert zu seinem Nutzen
vermakelte? Als gleichrangiger Geschäftsführer von Wolff wäre
er dazu ja in der Lage gewesen. Er hatte einen eigenen Bereich,
für den nur er verantwortlich war. Keiner klopfte ihm auf die
Finger, keiner kontrollierte ihn.

Da fielen ihr die von Heinrich so titulierten »sehr auffälligen Kürzel« ein. Zweimal dieses SZ. Lächerlich geringe Summen. Aber was, wenn das nur die Spitze eines Eisbergs war? Wenn sich dahinter etwas verbarg, das niemand ahnte? In diesem Moment war sich Paula sicher, dass diesen beiden Kürzeln in ihrem Fall eine größere Bedeutung zukam als die Chemnitzer Neonazis, die Frau Brunner derzeit im Visier hatte. Oder auch Hans-Jürgen Wolff, dem sie selbst anfangs doch so gern eine entscheidende Rolle bei dem Mord nachgewiesen hätte. Und genauso sicher war sie, am Ende ihrer Überlegungen angelangt, dass ausreichend Schlaf die Gedanken belebte, genau wie das rechte Quantum Wein.

So, jetzt die Planung für den Tag. Priorität hatte dieser Marcel. Marcel Orthmann oder Marcel Hölzl. Mit beiden würde sie reden, und zwar in Begleitung von Frau Brunner. Wenn dies erledigt war, dann hätte sie die Frage nach dem dritten Gedeck gelöst. Heinrich sollte sich derweil nochmals Uhligs Kontobewegungen vornehmen. Das war am effektivsten. Erstens konnte das keiner so gut wie er, und zweitens hatte er sich ja in das Thema bereits hinlänglich eingearbeitet.

Nachdem alles getan war, was zu tun war, wartete sie. Eine Tätigkeit, die ihr schon für gewöhnlich verhasst war. Aber heute, da ihr Ermittlungserfolg mit Händen greifbar schien, potenzierte sich dieser Widerwille um ein Vielfaches.

Sie sah auf die Uhr. Erst fünfunddreißig Minuten nach sieben Uhr. Sie stöhnte laut auf. In diesem Moment nahm sie es ihren Mitarbeitern übel, nicht über dasselbe Maß an Arbeitseifer und Disziplin zu verfügen wie sie, die hier bereits seit einer guten Stunde die Arbeit der ganzen Kommission erledigte. Sie blickte nochmals prüfend auf die Uhr, die immer noch sieben Uhr fünfunddreißig anzeigte, und griff dann nach dem Hörer.

»Guten Morgen«, sagte sie. »Mein Name ist Steiner. Spreche ich mit Herrn Marcel Orthmann?«

Nein, antwortete eine junge männliche Stimme am anderen Ende der Leitung, der Chef sei noch nicht da, würde aber in einer guten Stunde erreichbar sein.

»Das ist ja wunderbar, dann komme ich um neun Uhr zu Ihnen. Passauer Straße ist doch richtig?«

Ja, schon, aber sie könne ihm genauso gut sagen, worum es gehe.

»Ach nein, danke. Das möchte ich gerne mit Herrn Orthmann selbst besprechen, zumal es sich dabei um eine größere Sache handelt. Herr Orthmann ist mir empfohlen worden. Bitte richten Sie ihm doch aus, dass ich Punkt neun Uhr da sein werde.«

Das gleiche Spiel wiederholte sie, ebenfalls mit unterdrückter Rufnummer, bei der Bedachungen Peter Hölzl GmbH & Co. KG. Augenblicklich wurde sie mit »unserem Juniorchef« Marcel Hölzl verbunden, das hätte sie gern vermieden. Auch ihm sagte sie, man habe ihn ihr empfohlen und dass sie ihn gern persönlich sprechen würde. Sie komme gegen elf bei ihm in der Dollnsteiner Straße vorbei, das sei ihm doch recht, oder?

Worum es sich denn handele, fragte Hölzl. Um eine ziemlich große Sache. Worum genau?, insistierte er. Ach, antwortete sie nach kurzer Bedenkzeit, unter anderem um die Dacherneuerung eines ganzen Wohnblocks hier im Osten von Nürnberg. Sie bräuchte da einen entsprechenden Kostenvoranschlag von ihm. Eine kleine taktische Schwindelei, die aus ihrer Sicht aber notwendig war. Sie musste ja nicht schon am Telefon ihrem Befragungskandidaten unnötig Angst einjagen.

Eine halbe Stunde später. Endlich war die Kommission komplett. Paula informierte die Kollegen über ihren Plan und über die Aufgabenverteilung. Die ersten Einwände kamen diesmal von ungewohnter Seite.

»Ach, ich kann vorerst eigentlich hier nicht weg«, sagte Frau Brunner. »Ich muss doch mit meinem Verbindungsmann −«

»Mensch, Eva«, fiel ihr Heinrich ins Wort. »Du mit deiner Neonazi-Theorie. Du glaubst doch nicht im Ernst, dass irgend so ein Blödmann von da drüben hierherfährt, ungehindert in Uhligs Wohnung kommt, schon mal das ist doch höchst fragwürdig, ihn dann umbringt, um ihn anschließend am Wöhrder See an dieser Pergola aufzuknüpfen. Das ist doch Quatsch. Wenn das ein Neonazi gewesen wäre«, betonte Heinrich den Konjunktiv, »dann hätte er sich diese Mühe mit Sicherheit nicht gemacht. Von den Ortskenntnissen ganz zu schweigen. Da bin ich ganz Paulas Meinung. Dieses An-den-Pranger-Stellen hat eine Bedeutung.«

»So, und welche?«, fragte Eva Brunner pikiert und ziemlich beleidigt zurück.

»Ja, welche genau, weiß ich natürlich nicht. Aber so viel ist gewiss: Es geht dabei um Abschreckung und Buße. Und darum, dass dem Täter auch«, betonte Heinrich, »daran gelegen war, sein Opfer in der Öffentlichkeit bloßzustellen. Er hat diese Anhöhe da an der Wöhrder Wiese nach dem Mord sozusagen zusätzlich als Plattform benutzt, um eine Ehrenstrafe an Uhlig zu vollstrecken. Quasi als äußeres Zeichen einer Strafgerichtsbarkeit, die ihm seiner Meinung nach zustand, zu der er sich berechtigt fühlte. Natürlich rein subjektiv gesehen.«

»Das hätte er einfacher haben können«, hielt Eva Brunner dagegen. »Und effektiver. Es gibt doch dieses Online-Prangern, da werden tatsächliche oder vermeintliche Straftäter in den sozialen Medien zur Schau gestellt, oft mit Bild und Namensangabe. In den USA geht das so weit, dass sogar vonseiten der Behörden Listen von Straftätern – vor allem von Vergewaltigern – mit vollem Namen, Foto und Adresse veröffentlicht werden. Und im Netz steht nichts von Uhlig, das habe ich schon recherchiert. Also hat Uhligs Mörder dieses Online-Prangern nicht in Anspruch genommen, bei dem er ja wesentlich mehr Öffentlichkeit gehabt hätte. Nicht nur eine größere Aufmerksamkeit, sondern auch mehr Resonanz. Und warum sollte jemand, dem deiner Meinung nach doch sehr an Publikumswirksamkeit gelegen ist, auf so etwas freiwillig verzichten?«

»Das ist schon richtig, was Sie sagen, Frau Brunner«, schaltete sich jetzt Paula in den Disput ein. »Aber zum einen besteht ja die Möglichkeit, dass unser Täter davon nichts wusste. Der kannte diese spezielle Abart des An-den-Pranger-Stellens schlicht und ergreifend nicht. Vielleicht ist er ja älter und von daher mit dem Internet nicht so vertraut. Und dann kann es ja auch sein, dass ihm die Öffentlichkeit, die er erreichen wollte, mit dieser Pergola vollständig genügt hat.«

Wie so ihre letzten Worte auf sie nachhallten, kam ihr eine Idee.

»Ja, natürlich, so ist es. Dass ich da nicht früher drauf gekommen bin! Ernst hat kein Auto, und er ist überzeugter Radfahrer. Das heißt: Er fährt sommers wie winters mit seinem Rennrad zur Arbeit. Und da kommt er jedes Mal an dieser Anhöhe mit den zwei Pergolen vorbei. Das ist die kürzeste Strecke von seiner Wohnung an der Dr.-Carlo-Schmid-Straße zum Bauhof. Es ging dem Mörder ausschließlich um Eberhard Ernst. Das war die ganze Öffentlichkeit, die er mit diesem Schandpfahl erreichen wollte.«

Während Eva Brunner sie mehr skeptisch als gedankenvoll beäugte, spendierte Heinrich ihr einen kräftigen verbalen Applaus, auf seine verhaltene Art und Weise. »Nicht schlecht, Frau Steiner, nicht schlecht. Da könnte etwas dran sein.«

Aber schon Sekunden später kräuselten sich seine Lippen zu einem ironischen Lächeln. »Jetzt ist aber ein Rennrad gemeinhin ein Gefährt, mit dem man nicht wie ein Hans Guck-in-die-Luft durch die Landschaft trödelt und immer wieder mal nach oben schaut, sondern ein Sportgerät, um möglichst zügig von A nach B zu gelangen. Also standen die Chancen ziemlich mau, dass Ernst seine ihm von dir zugewiesene Rolle auch tatsächlich wahrnimmt. Er wird Uhlig kaum da oben bemerkt haben, auf seinem Weg zur Arbeit. Oder wie siehst du das?«

»Das mag so sein, ändert aber nichts an der Intention des Täters, als selbst ernannte Gerichtsbarkeit Uhlig der öffentlichen Schande auszusetzen, ihn vor aller Augen an den Pranger zu stellen. Ihm wird das genügt haben, ein wahrnehmbares Zeichen mit hoher Symbolkraft zu setzen. Ob dieses nun von außen, von der Öffentlichkeit, sprich in dem Fall von der Person Eberhard Ernst, auch tatsächlich dementsprechend wahrgenommen wird oder nicht, das heißt: ob der tiefere Sinn, die Idee, die hinter diesem Bild des Prangers steckt, von diesem auch so rezipiert wird oder nicht, das war ihm bei seiner Tat letztendlich egal. Also war Ernst bei diesem Rollenspiel weniger Rezipient als vielmehr

Perzipient. Er musste ja keine aktive kommunikative Handlung erbringen.«

Nach diesem doch sehr akademischen Referat war es eine Zeit lang still. Die Rezipienten Brunner und Bartels hatten vorerst genug damit zu tun, die geballte Ladung Fremdwörter zu verarbeiten. Und auch die Kommunikatorin Steiner war beschäftigt – damit nämlich, all die Worte, die da fast von selbst aus ihr hervorgesprudelt waren, auf sich wirken zu lassen. Doch, war sie im Nachhinein überzeugt, das hatte alles seine Richtigkeit. So könnte es gewesen sein.

Leider hatte ihr Theoriekonstrukt einen entscheidenden Nachteil: Ihr derzeitiger Hauptverdächtiger Eberhard Ernst war damit aus dem Rennen. Vorerst zumindest.

»Und das Motiv, Paula?«, fragte Heinrich. »Hast du dir dazu auch schon Gedanken gemacht?«

»Ja«, antwortete sie, »aber so ganz durch bin ich damit noch nicht.«

»Lass doch mal hören«, sagte er.

Da ihr das zu gönnerhaft klang, drehte sie den Spieß um. »Was meinst du denn?«

»Es könnte, vor allem nach dem, was du uns gerade so schlüssig vorgetragen hast, eine Beziehungstat sein. Demnach wäre der Täter ein Lover gewesen von …« Heinrich stockte. »Ja, von wem jetzt? Von Uhlig oder von Ernst? Es ist ja beides möglich. Was meinst du, Paula?«

Sie blieb ihm die Antwort zu lange schuldig, als dass Eva Brunner diese Auszeit nicht für sich genützt hätte. »Eifersucht ist«, sagte sie, »immer noch die effizienteste Triebkraft, die hinter allen Gewaltverbrechen steckt. Das habe ich erst vor Kurzem in –«

»Deinem Psychologie-Heftel gelesen, was sonst?«, fiel Heinrich ihr genervt ins Wort.

»Nein, überhaupt nicht«, widersprach Eva Brunner. »Das habe ich in einer amerikanischen Meta-Studie gelesen, bei der es um dieses Thema ging. Bei vier von fünf Morden gilt Eifersucht als die treibende Kraft. Da stand auch drin, ab wann Eifersucht ins Pathologische abdriftet. Und ganz viel über den Ursprung und die spezielle Eigendynamik. Seitdem es nämlich Computer und Smartphones gibt, kann Eifersucht Ausmaße annehmen, die früher undenkbar waren. Undenkbar«, wiederholte sie eindringlich. »Wenn du willst, mache ich dir gerne eine Kopie davon.«

Doch Heinrich lehnte ab, ziemlich schroff. »Nein, wirklich nicht. Die Binsenweisheiten, die da drinstehen, die kann ich mir selbst zusammenreimen. Dafür brauche ich keine Meta-Studie. Vor allem keine aus den USA.«

Der Konter ließ nicht lang auf sich warten. »So schlau bist du auch nicht, wie du immer tust. Dir täte das gar nicht schaden, wenn du deinen Horizont mal ein wenig erweiterst. Gerade in psychologischer Hinsicht.«

Bevor das Gespräch noch weiter ausfranste, schaltete Paula sich schnell zu. »So, wir, Frau Brunner, haben jetzt gleich einen Termin. Und du, Heinrich, schaust dir in der Zwischenzeit noch mal Uhligs Kapitalverschiebungen genauestens an. Vielleicht entdeckst du ja doch noch etwas Auffälliges, was in Richtung Sonderzahlung geht, zum Beispiel größere Bareinzahlungen.«

»Ich kann nichts Auffälliges mehr entdecken, weil ich die Kontoauszüge bereits genauestens und eingehendst studiert habe«, sagte Heinrich. »Außerdem ist das Zahlscheingeschäft seit einigen Jahren abgeschafft. Bareinzahlungen sind nur mehr bis maximal eintausend Euro möglich, und das gilt ausschließlich für enge Familienangehörige, die sich dabei ausweisen müssen. Da ist nichts mehr zu holen. Glaube mir, Paula.«

Das tat sie auch, in diesem Punkt vertraute sie ihm rückhaltlos. »Ja, dann machen wir halt die zwei Außentermine zu dritt. Das ist sowieso besser. Einer muss aber das Telefon auf die Zentrale umstellen. Wir treffen uns unten. Ich gehe schon mal vor.«

Sie lief nach unten, fischte Feuerzeug und Zigarettenschachtel noch auf der Treppe aus ihrer Handtasche, stieß die schwere Glastür zum rückseits gelegenen Parkplatz auf und zündete sich eine HB an. Zwar hatte sich ihr silberner Lichtstreifen von heute Morgen verflüchtigt, doch noch immer war sie bester Laune. Auch wenn sie selbst nicht wusste, warum.

Auf der Fahrt Richtung Osten informierte Paula ihre Mitarbeiter, dass sie bei den »beiden Gesprächen ganz stark auf das Überraschungsmoment« setze. Deswegen habe sie auch »bewusst darauf verzichtet, uns anzumelden«.

»Und wen erwarten die dann?«, wollte Heinrich wissen, der freiwillig auf der Rückbank Platz genommen hatte.

»Das habe ich offengelassen«, antwortete sie nicht ganz wahrheitsgemäß.

Zu ihrer Verwunderung gab es in der Tag und Nacht viel befahrenen Passauer Straße Parkplätze in Hülle und Fülle. Paula stellte den Wagen direkt vor dem Anwesen der Orthmann Baumpflege GmbH ab. Ein kleines Siedlerhaus aus den zwanziger Jahren, eingeschossig, mit spitzem Satteldach. Waschbetonplatten in der winzigen Hofeinfahrt, kein Baum, kein Strauch, nicht einmal die hier so beliebten Kübelpflanzen. Und keine großen Gerätschaften. Wie eine Hebebühne zum Beispiel. Das wunderte sie.

Auf dem Doppelflügeltor das Firmenschild, darunter stand in geschwungener Schönschrift: »M. Orthmann. Fachagrarwirt für Baumpflege und Baumsanierung«.

Als sie auf das Gartentor zugingen, trat ein junger Mann aus dem Haus auf sie zu. Rundes Gesicht, braunes, leicht fettiges Haar, sehr muskulös, kaum größer als sie. Blaue fleckige Jeans, festes Schuhwerk, das solide und abgetragen aussah, ein ausgewaschenes und an den Ärmeln abgeschabtes grünes T-Shirt mit dem Aufdruck »Orthmann – die Baumpflege-Profis«. In ihren Augen die zweckmäßige Arbeitskleidung für einen Baumpfleger. Für jemandem jedoch, der viel Wert auf das Äußere legte – wie Noah Adler und Sascha Haindl –, eine ungepflegte, trashige Erscheinung. Endlich. Sie hatte ihr drittes Gedeck gefunden.

»Es tut mir leid, aber hier können Sie den Wagen nicht stehen lassen«, sagte er freundlich. »Ich brauche den Parkplatz dringend für eine Kundschaft, die muss jeden Augenblick da sein.« Dazu schnellten seine Achseln entschuldigend nach oben. Es war diese Verbindlichkeit, gepaart mit seiner Arglosigkeit, die Paula rührte – und die ihn ihr sympathisch machte.

»Herr Orthmann, Herr Marcel Orthmann?«, fragte sie.

Er nickte.

»Die Kundschaft sind wir.« Sie stellte sich und ihre Kollegen vor. Den Ausweis, den sie ihm dabei entgegenhielt, würdigte er mit keinem Blick.

»Aber der Felix hat mir doch ausgerichtet, es kommt um neun eine Frau wegen einer großen Sache. Er hat mir ausdrücklich gesagt, ich sei ihr empfohlen worden.«

»Wahrscheinlich hat Ihr Mitarbeiter da etwas falsch verstanden. Und außerdem finde ich, Herr Orthmann, Mord ist schon eine große Sache.«

Noch immer machte er keine Anstalten, das Gartentor zu öffnen und sie hereinzubitten.

»Aber vielleicht sollten wir uns besser drinnen«, sie deutete auf das Siedlerhäuschen mit dem scheckigen Rauputz, »weiter unterhalten?«

Eilfertig öffnete er die Tür, trat auf die Seite, um sie hereinzulassen, und führte sie ins Haus.

Der Raum – früher wohl das Wohnzimmer, heute das Büro – wirkte kahl und kalt. Ein Regal, ein Schreibtisch, zwei Stühle, das war alles. Auf einem Holzhocker stapelten sich drei Aktenordner. Im Nebenzimmer bellte hinter der verschlossenen Tür ein Hund. Heinrich, der sich in Gegenwart von Hunden noch nie wohlgefühlt hatte, machte ihr ein Zeichen, dass er draußen warten würde.

»Aber ich kann uns doch noch zwei Stühle organisieren, sodass jeder Platz hat«, bot Orthmann an.

Doch da war Heinrich schon verschwunden. Der Fachagrarwirt schob die Aktenordner achtlos in das Regal und zog den Hocker an die vordere Schreibtischseite.

Nachdem Eva Brunner und sie auf den Stühlen Platz genommen hatten, fragte Paula: »Vielleicht können Sie sich ja denken, warum wir hier sind?«

Er schüttelte den Kopf. »Ich habe keine Ahnung. Hat mich jemand angezeigt?«

»Nein«, sagte sie schnell. »Herr Torsten Uhlig ist am Sonntag vor einer Woche umgebracht worden. Deswegen sind wir hier. Wir führen die Ermittlungen in diesem Fall.«

»Ach«, sagte er nach einer Weile. »Das ist ja traurig. Wirklich traurig. Vor allem für seinen Lebensgefährten wird das schlimm sein, für Herrn – Mensch, wie heißt er noch gleich?«

»Ernst. Eberhard Ernst. Das heißt, sie kannten Herrn Uhlig näher?«

Orthmann nickte. »Freilich. Er ist ein Kunde von mir, ein guter Kunde sogar. Als Geschäftsführer von der HV Noris hat er mir öfters Aufträge zugeschanzt.« Um keinen falschen Eindruck zu hinterlassen, fügte er schnell noch hinzu: »Zugeschanzt ist vielleicht ein unpassender Begriff. Nicht dass Sie denken, da ist zwischen mir und Herrn Uhlig gemauschelt worden. Das gibt es bei mir nicht, da bin ich ganz korrekt. Mauscheleien lohnen sich nicht, vor allem langfristig gesehen. Ich habe bei Herrn Uhlig genauso meine Angebote einreichen müssen wie jeder andere Baumpflegefachbetrieb auch. Nur waren wir halt ziemlich oft die mit dem niedrigsten Angebot.«

»Und worauf haben Sie sich spezialisiert?«

Er sah sie fragend an. »Wie, spezialisiert? Wir machen alles. Von der Baumpflege und dem Baumschnitt über die Baumfällung, Behandlung von Baumkrankheiten, Wurzelstockentfernung, Schnittgutentfernung bis hin zur Großbaumverpflanzung.«

»Aber ich habe keine Hebebühne bei Ihnen im Hof gesehen. Wie wollen Sie denn da Bäume fällen? Oder große Bäume verpflanzen?«

»Ach so, das meinen Sie. Das ist doch heutzutage kein Problem mehr«, sagte er mit einem großen, offenen Lächeln. »Wir, der Felix, das ist mein Mitarbeiter und gleichzeitig mein Cousin, und ich, wir machen das meiste in SKT. Also mit der seilunterstützten Baumklettertechnik.«

Bei diesem Stichwort spürte Paula, wie sie von Eva Brunner zweimal kurz mit dem Fuß angestupst wurde.

»Und dazu braucht man keine großen Geräte. Wenn wir wirklich mal eine Arbeitsbühne oder eine Verpflanzungsmaschine brauchen, dann leihen wir uns die einfach aus. Alles andere wie

Häcksler und Motorsägen haben wir ja in unserem Kleinlaster immer dabei.«

»Aha.« Sie überlegte, wie sie ihre nächste Frage formulieren konnte, ohne dass Orthmann daran Anstoß nahm. »Wenn Sie Herrn Uhlig so gut kannten, aufgrund Ihrer engen beruflichen Zusammenarbeit, dann waren Sie vielleicht auch mal privat zusammen unterwegs?«

Ohne jedes Zögern antwortete Orthmann: »Ja. Aber nicht oft. Einmal habe ich ihn in seine Lieblingsbar begleiten sollen, ins ›Coming Out‹. Das ist eine Schwulenbar. Da war dann auch Herr Ernst dabei.«

»Begleiten sollen«, wiederholte sie das Hilfsverb. »Das klingt, als sei dieses Treffen für Sie mehr beruflicher als privater Natur gewesen?«

Erstaunt und erschrocken sah er sie an. »Natürlich. Nur. Das war ein reines Geschäftstreffen. Oder was denken Sie denn? Ich habe nix gegen Schwule, wirklich nicht. Gibt ja auch keinen Grund dafür. Aber ich selbst bin keiner ...«, er suchte nach dem richtigen Wort, »vom anderen Ufer.« Nach dieser Klarstellung entspannte er sich wieder. »Ich mach nicht mit Männern rum.«

Vom anderen Ufer? Eine Redewendung, die sie das letzte Mal in ihrer Kindheit gehört hatte und die erst recht bei diesem so viel jüngeren Mann seltsam altertümelnd wirkte.

»Worum ging es denn bei diesem reinen Geschäftstreffen?«

»Um ein paar Neupflanzungen in einer Wohnanlage mit extrem wenig Abstand zwischen den Häusern. Er wollte wissen, welche Bäume meiner Meinung nach am ehesten dafür in Frage kommen.«

»Das hätten Sie ja auch am Telefon mit ihm besprechen können. Oder?«

»Tja, schon. Von meiner Seite aus durchaus. Aber Uhlig wollte das eben anders. Und für mich ist er, war er«, korrigierte er sich umgehend, »ein ganz wichtiger Kunde. Da bin ich ihm natürlich entgegengekommen, wenn das schon sein Wunsch war.«

»In Uhligs Wohnung waren Sie auch das eine oder andere Mal?« Sie gab sich Mühe, das nicht wie eine Frage klingen zu lassen, sondern wie eine Feststellung. »Dies wohl auch unter dem Aspekt der Kundenorientierung?«

»Ja«, seufzte er leise. »Immer wenn es in letzter Zeit etwas zwischen uns zu besprechen gab, wollte Uhlig, dass wir uns dazu persönlich treffen. Na ja, ich habe mich halt dann gefügt. Aber nur«, betonte er, »damit ich diesen Auftraggeber nicht verliere. Aus sonst keinem anderen Grund.« Er schien angespannt zu sein. So angespannt und nervös, dass er mit dem Kugelschreiber, der vor ihm lag, spielte.

»Das scheint ja auch geklappt zu haben.«

»Hm, hm«, nickte er zustimmend.

»Sie sind Biertrinker?«, lächelte sie ihn an. »Und essen gern Macadamianüsse?«

»Ja, stimmt. Aber woher wissen Sie das?«

Sie überhörte seine Gegenfrage. »Und wie sieht es mit Champagner aus?«

»Meinen Sie richtigen französischen Champagner oder bloß Sekt?«

»Richtigen Champagner.«

»Oh ja. Trinke ich gern, kann ich mir aber nicht oft leisten.«

Marcel Orthmann hatte bis jetzt all ihre Fragen bereitwillig, geradezu naiv, und, wie sie den Eindruck hatte, aufrichtig beantwortet. Nun suchte Paula nach einer möglichst beiläufigen Formulierung, um sein Verhältnis zu Eberhard Ernst anzusprechen, da kam ihr Frau Brunner in die Quere.

»Und wie sieht es mit Ihrem Alibi für die Tatzeit aus, Herr Orthmann? Wo waren Sie am Sonntagabend vergangener Woche von dreiundzwanzig bis vierundzwanzig Uhr? Und kann das jemand bezeugen?«

Auch auf diese Frage antwortete der Baumpfleger sofort. »Am Sonntagabend, vor zehn Tagen? Da war ich bei Felix' Mutter, also bei meiner Tante. Die kocht immer für mich an den Sonntagen groß auf. Ihrer Meinung nach soll der Bub«, dabei lachte er leise, »also ich, mindestens einmal in der Woche etwas Gescheites zu essen kriegen. Und auch die Nacht von Sonntag auf Montag schlafe ich dort, also bei meiner Tante und bei meinem Cousin.«

Eva Brunner fragte nach Namen und Adresse dieser Tante. Beides nannte Orthmann ihr genauso offen und umgehend, wie er bisher alle Fragen beantwortet hatte. Da wagte sich Paula vor.

»Wie war eigentlich Uhligs Verhältnis zu Herrn Ernst? Welchen Eindruck hatten Sie von dieser Partnerschaft?«

»Na ja, so oft habe ich die beiden ja nicht zusammen erlebt. Aber ich denke schon, dass sie sich ganz gut verstanden haben.«

»Also keine Verstimmung oder Ärger zwischen Herrn Uhlig und seinem Freund? Oder kleine Eifersüchteleien untereinander?«

»Nein. Glaube ich nicht. Die haben sich eigentlich wie ein ganz normales Heteropärchen aufgeführt. Nicht mehr ganz frisch verliebt, aber doch gut eingespielt.«

»Gut. Aber nachdem Sie sich doch das eine oder andere Mal quasi halb geschäftlich, halb privat mit Herrn Uhlig getroffen haben, vielleicht wissen Sie ja von Leuten, mit denen er Ärger hatte? Oder die ihm gar feindlich gestimmt waren? Es könnte doch sein, dass er Ihnen davon erzählt hat.«

»Von Feinden weiß ich nichts. Ärger, ja, den hatte er wohl manchmal. Aber das war meiner Meinung nach alles im Normalbereich. So wie jeder von uns mal eine Wut hat. Das geht auch wieder vorbei.«

»Und auf wen hatte Herr Uhlig gelegentlich eine Wut?«

»Ach, manchmal hat er von Kollegen beziehungsweise seinen Mitarbeitern erzählt, dass die nicht immer so spuren, wie er sich das vorstellt.«

Bei dem Stichwort Kollegen horchte Paula auf. Seit einer geschlagenen Woche lag diese Liste der Kollegen Uhligs, mit der sie es damals Wolff gegenüber ja so eilig gehabt hatte, in ihrem Schreibtisch. Unangetastet und unbearbeitet. Warum nur hatte sie mit dieser Basisrecherche so lange gewartet?

»Irgendeinen oder mehrere Namen haben Sie auch dazu?«

»Nein«, lachte Orthmann hell auf. »Daran kann ich mich nicht erinnern. Wissen Sie, das ist bei mir hier rein…«, er deutete auf sein rechtes Ohr, »…gegangen und da«, entsprechender Fingerzeig zum linken Ohr, »wieder raus. Ich habe mir das alles nur angehört, weil ich nicht unhöflich sein wollte. Und dann sofort auch wieder vergessen.«

»Kamen auch Differenzen mit seinem Kompagnon, Herrn Wolff, zur Sprache?«

»Ja, schon. Aber um was es da ging?«, stellte sich Orthmann selbst die Frage. »Ich glaube, es hat ihm einfach nicht gepasst, dass Wolff ihn noch immer kontrolliert und hinter ihm hergeschnüffelt hat. Obwohl er ihm als Geschäftsführer doch gleichgestellt war, wie er meinte. Ja, da gab es wohl öfters Ärger.«

Das passte zu dem, was Wolffs Frau ihr gegenüber verlautbart hatte, dachte Paula. Also war es mit der Ebenbürtigkeit der zwei Geschäftsführer nicht so weit her.

Sie sah zu Eva Brunner, die kurz den Kopf schüttelte. Beide Kommissarinnen standen zeitgleich auf und verabschiedeten sich.

Kaum saßen sie in ihrem Dienstwagen, brach es aus Eva Brunner hervor, erregt und selbstsicher: »Seilunterstützte Klettertechnik, soso. Wissen Sie, Frau Steiner, was das bedeutet?« Eine rhetorische Frage. Denn die Antwort folgte auf dem Fuß. »Das heißt, der Orthmann kennt sich in solchen Sachen aus; er weiß, wie man einen erwachsenen Mann an einer Pergola aufknüpft. Nur Orthmann ist von unseren Verdächtigen dazu in der Lage. Das war für den ein Kinderspiel.«

»Und was schließen Sie daraus?«

»Dass der seine Finger mit im Spiel hatte. Das ist doch offensichtlich.«

»Gut, er hatte die Mittel. Und meinethalben auch die Gelegenheit, dadurch dass er bei Uhlig ein und aus ging. Aber wie sieht es mit dem Motiv aus?«

»Verdächtigt ihr jetzt wohl auch diesen Orthmann?« Diese erstaunte Frage kam von der Rückbank, wo Heinrich Platz genommen hatte.

»Nicht *ihr*«, korrigierte Paula ihn, »nur Frau Brunner.«

»Jawohl, das tue ich. Denn schließlich ist er der Einzige von allen Tatverdächtigen, der – eben bedingt durch seine beruflichen Fertigkeiten – auf diese Pergola klettern und Uhlig dort oben aufhängen konnte.«

»Quatsch«, erwiderte Heinrich. »Das kann jeder. Frauen übrigens auch.«

»Das will ich sehen! Das zeigst du mir!«

»Ja, das machen wir jetzt auch«, sagte Paula. »Das hätten wir schon längst machen sollen, diesen Ortstermin zu dritt. Dann haben wir wenigstens Klarheit. Und wenn wir damit fertig sind, werden wir uns im Anschluss Uhligs Kollegen vornehmen. Das ist nämlich das Zweite, was wir schon längst hätten erledigen sollen.«

Kurz darauf stand das Trio, bewaffnet mit dem Verbandskasten des Polizei-BMW, auf der windigen Anhöhe am Wöhrder See. Heinrich hatte sich mit dem Hinweis, er sei der Größte von ihnen, selbst als das Opfer zur Verfügung gestellt. »Bei der Gelegenheit kannst du auch gleich sehen, Eva, dass selbst eine Frau dazu imstande ist.«

Er setzte sich breitbeinig auf die Holzbank, ließ den Kopf nach vorn fallen und spielte seine Rolle als toter Mann auch sonst hervorragend. Paula wickelte ihm die Fixierbinde mehrmals um den Kopf, stieg auf den Sitz neben Heinrich und warf die beiden Enden der Binde über die Abdeckleiste der Pergola.

»So, und das Weitere erspare ich uns. Heinrich, du kannst wieder aufstehen. Man sieht ja, wie einfach das bis hierher geht. Der Mörder hat Uhlig dann an den beiden Enden nach oben gezogen. Was ihm insofern leichter gefallen ist, als Uhlig wesentlich größer war, als es Heinrich ist.«

Doch Frau Brunner blieb skeptisch. »Okay. Bis hierher ist das so möglich. Aber der Knoten? Diese Binde war ja oben«, betonte sie, »auf der Leiste verknotet, nicht unten. Dazu muss man schon auf die Abdeckung klettern.«

Paula widersprach. »Nein, muss man nicht. Schauen Sie, ich zieh die beiden Enden kräftig nach unten und bringe damit den Toten in eine stabile vertikale Lage. Dann nehme ich die Enden der Fixierbinde eines nach dem anderen nach oben durch die Abdeckung« – es folgte eine pantomimenreife Demonstration mit dem imaginären Tatwerkzeug – »und knüpfe sie zu einem

Knoten. Das zum Thema: Nur Orthmann ist von unseren Verdächtigen dazu in der Lage.«

Sie stieg von der Bank und entsorgte die Binde in den kommunalen Abfalleimer. »Apropos Verdächtige: Haben wir denn überhaupt noch jemanden, der diesen Namen verdient?«

»Wir haben noch das braune Gesindel von da drüben«, sagte Frau Brunner. »Ich warte immer noch auf die Ergebnisse –«

»Ich finde, Heinrich hat recht. Das ist höchst unwahrscheinlich und sehr konstruiert. Wolff ist für mich auch raus. Der hat kein Motiv. Außerdem hätte der sich nicht die Mühe mit der Pergola gemacht, der nicht. Der hat sich früher immer für die Lösung mit dem geringsten Aufwand entschieden und schon als Jugendlicher, wo das noch gar nicht Mode war, dauernd von Effizienz und Effektivität geschwafelt. Nein, der war es mit Sicherheit nicht, was ich persönlich sehr bedauere.«

»Ich auch, ich auch«, ergänzte Heinrich. »Bleiben nur mehr Ernst und Orthmann.«

»Ernst ja, Orthmann nein. Du hast doch gesehen, wie der finanziell aufgestellt ist, Heinrich. Meinst du, Orthmann hätte Uhlig sonst daheim besucht und wäre mit in das ›Coming Out‹ gegangen, wenn er auf ihn nicht angewiesen gewesen wäre? Nein, nein, der hätte sich ja ins eigene Fleisch geschnitten, wenn er sich seines besten Auftraggebers ein für alle Mal entledigt hätte.«

»Also holen wir uns einen Durchsuchungsbeschluss für Ernsts Wohnung. Oder willst du, dass wir erst Uhligs Kollegen befragen?«, fragte er.

»Nein, weder noch. Wir nehmen unseren zweiten Außentermin wahr. Wir fahren zu Hölzl.«

»Und wozu soll das gut sein, Paula? Was versprichst du dir davon? Wir haben doch schon den Marcel, den wir gesucht haben.«

»Ich möchte jetzt mal wissen, wie Uhlig mit seinen anderen Handwerkern umgegangen ist. Ob er die auch so hofiert und bevorzugt hat wie Orthmann mit den Privataudienzen und so weiter. Und diesmal bist du mit von der Partie, Heinrich. Dieses Gespräch wirst nämlich in erster Linie du führen. Egal, ob bei diesem Dachdecker irgendwo ein Hund an der Kette liegt oder frei herumläuft.«

»Klaro. Wenn da etwas sein sollte, dann werde ich das aus dem schon herauskitzeln. Und dabei werde ich ganz raffiniert vorgehen. Das kriegt der Hölzl gar nicht mit.«

Es folgte eine kurzweilige Fahrt in den Südwesten der Stadt. Das hatte die Besatzung vor allem Eva Brunner zu verdanken. Ihr und einigen Kostproben aus ihrer Lieblingslektüre.

»Frau Steiner, sagt Ihnen PTED eigentlich etwas? ... Nicht? Das ist in der wissenschaftlichen Psychologie das Kürzel für Posttraumatische Verbitterungsstörung. Das ist ein ganz junges Krankheitsbild mit gravierenden Folgen ... wird den Anpassungsstörungen zugeordnet ... depressive Stimmung mit Hass- und Rachegedanken ... nach der Wende litten vor allem ostdeutsche Patienten darunter ... Verbitterung als Protest ... steigert die Gewalttätigkeit nach außen ... Zorn und Rachegelüste ... sehen sich als Opfer ... fehlt das Gefühl von Versöhnlichkeit ... oft in Kombination mit Alkoholabhängigkeit und Fettleibigkeit ...«

Bei alldem fühlte sich Paula von Eva Brunner präzise beschrieben – und ertappt. Unversöhnlich, zornig, Hassgedanken, auf Rache aus, alkoholabhängig, fehlten bloß noch die Fettleibigkeit und die Gewalt nach außen. Das missfiel ihr. Deshalb kam sie zu dem Schluss, dass die Reflexionspanoramen der großen Psychologin Eva Brunner genau dieselbe Trefferquote hatten wie die wöchentlichen Horoskope in der »Bäckerblume«: Manchmal trafen sie zu und oft eben auch nicht.

Gut, sie trank gern mal ein kleines Gläschen Wein und wünschte ihrem Bruder die Pest an den Hals, und das seit knapp dreißig Jahren. Sie hatte ja allen Grund dazu; das war auch ein widerlicher, selbstgefälliger, uneinsichtiger Raffzahn. Aber deswegen war sie noch lange nicht verbittert. Das musste man doch sauber voneinander trennen können.

»Und hat das auch irgendeine Beziehung zu unserem Fall?«, fragte sie grimmig und mit sehr lauter Stimme. »Bringt uns das bei den Ermittlungen irgendwie weiter?«

»Ja freilich, sonst würde ich Ihnen das ja nicht erzählen. Und zwar beim Profiling. Das haben wir bisher sehr vernachlässigt, finde ich. Also, wie gesagt, solche PTED-Patienten fühlen sich in der Regel extrem ungerecht behandelt. Die sind vom Leben zutiefst enttäuscht. Manche haben eine nahestehende Person verloren, andere ihren Job, wieder andere ihre ganze Habe. Alles, was ihnen wichtig ist. Da ist der Basic Belief schnell ad acta —«

»Der wer?«, schrie es von der Rückbank.

»Der Basic Belief«, wiederholte Eva Brunner nachsichtig, und es war zu hören, dass sie ihre Rolle als Expertin mit Exklusivwissen genoss. »So etwas wie das Grundvertrauen, das jeder Mensch braucht und das einen durch das Leben trägt. Manche ziehen das aus der Religion, andere aus der Gerechtigkeit, aus der Familie oder aus was auch immer. Und da bin ich eben der Meinung, dass unser Täter oder die Täterin diesen Basic Belief schon längst verloren und deswegen so reagiert hat.«

»Ach, deshalb also hat er Uhlig umgebracht. Dass wir da nicht gleich drauf gekommen sind«, sagte Heinrich und tunkte seine Stimme in Ironie. Dann fügte er noch hinzu: »Das kommt dabei heraus, wenn man sich jahrelang diese Psycho-Scheiße unkontrolliert reinzieht wie ein Junkie seinen Stoff.«

Da drehte sich Eva Brunner wie von der Tarantel gestochen nach hinten. »Nur weil du manchmal so unsäglich borniert bist und dich für gar nichts interessiert außer irgendwelchem banalen Zahlenkram, brauchst du mich noch lange nicht zu beleidigen. Nur weil dir der Sinn für alles, was man nicht anfassen oder aufessen kann, abgeht.«

Danach herrschte schlagartig Ruhe in dem BMW. Eine wohltuende Stille, die Paula dazu nutzte, die Dollnsteiner Straße in das Navigationsgerät einzugeben.

ZEHN

Der Dachdeckerbetrieb Peter Hölzl GmbH & Co. KG hatte alles, was der Baumpflegefachwirt Orthmann nicht hatte: einen großen Hof mit sauber gestutzten Buchsbaumhecken und hübsch kupierten Ahornkugeln, rechts davon einen Parkplatz mit vier Kleinlastwagen, ein frisch verputztes Hauptgebäude im alpenländischen Stil, zwei kleinere Nebengebäude, die gleichfalls eine Giebelholzverkleidung und ein umlaufender Balkon aus echter handgeschnitzter Zirbe zierten, und eine riesige Wand aus Acrylglas, an der Muster verschiedenster Ziegel aufgefächert waren.

Paula parkte den BMW direkt hinter dem Firmenwagen-Quartett. In geschlossener Reihenformation marschierte das ungleiche Trio auf das Hauptgebäude zu. Die Begrüßung in dem geräumigen und wider Erwarten modern möblierten Büro der Dachdeckerei fiel frostig aus.

»Da, wo Sie jetzt stehen, können Sie nicht stehen bleiben. Ihren Wagen müssen Sie wieder wegfahren«, sagte eine junge kompakte Frau, ohne von ihrem Ordner aufzusehen. Sie trug einen burschikosen Kurzhaarschnitt und ein rot-weiß kariertes Dirndl, das tief blicken ließ und mindestens eine Körpergröße zu klein gewählt war. »Unsere Leute haben gleich einen Termin.«

Paula reichte Eva Brunner wortlos den Autoschlüssel. »Ja, das machen wir. Und jetzt würde ich gerne mit Herrn Marcel Hölzl sprechen, Frau ...?«

»Hölzl. Mein Mann hat momentan wenig Zeit. Ich frage mal, ob er es einrichten kann.« Nach einem kurzen Anruf dann die Zusicherung: »Er kommt gleich. Sie sollen schon mal im Konferenzraum Platz nehmen. Hier zur Tür raus und gleich die nächste Tür rechts.«

Das Besprechungszimmer – eine Analogie zu den Zirben-Balkonen – variierte das Thema Alpenvorland auf seine Weise. Tisch und Stühle aus massiver Lärche, ein Laminat-Boden im Landhausdielen-Look, Vorhanggarnituren mit verkantetem, handgeschmiedetem Eisen und schweren Baumwollvorhängen, die tatsächlich – Paula musste ganz nah herangehen, um ihre Befürchtung bestätigt zu finden – jede Menge Alphornbläser vor dem Matterhorn verunzierten.

Marcel Hölzl passte zu dieser Peinlichkeit von Konferenzraum wie die sprichwörtliche Faust aufs Auge. Er trug einen grünen Lodenjanker, eine braune Flanellhose mit grünen Lederapplikationen an allen möglichen und vor allem unmöglichen Stellen sowie braune Gesundheitsschuhe. Er war korpulent, groß und blond, hatte eine schöne Stimme, tief und voll, und ein ansteckendes Grübchen-Lächeln. Und – er strahlte Souveränität aus, was Paula in diesem Raum und vor allem in seinem komödienstadlhaften Aufzug als seine größte Leistung würdigte.

Heinrich teilte ihm den Grund ihres Kommens mit. Hölzl reagierte erstaunlich gelassen und sehr prosaisch. »So, da hat's ihn derbröselt, unsern Mister neun Prozent.«

Dass man ihm das Herauskitzeln, das raffinierte, so leicht machen würde, darauf war Heinrich nicht vorbereitet. »Wollen Sie damit sagen, dass Herr Uhlig bestechlich war, dass er Geld genommen hat für ... äh ... die Vergabe von Aufträgen?«, stotterte er.

»Ja.«

»Und dass dabei immer neun Prozent der Auftragssumme an Herrn Uhlig fällig waren?«

»Ja.« Hölzl war kein Freund vieler Worte.

»Ah ja. Und das wiederum wissen Sie, weil Sie selbst auch Aufträge von ihm bekommen haben und dafür dieses Bestechungsgeld bezahlen mussten?«

»Nein. Natürlich nicht.« Der Chef der GmbH & Co. KG mochte offen und bis zu einem gewissen Punkt auch ehrlich sein, aber dämlich war er nicht.

»Woher haben Sie dann Kenntnis dieser gegenseitigen strafbaren Vorteilsannahme und Vorteilsgewährung?«

»Von wem?«, sagte Hölzl mit seiner schönen tiefen Stimme und einem verschmitzten Lächeln. »Weiß ich nicht mehr. Das muss ich irgendwo mal aufgeschnappt haben, zufällig.«

»Wissen Sie, wie das konkret ablief?«, schaltete sich Paula in das Gespräch zu. »Vielleicht haben Sie das ja auch irgendwo mal zufällig aufgeschnappt?«

»Bei Uhlig hatte man die Wahl: entweder neun Prozent der Auftragssumme an ihn oder keine Aufträge mehr. Aber da war er nicht der Einzige in der Branche. Das ist bei Hausverwaltungen die Regel. Die Ausnahme ist, wenn kein Bestechungsgeld verlangt wird. Meistens sind es vier, fünf Prozent, die da fällig werden. Uhlig hat halt am meisten kassiert, immer waren es neun Prozent.« Dann fügte er noch eilig hinzu: »Also, was ich so gehört habe.«

»Ich kann mir gar nicht vorstellen, dass sich da seriöse Handwerksbetriebe darauf einlassen. Neun Prozent sind doch kein Pappenstiel. Das muss doch auch erst mal erwirtschaftet werden«, nahm Heinrich das Heft wieder in die Hand.

»Ha«, lachte Hölzl laut auf, »Sie haben ja Vorstellungen, Herr Bartels. Das läuft doch ganz anders. Hausverwaltungen und auch die öffentliche Hand zum Beispiel sind ja verpflichtet, mehrere Angebote einzuholen. Wer das niedrigste Angebot im Ausschreibungsspiegel abgegeben hat und bisher nicht groß unangenehm aufgefallen ist, kriegt den Auftrag. Und dass derjenige, der ihn schmiert, das billigste Angebot einreicht, dafür wird an der entsprechenden verantwortlichen Stelle schon gesorgt. Und wenn es hinterher eben dreißigtausend Euro mehr kostet, tja, Pech gehabt. Konnte man nicht so genau vorausplanen. Das ist erlaubt.«

Die lange Rede schien den Dachdeckermeister ermüdet zu haben. Er stand auf. »Ich brauch jetzt erst mal einen Kaffee. Wollen S' auch einen?«

Der Teetrinker Heinrich lehnte strikt ab – »Nein, danke, wollen wir nicht« –, noch bevor Paula überhaupt mit dem Kopf nicken konnte. Er habe nur noch eine Frage. Diese Bestechungsgelder habe sich Uhlig doch sicher bar auszahlen lassen, oder?

»Klar. Er verlangte jedes Mal eine Stückelung von Fünfhundert-Euro-Scheinen«, sagte Hölzl. Und vergaß auch nicht den vor diesem hochsensiblen Publikum so wichtigen Zusatz: »Also, was ich so aufgeschnappt habe.«

Dann geleitete er die beiden Polizisten nach draußen. Als sie Herrn Hölzl die Hand zum Abschied reichte, fragte Paula noch: »Sie machen bestimmt gerne Urlaub im Alpenvorland?«

Entsetzt sah er sie an. »Mit Sicherheit nicht. Da brauche ich nicht in die Alpen zu fahren, wenn ich Berge sehen will. Die habe ich ja hier in der Hersbrucker Schweiz ausreichend vor der Haustür, und das Ganze nicht so überlaufen. Nein, meine Frau und ich fahren jetzt schon seit fünf Jahren nach Costa Rica. Kann ich jedem nur wärmstens empfehlen.«

Als sie vor dem Wagen standen, in dem Frau Brunner schon hinter dem Lenkrad auf sie wartete, drehte sich Paula zu Heinrich um. »Alle haben es gewusst, dass Uhlig korrupt bis auf die Knochen war. Ernst, Wolff und Orthmann, und keiner hat etwas gesagt.«

»Ernst und Wolff ja«, stimmte Heinrich ihr zu, »aber bei Orthmann bin ich mir nicht so sicher.«

»Warum nicht?«

»Wolff hatte Angst um den guten Ruf seiner Hausverwaltung, Ernst wollte vermeiden, dass man seinen Partner noch post mortem mit Dreck bewirft. Aber welchen Grund sollte Orthmann haben, uns das vorzuenthalten? Jetzt, nachdem Uhlig nicht mehr lebt. Du hast doch selbst gesagt, Uhlig hat Orthmann hofiert und bevorzugt. Umgekehrt galt das nicht. Orthmann hatte kein Interesse an seinem Auftraggeber, sofern es über das rein geschäftliche hinausging.«

»Stimmt, da hast du recht«, sagte Paula und nahm auf dem Beifahrersitz Platz. »In diesem einen speziellen Fall wird Uhlig eine Ausnahme gemacht haben. Da hat er den Wohltäter gespielt. Und er hat den Kontakt gesucht, immer wieder. So wie es aussieht, wollte er diese Verbindung zu einem Kunden auf eine andere Stufe stellen. Aber warum? Meinst du, er hat sich von dieser Beziehung auf Dauer mehr versprochen?«

»Auch das glaube ich nicht. Vielleicht ganz am Anfang. Aber dann hätte er sich doch mit Orthmann allein getroffen, ohne dass Ernst dabei ist. Außerdem hast du mir selbst gesagt, Ernst habe nicht den Eindruck gemacht, er sei eifersüchtig auf Orthmann gewesen. Vor allem dann nicht mehr, nachdem ihn Uhlig endlich eingeweiht hatte.«

Auch in diesem Punkt musste sie Heinrich zustimmen. Es gab da diese leichte Unwucht in der Beziehung Uhligs zu Orthmann. Uhlig hatte sich dem Baumpflegefachwirt wiederholt angebiedert, scharwenzelte um ihn herum, kaufte Champagner, besorgte diese spezielle Art Nüsse, schleppte ihn in seine Lieblingsbar, stellte ihm seinen Lebensgefährten vor, kochte für ihn auf. Und Orthmann? Reduzierte diese fast schon anrührenden Bemühungen auf »reine Geschäftstreffen mit einem ganz wichtigen Kunden«.

Dieser Unwucht, war sie überzeugt, als sie endlich den Frauentorgraben erreicht hatten, musste sie nachgehen. Die durfte sie nicht vernachlässigen. Die war der Schlüssel zu des Rätsels Lösung.

»Ich glaube, wir müssen bei den Befragungen ein wenig nachbessern«, sagte Paula, noch bevor sie ausstieg. Auf die fragenden Blicke ihrer Mitarbeiter wurde sie konkret. »Wir müssen heute noch mal zu Wolff und Ernst. Ich will das jetzt abklären, ob Ernst wirklich von diesen Bestechungsgeldern Kenntnis hatte und wenn ja, seit wann. Und bei Wolff würde mich interessieren, ob er in die Mauscheleien involviert war oder ob Uhlig das im Alleingang durchgezogen hat. Also, wer übernimmt was?«

»Doch nicht etwa jetzt gleich?«, rief Heinrich aus. »Jetzt ist Mittag.«

»Freilich, jetzt sofort.«

»Das können wir doch auch telefonisch erledigen.«

»Nein, leider nicht. Dafür ist die Gesamtkonstellation zu … ja, zu heikel eben.«

»Gut, ich fahre zu Ernst«, sagte Eva Brunner.

»Wunderbar. Rufen Sie aber vorher an, ob er noch daheim ist. Fährst du mit zu Ernst, Heinrich? Dann würde ich zu Wolff gehen.«

»Nein. Du kannst ruhig mit der Eva fahren. Den Gang nach Canossa übernehme ich allein.«

»Prima, sehr schön. Und der soll dir nicht blöd kommen. Ein Gang nach Canossa wird das nicht. Frag ihn nach den drei Telefonaten an Uhligs Todestag. Das ist das Einzige, was uns jetzt interessiert. Du kannst ruhig ein wenig Druck aufbauen, so nach dem Motto: Hör mal, Freund, du bist noch lange nicht aus dem Spiel, bloß weil mit deinen Büchern scheinbar alles in Ordnung ist. Außerdem hat er nur ein Familienalibi. Und die Sache mit Uhligs horrenden Bestechungsgeldern wird Auswirkungen auf seinen Ruf haben beziehungsweise auf den seiner HV Noris, auch wenn er nichts davon gewusst haben sollte. Da kann man schon dafür sorgen, dass sich das ganz schnell rumspricht. Mach ihm das gleich von Anfang an deutlich.«

Heinrich nickte. Einmal kurz, dann noch einmal langsam und bedächtig. Er hatte verstanden. Diese Art Druckaufbau funktionierte nur im Kampf Mann gegen Mann, persönlich, unter vier Augen. Weitere Zeugen, auch solche am Telefon, konnten das eventuell missverstehen und in den falschen Hals kriegen.

Eva Brunner hatte ihren Auftrag erfüllt und sich sowie Paula Steiner bei Eberhard Ernst, der bereits wieder an seinem Arbeitsplatz saß, avisiert. Jetzt überlegten die beiden Kommissarinnen, ob sie zu Fuß zum Bauhof gehen oder mit dem Wagen fahren sollten. Sie entschieden sich für den Fußmarsch. Bis zur Königstraße begleitete Heinrich seine Kolleginnen, dann trennten sich ihre Wege.

Eberhard Ernst erwartete die Zweier-Delegation der Kommission 4 vor dem Bauhof. Er unterstellte, dass es ihnen ja wohl nichts ausmache, wenn man die Unterhaltung ins Freie verlege. Schließlich sei jetzt seine Mittagspause, und er sei es einfach gewöhnt, sich in dieser Zeit die Beine etwas zu vertreten. Außerdem sehe er gar nicht ein, dass er von seinen Gewohnheiten ohne Not abweiche, nur weil die Polizei bei ihren Ermittlungen anscheinend keinen Schritt vorankomme.

Erst war Paula geneigt, sich auf seinen Vorschlag einzulassen, doch nach diesem pampig-schneidigen Zusatz änderte sie kurzerhand ihre Meinung.

»Das ist keine Unterhaltung, Herr Ernst, das ist eine Vernehmung. Und selbstverständlich können wir die nicht ins Freie
verlegen. Eine von uns beiden muss Protokoll führen. Das muss
ja alles gerichtsfest sein.«

Nachdem sie in der Amtsstube Platz genommen hatten,
startete Paula gleich durch. Druckaufbau – das war auch ihre
Strategie bei diesem Gefecht.

»Es ist erwiesen, dass Herr Uhlig für die Vergabe von Aufträgen vor allem an Handwerker Schmiergelder genommen hat.
Wir können ihm Bestechlichkeit und Korruption in mehreren
Fällen nachweisen. Bei dem Tatbestand der Erpressung recher-
chieren wir noch.« Kleine Pause, um die nächste Offensive vor-
zubereiten.

»Zudem sagen Zeugen aus, dass Sie von Herrn Uhligs Miss-
brauch seiner Vertrauensstellung bei der HV Noris zu seinem
immensen materiellen Vorteil Kenntnis hatten. Sie wussten von
diesen Bestechungsgeldern. Als Beamter, der Sie der Treuepflicht
unterliegen, demzufolge Sie zur Wahrhaftigkeit verpflichtet sind
und Straftaten wesentlicher Art gegenüber den ermittelnden Behörden nicht verschweigen dürfen, hätten Sie uns darüber schon
längst informieren müssen. Zumal ich Sie mehrmals dazu befragt
habe.« Sie fand, das musste fürs Erste genügen, und wartete.

Lange musste sie nicht warten. Ernst gab schließlich zu, davon
gewusst zu haben, versuchte aber, diese »ganze leidige Angelegenheit« als Bagatelle herunterzuspielen. »Jaa«, sagte er gedehnt,
»ab und zu hat Torsten halt kleine Geschenke von diesen Firmen
angenommen. Aber das war doch nichts, was aus dem Rahmen
fiel.«

»Doch«, korrigierte ihn Paula, »das fiel sehr wohl aus dem
Rahmen, und zwar aus dem Rahmen der Legalität. Und
letztendlich haben ja auch Sie von diesen Bestechungsgeldern
profitiert. Zum Beispiel in Form der teuren Reisen, die Uhlig für
Sie beide bezahlt hat. Und ich brauche Ihnen als Beamtem wohl
nicht zu sagen, dass, wer Kenntnis von Straftaten erhält und diese
nicht zur Anzeige bringt, ganz schnell bei dem Straftatbestand
der Beihilfe landet.«

»Ich hab es ja versucht. Mehrfach hab ich ihm gesagt, er solle das endlich sein lassen, schon allein mir zuliebe. Er würde damit nur seine gute Stellung aufs Spiel setzen. Und nicht nur das … Aber da war nichts zu machen. Da war er so was von stur«, stieß Ernst hervor. »Immer wieder hat er mir vorgehalten, dass er sich auf die Verschwiegenheit der Handwerksbetriebe hundertprozentig verlassen könne. Da würde keiner den Mund aufmachen.«

»Und Herr Orthmann, also dieser Marcel, der Sie damals ins ›Coming Out‹ begleitet hat? Hat Ihr Freund auch von ihm Geld genommen?«

»Auch wenn Sie das jetzt nicht glauben werden, ich weiß es nicht. Irgendwann habe ich zu Torsten gesagt: ›Ich will von deinen rechtswidrigen Machenschaften in Zukunft nichts mehr hören. Lass mich bei deinen Deals bitte außen vor.‹ Danach hat er mir nie wieder etwas davon erzählt.«

»Wann hat er mit diesen Deals«, zitierte ihn Paula, »begonnen? Noch zu der Zeit, als er lediglich Mitarbeiter der HV Noris war?«

»Nein. Das war später, da war er schon Geschäftsführer. Und, das muss ich zu seiner Rechtfertigung sagen, er war anfangs in der Passivrolle. Die Handwerker haben ihm das von sich aus angeboten. Man könnte auch sagen: Sie haben ihn dazu geradezu genötigt. Wenn sie diesen oder jenen Auftrag erhalten würden, dann sei für ihn auch ein schöner Batzen Geld fällig.«

»Aha, *genötigt*. Aber lassen wir das. Irgendwann hat er auf jeden Fall den Spieß umgedreht und ist von der passiven Rolle in die aktive gewechselt?«

»Ja. Das erste Mal, als er das ausprobiert – ich denke, das war ein Spiel von ihm, mehr war das nicht, zumindest am Anfang – und als das ohne jeden Widerstand geklappt hat, war er ganz euphorisch. Da hat er sich gefreut wie ein kleines Kind. Dass das so einfach funktionierte, hätte er nie gedacht, hat er mir gesagt. Damals war Torsten noch im Zweifel, ob dieser Handwerker, ich meine, es war ein Gärtnermeister, zahlen würde. Aber er hat bezahlt. Wie alle anderen auch.«

Paula hatte erfahren, was sie wissen wollte. Noch ein fragender Blick zu Eva Brunner, die den Kopf schüttelte. Eigentlich hätten sie jetzt gehen können. Wenn da nicht diese Kleinigkeit gewesen wäre … Das, was Paula schon seit Tagen keine Ruhe ließ.

»Letzte Frage, Herr Ernst. Warum haben Sie am Dienstagabend aus Herrn Uhligs Wohnung den Champagner und die Macadamianüsse verschwinden lassen? Was wollten Sie damit bezwecken? Sie wissen doch, dass Sie sich damit strafbar gemacht haben.«

Doch Eberhard Ernst machte sich nicht einmal die Mühe, das ihm zur Last Gelegte abzustreiten. Ein tiefer Seufzer, dann stand er auf und verließ das Zimmer. Grußlos.

Den Weg zurück ins Präsidium absolvierten Paula Steiner und Eva Brunner, ohne miteinander ein einziges Wort zu wechseln. Während Eva Brunner immer wieder prüfend auf ihren Notizblock sah, ob sie auch wirklich alles richtig protokolliert hatte, hing die Hauptkommissarin ganz anderen Gedanken nach.

Sie hatte soeben einen tiefen Einblick in eine Welt erhalten, in der selbst einfache Kaufleute wie Stars behandelt und über jedes Maß hinaus hofiert wurden. Sie wurden umschmeichelt, umgarnt, so lange, bis sie den Bezug zur Wirklichkeit verloren und den Starstatus für gerechtfertigt hielten. Dann, glaubten sie, seien sie unangreifbar. Uhlig war, wie sie von mehreren Seiten hören konnte, krankhaft geltungsbedürftig und nahezu pathologisch aufs Geld aus. Eine brisante Kombination. Und vor allem eine Kombination, für die sein Aufgabenbereich als eigenverantwortlicher Geschäftsführer eine fast schon unanständige Versuchung war – wie die Gratisweinprobe für den endlich trockenen Alkoholiker.

Nach den sicher harten Jahren in der DDR und nach der Wende musste ihm sein Leben hier in Nürnberg mit dem klangvollen Titel eines Geschäftsführers, den extrem teuren Fernreisen, der luxuriösen Wohnung, dem einigermaßen friedlichen Zusammenleben mit seinem Lebensgefährten doch vorgekommen sein wie der mehr als gerechtfertigte Ausgleich für die vergangenen Kränkungen und Entbehrungen. Da passierte es schon, dass jemand meinte, das alles stünde einem auch zu, das habe schon so seine Richtigkeit, vor sich und vor der Welt.

Heinrichs Gang nach Canossa bestätigte ihre Ahnungen. Wolff habe, sagte er, tatsächlich nichts von den lukrativen Nebengeschäften Uhligs gewusst.

»Ich nehme ihm das auch ab, dass er erst vor zwei Wochen von diesen Mauscheleien erfahren hat. Zwei Handwerker, denen das wohl mit der Zeit zu viel geworden ist, haben ihm das gesteckt. Wolff hat mir sogar angeboten, von sich aus freiwillig«, betonte Heinrich, »angeboten, dass ich alle Betriebe, mit denen sie zu tun haben, danach fragen könne. Er für seine Person habe nichts zu verbergen.«

»Und die drei Telefonate an diesem Sonntag?«

»Hatten alle, wie du richtig vermutet hattest, mit dem Thema Bestechungsgelder zu tun.«

»Was gibt es denn da dreimal zu telefonieren? Das hätte er doch mit einem einzigen Anruf auch klären können«, fragte Paula.

»In dem Fall eben nicht. Weil Uhlig das bei den ersten beiden Telefonaten hartnäckig geleugnet hatte. Erst als Wolff ihm damit gedroht hat, Anzeige gegen ihn zu erstatten, hat er zugegeben, von diesen beiden Informanten Wolffs ein- beziehungsweise maximal zweimal Geld genommen zu haben. Aber nur von diesen beiden. Wolff war nämlich so ungeschickt und hat ihm die zwei Namen seiner Zuträger verraten.«

»Das war wirklich doof von ihm. Und weiter?«

»Nix weiter. Das war alles.«

»Ja, hat er denn nicht bei Uhlig nachgehakt, ob da noch mehr auf seiner Liste stehen?«

»Nein, hat er angeblich nicht. Du, der wollte mir gegenüber den Schaden für seine Firma doch so gering wie möglich halten. Im Prinzip weiß er aber ganz genau, dass das ein Fass ohne Boden ist und dass jetzt alles ans Tageslicht kommt. Aber das ist ja nicht mehr unsere Baustelle.«

»Stimmt. Gott sei Dank nicht.«

»Und jetzt würde ich gerne in die Kantine gehen, falls die Frau Hauptkommissarin nichts dagegen hat.«

»Jaja, ist schon recht«, sagte sie.

»Frau Steiner, haben Sie im Augenblick etwas für mich zu tun? Wenn nicht, würde ich Heinrich begleiten. Ich hab nämlich heute noch gar nichts gegessen. Ich bringe doch in der Früh nichts runter. Mir ist jetzt richtig schlecht vor Hunger.«

»Freilich. Das machen Sie. Es gibt ja im Augenblick auch nichts zu tun. Also nichts Dringendes. Wenn dann alle wieder da sind, versuchen wir es mal mit einer operativen Fallanalyse.«

»Ha«, lachte Heinrich laut auf, »operative Fallanalyse. Ich kenne da jemanden, der wiederholt, wiederholt«, betonte er, »gesagt hat, eine OFA kommt immer dann zum Einsatz, wenn man nicht mehr weiterweiß. Und dieser Jemand heißt wie, na, Paula?«

»Ja, das war ich«, gab sie mit einem schiefen Lächeln zu. »Aber weißt du etwas Besseres?«

»Nicht, solange ich nicht zu Mittag gegessen habe.«

Allein im Büro schnappte Paula sich Mantel und Tasche, stieg ins Erdgeschoss hinab und ging nach draußen auf den Jakobsplatz. Dort, direkt vor dem Eingang zum Präsidium, setzte sie sich auf eine der Holzbänke, die in einem Halbkreis unter kahlem Baumgeäst angeordnet waren, zündete sich eine Zigarette an und dachte nach. Trotz Kälte und leichten Nieselregens.

Anfangs ging es mit ihren Überlegungen munter hin und her und auch in die Quer. Was war mit der Unwucht? Warum war dieses Verhältnis zu Orthmann scheinbar frei von jeder Zweckmäßigkeit? Uhlig gibt, Uhlig nimmt. Er vermakelt seine Stellung. Aufträge gegen Bares. Immer wieder. Uhlig gibt, Uhlig nimmt. In der Reihenfolge. Erst gibt Uhlig, dann nimmt er. Nur bei dem Baumpflegefachwirt macht er eine Ausnahme. Er nimmt nicht, gibt aber. Aufträge, Einladungen, seine Gunst. Warum nur? Wollte er den jungen Mann für sich gewinnen, war er verliebt in ihn? Nein, das hielt sie nach wie vor für ausgeschlossen. Hm, was aber steckte dann dahinter?

Solche Art Nehmerqualitäten, die hatte damals auch ihr Bruder bewiesen. Zwar nur ein einziges Mal. Das aber hatte genügt, um ihre Familie auf immer auseinanderzudividieren. Und die

Einzige, die offensichtlich darunter litt, war ihre Mutter. Sie selbst hatte sich mit dieser Konstellation längst abgefunden.

Abgefunden? Das war zu wenig. Eigentlich war sie froh, ihren Bruder aus ihrem Leben endgültig verbannt zu haben. Und er? Der sicher auch. Bestimmt war das so. Oder? Und das Angebot, sich mit ihr mal so richtig auszusprechen? Das war doch nicht ernst gemeint. Nein, nein. Daraus sprach nur eines: das schlechte Gewissen nicht ihr, sondern ihrer Mutter gegenüber. Schuldgefühle, zumindest die hatte er noch.

Bös Gewissen, böser Gast, duldet weder Ruh noch Rast. Ein schlechtes Gewissen war das Gute in uns, das uns bei uns selber verklagte. Daraus sprach die Reue über etwas, das als Unrecht empfunden wird. Zu spät, aber immerhin.

Und Uhlig? Hatte der auch ein schlechtes Gewissen, Schuldgefühle Orthmann gegenüber gehabt? Das würde seine scheinbar zweckfreien Aufmerksamkeiten, sein Umwerben ohne Hintergedanken erklären. Aber was hatte er ihm angetan, das er durch dieses fast schon groteske Werben wieder ausgleichen wollte? Mit der jüngsten Gegenwart hatte es nichts zu tun, der Grund für diese Gewissensbisse musste irgendwo in der Vergangenheit verborgen sein. In einem längst zurückliegenden Ereignis.

Paula schnipste ihre zweite, erst zur Hälfte gerauchte Zigarette auf den Boden und sprang auf. Rannte in den ersten Stock, in ihr noch immer leeres Büro, schaltete den Computer ein und begab sich auf die Suche. Keine fünf Minuten später schaltete sie den Computer wieder aus, zog den Mantel über, griff nach ihrer Tasche, rannte hinunter ins Erdgeschoss und von da zum Josephsplatz.

Gott sei Dank war eine der beiden Telefonzellen frei. Sie wählte die Nummer der Baumpflege Orthmann GmbH.

»Herr Orthmann? … Schön, dass Sie noch da sind. Steiner hier, von der Kripo Nürnberg. Ich bin gerade unterwegs, und mir pressiert es. Rufen Sie mich doch bitte in einer Viertelstunde auf meiner Dienstnummer null neun elf … an. Ich wiederhole: null neun elf … Ich bräuchte noch ein paar Informationen von

Ihnen als Zeuge. Es ist sehr wichtig. Aber erst in einer Viertelstunde. Haben Sie das verstanden?«

Dann ging sie zurück zum Jakobsplatz, und diesmal ließ sie sich erstaunlich viel Zeit.

Bis jetzt lief alles nach Plan, denn Heinrich und Frau Brunner saßen wieder, wie sie gehofft hatte, an ihrem Platz.

»Was ist jetzt mit deiner operativen Fallanalyse?«, fragte Heinrich. »Sollen wir gleich damit anfangen, oder willst du dir noch einen Kaffee holen?«

»Ach, das hat noch ein wenig Zeit. In genau zehn Minuten fangen wir damit an.« Hoffentlich würde Orthmann ihre Anweisungen befolgen.

Das tat er. Als das Telefon klingelte, riss sie den Hörer an sich und sagte: »Wer spricht da? … Herr Orthmann, ah ja. Ja, was ist denn? … Sie wollen was? … Ein Geständnis? … Nicht am Telefon? … Wir sollen zu Ihnen kommen? Gut, wir sind in spätestens einer halben Stunde bei Ihnen.«

Sanft drückte sie den Hörer auf die Basis und verkündete: »Das war Herr Orthmann. Er hat sich soeben geständig eingelassen. Er habe, sagt er, Uhlig umgebracht. Also, dann bringen wir es hinter uns. Wer fährt mit?«

»Ich«, meldete sich Heinrich schnell. »Die Eva kann dableiben. Denn einer sollte schon erreichbar sein, nachdem wir alle drei den ganzen Vormittag außer Haus waren.«

Bevor Eva Brunner ihr Veto einlegen konnte, sagte Paula genauso schnell: »Ja, genauso machen wir es.«

Als sie in die Ostendstraße einbogen, fragte Heinrich: »Meinst du wirklich, der ganze Zinnober, den du hier veranstaltest, hilft Orthmann weiter?«

Sie setzte den Blinker und bog links bei dem Hochhaus am Wöhrder See ab, stellte den Wagen auf dem großen Parkplatz ab und stieg aus. Heinrich folgte ihr hinunter zum Ufer. So standen sie eine Weile nebeneinander und starrten auf den See. Paula wusste, sie konnte ihm nichts vorspielen – er war im Bilde über ihr taktisches Manöver. Wahrscheinlich kannten sie sich einfach zu lange und zu gut, sie hatten ja fast jeden Tag miteinander zu tun, da war Leugnen zwecklos.

Also sagte sie nur: »Ich finde, einen Versuch ist es wert.«

Er nickte. »Ja. Du magst den Orthmann?«

»Ja, das auch.«

»Jetzt musst du mir nur noch verraten, wie du auf ihn gekommen bist, dann können wir weiterfahren.«

»Das Verhältnis, das Uhlig zu ihm hatte, war von einem schlechten Gewissen, ja sogar von Reue geprägt. Und für diese Schuldgefühle gibt es einen konkreten Namen – Peter Orthmann. Der hat sich im Jahr 2010 erhängt, auf seinem Dachboden. Mit einer Mullbinde, die oben verknotet war. Es war ein nachgewiesener Suizid.«

»Und du meinst ...?«

»Ja. Ich habe in der Liste von Wolff nachgesehen. Peter Orthmann arbeitete seit zig Jahren für die HV Noris. Und dann habe ich noch etwas rausbekommen. Nämlich, dass der ein Jahr vor seinem Selbstmord ein neues Firmenareal gekauft hat, draußen in Poppenreuth. Ein riesiges Gelände, die Baugenehmigung für zwei Neubauten hat er sich eingeholt, und personell hat er auch aufgestockt. Nicht einmal ein Jahr später war er grandios überschuldet. Er musste Konkurs anmelden. Und nicht nur das – er musste seine Angestellten von heut auf morgen entlassen, der Baugrund war weg und die zwei halb fertigen Rohbauten auch. Der war abhängig von diesen Aufträgen der HV Noris, also von Uhlig. Vielleicht war Orthmann nicht mehr bereit, auf Uhligs Forderungen einzugehen, vielleicht hat er geglaubt, er kriegt seine Aufträge auch weiterhin, ohne zu zahlen. Oder Uhlig hat ihm klargemacht, dass er sich zu diesem Zeitpunkt schon selbst strafbar gemacht hatte. Auf jeden Fall hat er keinen anderen Ausweg gesehen als den, sich in seinem Dachboden aufzuhängen. Mit diesem Mullbinden-Knoten.«

Heinrich, der die ganze Zeit geschwiegen und auf den See gestiert hatte, drehte sich zu ihr. »Du magst Marcel Orthmann nicht nur, er tut dir auch leid, so ist es doch.«

Das war keine Frage, sondern eine nüchterne Feststellung. Trotzdem sagte sie: »Ja, das tut er. Sehr sogar.«

Bevor Heinrich den Wagen startete, drehte er sich nochmals zu ihr um. »Manchmal bist du schon recht old-school-mäßig drauf, Paula. Der typische Social Justice Warrior.«

Als sie ihn nach dieser geballten Ladung von Anglizismen fragend ansah, fügte er hinzu: »Ein Gutmensch eben.« Und Sekunden später, er fädelte sich in die Ostendstraße ein, sagte er: »Aber das meine ich positiv.«

Sie hatten sich darauf geeinigt, dass Heinrich die Rechtsbelehrung aussprechen und anschließend die Kollegen von der Schutzpolizei rufen würde. Dann käme sie zum Zug. »Stell dich drauf ein, Paula, dass dir höchstens zehn Minuten bleiben«, warnte er sie.

Doch sie brauchte keine zehn Minuten. Orthmann war sofort geständig. Es war genau so, wie sie vermutet hatte. Uhlig hatte seinem Vater erst kleine, dann immer größere Aufträge zugeschanzt und damit dessen Vertrauen gewonnen. Als er das Grundstück gekauft und zu bauen begonnen hatte, wollte Peter Orthmann die vereinbarten neun Prozent auf die Hälfte reduzieren. Vier und ein halbes Prozent, dachte er, seien genug. Doch Uhlig bestand auf seinen neun Prozent. Orthmann drohte Uhlig, der drohte ihm – und stellte die Auftragsvergabe komplett ein. Dann der Konkurs, die enorme Verschuldung, die Aussichtslosigkeit, der Dachboden.

»Meine Mutter hat nach Vaters Tod einen Österreicher kennengelernt und ist ins Salzburger Land gezogen. Ich sehe sie nur einmal im Jahr. Er hat unsere Familie zerstört. Damals hab ich mir geschworen –«

»Nein, nein, das ist vollkommen falsch, was Sie da behaupten, das haben Sie eben nicht«, unterbrach sie ihn hastig. »Sie haben sich gar nichts geschworen oder vorgenommen. Das wäre ja Mord mit Vorsatz. Sie aber haben aus dem Affekt heraus gehandelt. Das ist sehr, sehr wichtig. Genauso wichtig wie die Tatsache, dass Sie mich heute aus freien Stücken im Präsidium angerufen und mir am Telefon dieses Tötungsdelikt gestanden haben. Sie haben ein Geständnis abgelegt, und zwar zu einem Zeitpunkt, als wir noch keinerlei Verdachtsmomente gegen Sie hatten, ich betone: keinerlei!, und Sie haben aus dem Affekt heraus gehandelt. Beides müssen Sie sich merken. Und machen Sie keine Angaben ohne Ihren Anwalt. Haben Sie mich verstanden?«

Er sah sie nicht an, nickte aber. Das genügte ihr. Dann ließ sie ihn festnehmen.

EPILOG

Noch am selben Abend dieses geschäftigen und denkwürdigen Dienstags.

Paula Steiner stand in der Diele und fixierte ihr Telefon. In der rechten Hand hielt sie den durchweichten Zettel mit Spuren von Zigarettenasche, Kaffeesatz und Fleischsalatresten, auf dem sie vor Tagen widerstrebend die Saarbrücker Telefonnummer notiert und den sie vor einer guten Stunde aus ihrem Mülleimer geklaubt hatte.

Nein, der gute Mensch, den Heinrich in ihr sah, war sie nicht. Noch nie gewesen. Aber vielleicht sollte sie jetzt doch über ihren Schatten springen ... Schon allein ihrer Mutter zuliebe. Sie könnte es ja kurz halten, dieses Gespräch. Ein paar belanglose Floskeln, dann hätte sie es hinter sich. Dann endlich könnte sie diese leidige Geschichte, die sie in letzter Zeit mehr und mehr aufwühlte, zu den Akten legen. Als erledigt und abgehakt. Dann hätte sie auch ihren inneren Frieden wieder. Und sie müsste sich nichts vorwerfen, sollte, ja sollte ihrem Bruder wirklich etwas passieren, was man ja nicht ausschließen konnte. Je länger sie das aufschob, desto schwerer würde es ihr fallen. Sie hatte schon viel zu lange damit gewartet.

Und als Belohnung für diese Überwindung winkte eine Flasche Roero Arneis, die sie sofort nach ihrem obligatorischen Kellergang in den Kühlschrank gestellt hatte.

Sie war kurz davor, den Hörer in die Hand zu nehmen, da wurden all die guten Vorsätze und erstklassigen Argumente hinweggespült von einer jäh aufbrechenden Welle des alten Grolls. Sie war doch nicht blöd! Sie hatte sich doch nichts vorzuwerfen, sie nicht! Er war es doch gewesen, der ... Wenn einer von ihnen, dann müsste doch er ...

Da kam ihr Marcel Orthmann in den Sinn, der unerbittliche Rächer der verletzten Familienehre. Und Stefan Uhlig, der ein so idyllisches Bild gezeichnet hatte von der Familie als einzigem

Hort für bedingungslosen Zusammenhalt und unerschütterliches Vertrauen.

Sie atmete einmal tief ein, dann stoßweise aus und griff zum Hörer. Es wurde tatsächlich ein kurzes Gespräch. Ein bemühter Austausch von Belanglosigkeiten, banalen Versatzstücken der alltäglichen Kommunikation, manchmal nah an der Grenze, peinlich zu werden. So versicherte Julius ihr am Ende, nachdem sie sich schon zweimal verabschiedet hatten, wie froh er sei, dass nun nichts mehr zwischen ihnen stehe.

»Jetzt könnten wir uns doch auch mal wieder sehen. Wenn du mal im Saarland bist, dann musst du mich unbedingt besuchen. Du bist jederzeit herzlich willkommen, mein liebes Paulchen.«

Im Nachhinein irritierte sie dieses Possessivpronomen in Verbindung mit ihrem alten Kosenamen. Anscheinend interpretierte er in ihren Goodwillakt mehr hinein, als sie bereit war zu geben. Denn zu diesem Äußersten, dass sie ihn sehen oder gar besuchen wollte, würde es nicht kommen. Das wäre zu viel. Für sie änderte dieses Telefonat im Prinzip an ihrem Verhältnis wenig. Aber – sie fühlte sich befreit. Der Hader, den sie all die vergangenen Jahre mit sich herumgeschleppt hatte, der sie auch nachts in ihren Träumen verfolgt hatte, war mit einem Schlag von ihr gefallen.

Sie war jetzt sehr zufrieden. Und auch ein klein wenig stolz auf sich. Genau die richtige Voraussetzung für den Genuss dieses reinsortigen italienischen Weißweins mit DOCG-Status aus der Nähe von Alba. Leicht, frisch, wenig Säure, aber mit einem sehr eigenartigen Geschmack aus Mandeln und Honig.

Den folgenden Mittwochvormittag hatte sie sich freigenommen. Überstunden abbauen und etwas Wichtiges erledigen. Die Zeit war reif. Jetzt, nachdem der Technische Überwachungsdienst kein Pardon mehr mit ihrem alten 3er BMW kannte. Ein neues Auto musste her. Und diesmal ließ sich die sonst so besonnene, pragmatische Paula Steiner nicht von Gründen der Vernunft leiten. Von Argumenten der Nachhaltigkeit, der Ökobilanz, des Preis-Leistungs-Verhältnisses, der politischen Korrektheit. Diesmal wählte sie den Luxus, die Ästhetik, den Überfluss, das

Unzweckmäßige, gar das Anstößige. Denn in einem zumindest hatte Torsten Uhlig ihrer Meinung nach recht, leider recht: Es gab einfach zu viele schöne Dinge, an die man nur mit Geld rankam.

Die zur Materie geronnene Unvernunft war beste deutsche Wertarbeit, stammte aus dem Jahr 1992, kostete sie kein kleines Vermögen, sondern ein großes, kam in einem sehr gewöhnungsbedürftigen Orange daher, hatte einen Verbrauch von zwölf Litern auf gerade mal einhundert Kilometern in der Stadt – auf der Autobahn war es wesentlich mehr – und keine Spoiler. Es war kein Vernunft-Volvo oder Angeber-Audi, kein Laissez-faire-Franzose oder sicherer Schwede. Es war der pure Emotionenkatalysator. Und deshalb bekam er von Paula Steiner auch sofort einen Namen. Einen anständigen, richtig männlichen Namen. Karl hieß er, ihr Porsche Carrera 911.

Manchmal braucht man eben eine kleine Portion Kitsch, ohne die das Leben mitunter doch nur sehr schwer zu ertragen ist.

Petra Kirsch
MORD AN DER KAISERBURG
Broschur, 224 Seiten
ISBN 978-3-89705-715-9

»*Die gelernte Journalistin lässt ihre Heldin durch eine liebevoll-detailliert beschriebene Noris düsen und in das eine oder andere Fettnäpfchen treten. Das Humorpotenzial macht die Sache auch für routinierte Konsumenten einschlägiger Literatur unterhaltsam.*«
Nürnberger Nachrichten

»*Paula Steiner ist eine Ermittlerin, wie sie Krimileser lieben.*«
Nürnberger Nachrichten

www.emons-verlag.de

Petra Kirsch
DÜRERS HÄNDE
Broschur, 240 Seiten
ISBN 978-3-89705-894-1

»*Petra Kirsch weiß Charaktere zu zeichnen.*«   Hersbrucker Zeitung

»*Krimileser erwartet eine atmosphärisch dichte, vielschichtige Handlung vor Nürnberger Kulisse.*«   Nürnberger Nachrichten

www.emons-verlag.de

Petra Kirsch
MORD IN DER NORIS
Broschur, 224 Seiten
ISBN 978-3-95451-018-4

»Wer Nürnberg kennt, wird mit Vergnügen Paula Steiner rund um die Burg begleiten.« Fränkische Landeszeitung

www.emons-verlag.de

Petra Kirsch
FRÄNKISCH SCHAFKOPF
Broschur, 208 Seiten
ISBN 978-3-95451-273-7

»*Mit authentischem Lokalkolorit, viel hintergründigem Witz und einer charakteristischen Darstellung der handelnden Personen schuf Petra Kirsch ein Lesevergnügen für alle Frankenfans.*«
Fränkische Landeszeitung

www.emons-verlag.de

Petra Kirsch
MORD AUF FRÄNKISCH
Broschur, 240 Seiten
ISBN 978-3-95451-571-4

»*Kirsch ist hier in einer spannenden Geschichte eine tief gehende Analyse gelungen.*« Bayern im Buch

www.emons-verlag.de